KB189252

자기만의
그라운드

자기만의 그라운드

여자 운동선수 인터뷰집

글 임보미 | 사진 52스튜디오

RHK
알에이치코리아

내 팔자에 스포츠는 있다가도 없었고 없다가도 있었다. 초등학교 시절 육상부를 했지만 엄마는 '얼굴 까매진다'며 고학년이 되자 못하게 했다. 스스로도 예체능은 적당히 하다 관두는 게 당연한 줄 알았다. 일간지에 입사해 하고많은 부서 중 스포츠부 기자가 된 것도 내 의지는 아니었다. 입사 당시 편집국장이 '모든 부서에 양성 기자가 다 있어야 한다'는 원칙을 세우면서 생긴 스포츠부 유일의 여자 기자 자리에 우연히 내가 가게 됐을 뿐이다.

스포츠의 세계는 자주 잔인하고 자주 허무하다. 승자는 늘 하나. 공생이란 개념이 없다. 그렇다고 모두가 목숨을 거는 그 승리가 대단한 것도 아니다. 오늘의 승리는 단숨에 과거가 되고, 어제의 영광은 내일의 영광을 보장하지 못한다.

그런데 어디 스포츠만 그러한가. 각자의 운동장에서 우리는 치열하게 뛰어 얻어낸 작은 승리에 도취됐다가 쓰린 패배에 좌절하기도 하고, '아이고 의미 없다'며 탄식하다가도 이내 생의 의지가 불타오르는 나날을 반복한다. 그런 점에서 스포츠를 보는 일은 인생을 배우는 일이다. '왜 원하지도 않았던 스포츠부에 이렇게 눌러앉았느냐'는 어르신들의 타박에도 내가 이 세계를 좀처럼 떠나지 못하는 까닭이다.

스포츠부 기자로 살면 '1퍼센트의 사람'을 만난다. 우리나라에서 자기 종목을 가장 '잘'하는 사람. 처음에는 그 탁월함에 감탄한다. 하지만 나중에는 그 무료함에 더 놀란다. 이들의 삶이 문자 그대로, 고통의 반복이기 때문이다. 고통도 하루 이틀이지, 매일, 매년, 아니 선수 생활을 하는 한 평생이라면 차원이 다른 얘기다.

이 책을 위해 만난 열두 명 역시 우리나라에서 각자의 종목을 가장 잘하는 여자들이다. 누군가는 책을 가장 저렴한 비행기 티켓이라고 했다. 그 표현을 빌리자면, 이 책에는 당신을 다른 시공간으로 보내줄 티켓이 열두 장 있다. 어떤 목적지는 오지일 수도 있다. '운동하는 여자' 중에서도 업이 운동인 '여자 선수'는 살면서 흔히 보기는 어렵다. 스포츠부 기자인 나도 이들 중 구면은 딱 한 명뿐이었다. 더욱이 이 열두 명은 그 흔치 않은 '여자 선수' 중에서도 몇 안 되는 '탑-티어(top-tier)'다.

그렇다고 이들이 나랑 차원이 다른 '저세상 사람'이냐 물으신다면, 대답은 '아니오'다. 평범한 사람을 비범한 선수로 만드는 건 대개 평범하고 무료한, 좀 더 적나라하게 표현하면, '구질구질'한 나날의 반복이다.

글쓰는 게 업이지만, 이들의 처절한 나날을 몇 장의 글로 추려내는 건 꽤 많은 용기가 필요한 일이었다. 하물며 자신의 삶, 그 밑바닥까지 드러내 준 선수들에게는 더한 용기가 필요했을 일이다. 기꺼이 이 여정을 함께해 준 이들에게 감사와 찬사를 보낸다.

어디에선가 이 글을 읽고 계실 미래의 독자분들께도 전한다.

"탑승을 환영합니다."

임보미

일러두기

- 각 선수의 인터뷰 일자는 상이하며, 선수의 환경과 일정에 따라 한두 차례 진행한 내용을 엮었습니다.
- 단어와 표현 등이 맞춤법에 어긋나더라도 입말 표현을 살렸으며, 빈번하게 사용되는 일부 전문용어의 경우 붙여 씀을 허용했습니다.

01

김단비

농구 선수

올어라운드
플레이어

Profile

2008년 여자프로농구(WKBL) 신인 드래프트 1라운드 2순위로 신한은행에 입단했다. 2022~2023시즌을 앞두고 15시즌 뛴 신한은행을 처음 떠나 우리은행으로 이적했다. 그리고 이적 첫 해 프로 데뷔 후 처음 정규리그 최우수선수(MVP)에 올랐다. 챔피언결정전에서도 MVP에 오르며 4시즌 만에 우리은행에 통합 우승을 안겼다. 이어 2023~2024시즌까지 2년 연속 챔프전 MVP에 오르며 정규리그를 2위로 마쳤던 우리은행의 업셋 우승을 이끌었다. 2010년 국제농구연맹(FIBA) 세계여자농구월드컵부터 국가대표로 발탁됐으며, 14년간 태극마크를 달고 활약한 뒤 2023년 항저우 아시안게임을 끝으로 국가대표에서 은퇴했다.

"의미 있는 책에 저를 선택해 주셔서 감사합니다."

여자프로농구(WKBL) 김단비(우리은행)는 섭외 연락을 한 나에게 이렇게 말했다. 솔직히 조금 많이 놀랐다. 김단비는 WKBL에서 17시즌을 뛴 베테랑이다. 특히 2023~2024시즌까지 2년 연속 챔피언결정전 최우수선수(MVP)에 올랐다. 섭외 연락이 와도 '그러려니' 할 법한 커리어다. 보통 스타들은 실제로 잘나기도 했고, 본인이 잘났다는 것도 잘 안다. 하지만 김단비는 그런 '잘난' 자신을 향한 관심을 당연하게 받아들이지 않았다.

또 출판사에서 여러 선수 중 자신을 선택해 연락했을 것이라는, '넓은 시야'를 가지고 있어 한 번 더 놀랐다. 그러고 보니 이미 코트에서 자기 득점뿐 아니라 동료의 움직임을 보며 어시스트를 올리고, 골 밑에서 상대 선수와 자리싸움 끝에 리바운드를 따내는 김단비의 '본업'은 애초에 넓은 시야가 있어야 가능한 일이었다.

김단비는 오랜 시간 농구를 하면서도 '이거 하면 김단비'라고 대표해 말할 수 있는 개인 타이틀이 하나도 없다며 머쓱해한다. 실제로 '득점', '어시스트', '스틸', '리바운드', '블록'… 농구 주요 지표 통산 기록 1위에서 김단비의 이름은 찾을 수 없다.

하지만 '무관'은 동시에 김단비라는 선수가 어떤 농구를 하는지를 보여주는 상징이다. 김단비는 득점 5위(6788점), 리바운드 3위(3051개), 어시스트 5위(1914개), 스틸 7위(640개), 블록 2위(533개)까지 통산 '톱10'에 이름을 올리고 있다. 국내 남녀 농구 선수를 통틀어 주요 5개 지표의 통산 기록이 모두 10위 안에 올라 있는 선수는 김단비뿐이다.

'진짜'는 '진짜'가 알아보는 법이다. 2023년 항저우 아시안게임에서 국가대표 은퇴 경기를 치른 김단비에게 숙적 일본 선수들은 꽃다발을 선물했다. 오랜 세월 적으로 만난 김단비에게 예의와 존경을 표하기 위해서였다. 때로는 가드로, 때로는 포워드로, 때로는 빅맨으로. 필요한 곳이면 포지션을 가리지 않고 달려 나가 몸을 던진 김단비의 플레이는 적마저 감동시키기 충분했다.

2023년 항저우 아시안게임을 끝으로 국가대표에서 은퇴했어요. 그런데 상대했던 일본 선수들이 그 소식을 듣고 꽃다발을 줬죠. 적으로 만난 선수들에게 받는 꽃다발이라니. 그때 기분은 어땠나요?

일본이 지금 우리(대표팀)보다 수준이 많이 높아요. 그런 선수들에게 존경의 표시를 받았다는 뿌듯함이 있더라고요. 사실 우리는 항상 '일본 이겨야 돼', '우리가 일본보다 나아' 이런 생각에 사로잡혀 있거든요. 일본한테는 가위바위보도 지면 안 된다는 특유의 국민 정서 있잖아요. 선수들도 마찬가지예요. 일본이 실력 면에서 앞서 있어도 인정하지 않는데, 그 선수들은 우리를 선수 대 선수로 존중해 줘서 멋있었어요.

전통적인 라이벌로 여겨지는 국가의 선수에게 꽃다발을 준다는 게 이례적인 일이잖아요. 일본 선수들이 단비 선수의 플레이를 굉장히 선망했다고 들었어요.

저도 예상은 못 했어요. 장난으로 "이러다 (내가) 은퇴 안 하면 어쩌려고 그러냐"고 했어요. (웃음) 일본에서는 저 같은 스타일의 농구 선수가 없다고 하더라고요.

그런 스타일이라고 하면 포지션의 경계를 넘나드는 플레이를 말하는 걸까요?

일본은 가드면 가드, 센터면 센터. 포지션이 명확히 정해져 있어요. 일본에는 1, 2번(포인트 가드, 슈팅 가드)을 볼 수 있는 선수층은 많거든요. 반대로 4, 5번(파워 포워드, 센터)은 귀해요. 혼혈 선수들이 대부분이에요. 그런데 저는 2~4번(슈팅 가드, 스몰 포워드, 파워 포워드) 내외곽을 왔다 갔다 하니까.

단비 선수를 막던 일본 선수들은 힘들었겠어요.

의아해하죠. 외곽에 있던 선수인데 막 포스트업(골 밑에서 상대 수비를 등지고 공격하는 방식)을 하니까. 일본은 포지션 구분이 확실하고 그걸 바탕으로 조직력을 극대화하는 방식의 농구를 하거든요.

스스로는 어느 포지션의 선수라고 생각해요?

저는 3번?

딱 중간을 고르셨네요.

네. 그때그때 멤버 구성에 맞게 필요한 포지션을 할 수 있는 것에 감사하면서 살려고요.

단비 선수는 득점, 리바운드, 어시스트 어느 한 부문에서 대한민국 1위인 건 아닌데, 또 모든 부문에서 이렇게 고루 잘하

는 선수가 없잖아요.

저도 기사를 보고 알았는데 제가 남녀 통틀어서 통산 공격 지표가 다 10위 안에 드는 유일한 선수래요. 그걸 보니까 '그래도 내가 잘해왔구나' 싶더라고요. 그전까지는 뭐 특출난 것도 없는 것 같고, 이게 맞는 건가 싶었거든요. 내가 특출나게 잘하지는 않았어도 '꾸준히 필요한 선수구나'라는 생각을 하게 됐어요.

**　　　　저도 스포츠 기자로 살면서 달라진 것 중 하나가 예전에는 화려한, 가장 빛나는 선수가 대단하다고 느꼈다면, 지금은 꾸준한 선수에게 더 감탄하게 되더라고요. 재능만으로 잠깐 반짝할 수 있어도, 롱런은 사실상 인생을 갈아 넣는 노력 없이는 불가능하잖아요. 매년 나이를 먹으니 지금 수준의 퍼포먼스를 유지하려고만 해도 더 많은 시간과 노력을 들여야 하고요.**

저도 요즘 농구 볼 때 득점을 많이 하는 선수보다 득점을 할 수 있게 도와주는, 궂은일 하는 선수를 더 보게 돼요. 시야가 달라지는 것 같아요. 여자농구만 봐도 저보다 훨씬 더 화려한 성적을 남긴 선수들이 많잖아요. 그중 제 장점을 찾자면 꾸준함이더라고요. 저도 고등학교 때까지는 아무것도 몰랐어요. 막연하게 '프로 가면 성공하고 돈 많이 벌겠지' 했죠. 남들이 보기엔 나름 순탄한 생활을 하기도 했고요.

**　　　　남들이 보기엔 순탄했다면 본인은 그렇지 않았다는 얘기인가요? 드래프트 1라운드 2순위로 프로에 오고 엘리트 코스를 밟았는데요.**

김
단
비

프로 가면 경기하고, 경기하다 보면 국가대표도 되고 그러는 줄
만 알았어요. 그런데 프로에 와보니 '아, 이거 아니다' 싶었어요.
'경기는 당연히 뛰겠지' 했는데 초반에는 거의 심부름만 했고, '연
봉도 당연히 오르겠지' 했는데 점점 깎였고. (웃음)

숫 하나도 제대로 못 쏜 채로 입단했어요. 기본기부터 전부 다시
배워야 했어요. 혼도 정말 많이 났고요. 당시 저랑 같이 있었던
언니들이 "그걸 어떻게 버티냐" 할 정도로. 처음 3~4년은 이(프로
선수) 생활이 너무 힘들었어요. 친구들은 대학교 가서 엠티 가고
캠퍼스 커플 한다는데, 나는 집에도 못 가고 훈련하고 예쁜 옷도
못 입어보고…. '나 20대 때 뭐 했지?' 하고 돌아보면 제가 추억할
건 운동한 것밖에 없더라고요.

그 시절을 버티게 한 힘은 뭐였을까요?

가족들이 첫 번째였어요. 운동선수가 알아서 잘한다고 나오는
게 아니에요. 가족들이 헌신하고 양보한 덕분에 제가 끝까지 버
티지 않았나 싶어요.

학생 때 (오전) 8시에 1교시를 시작했으니 6시 반쯤 새벽 운동을
했거든요. 그러면 엄마는 못해도 5시 반에 일어나서 제 밥을 차
려줬어요. 저는 일어나기 싫다고 난리 치는데 엄마는 아침부터
삼겹살 먹여 보내려고 했어요.

저희 집이 그렇게 잘살던 것도 아니었거든요. 그런데 엄마 아빠
는 저 꿀리게 하기 싫어서 운동화도 늘 제일 좋은 거 사 신겼어
요. 오빠한테 핸드폰 가지고 싶다고 하니까 시급 2,300원 하던
시절에 아르바이트해서 핸드폰도 사주고…. 가족들이 저 하나를

위해 희생해 준 것들을 생각하면 쉽게 그만둘 수가 없죠.

힘들 때마다 가족들한테 솔직하게 얘기한 편이에요?

그때그때 말은 못 하는데 한 번씩 확 터질 때가 있어요. 그럴 때 가족들이 말없이 받아줬죠.

또 버틸 수 있었던 이유 중 하나는 프로팀에 갔을 때 저를 안 좋게 하는 평가를 하는 분들도 있었거든요. "얘는 안 될 거야" 하고요. 그런 소리 들으면 '보여주고 싶다' 이런 생각도 많이 했어요. 상대 팀에서 "쟤 숯 없어, 버려" 이런 얘기 들릴 때마다 '나한테 계속 그럴 수 있나 한번 보자' 했어요.

단비 선수도 그런 말 들었던 시절이 있는지 몰랐어요.

그런 게 제 안에 있던 승부욕을 건드려준 것 같아요. 그만두고 싶었던 때도 많았는데 그러면 내가 지는 것 같은 거예요. 거기서 그만두면 결국 저는 안된다고 했던 사람들 말이 맞는 게 되잖아요. '그 꼴 못 보지' 이러면서 버텼던 것 같아요.

레전드 선배가 즐비한 팀(신한은행)에 막내로 입단했잖아요. 그런 환경에서 신인은 어떻게 배워요?

감독님, 코치님부터 기초 체력 올리는 걸 정말 중시하셨어요. 그게 정말 중요한 게, 일단 체력이 바탕이 되면 나중에 나이가 들어서도 경기할 수 있는 체력이 생기거든요. 기초 체력은 정말 어렸을 때부터 연금처럼 모아놔야 해요.

언제부터 스스로 프로선수라고 납득할 수 있을 정도의 농구를 했다고 생각해요?

나이를 먹고 어느 순간 팀의 전체적인 운동량이 적어졌을 때가 있었거든요. 그런데 저는 이미 팀의 간판선수가 돼 있었고, 경기를 책임져야 하는 위치였어요. 그때 제가 적은 운동량을 채우려고 스스로 운동하고 있더라고요. '아, 나 이제 누가 시키지 않아도 하는 프로가 됐구나' 하는 생각이 들었어요.

훈련량이 준 건 베테랑이 되고 나서잖아요. 그러면 꽤 최근이라는 얘기예요?

네, 우리은행 오기 전이었으니까. 10년 차 지나서요.

간판선수가 된 건 한참 전인데 그전까지는 스스로를 인정하지 않았던 건가요?

아예 인정을 안 한 건 아니지만 '이래도 되나' 싶었던 것 같아요. 편안한 것에 안주했던 시기가 있었거든요. 그런데 코트에서 더 보여주려고, 제 이름에 먹칠하지 않으려고 더 운동하는 제 모습에 '이제 진짜 운동선수가 됐구나' 느꼈어요.

지난 시즌(2023~2024)까지 15년 연속 올스타전에 출전했어요. 15년 연속 농구를 잘하고 또 인기도 있었다는 거잖아요.

올스타 15년 연속 출전 기록은 애착이 가요. 그런 거 있잖아요. '리바운드' 하면 신정자, '득점' 하면 정선민, '어시스트' 하면 전주원, '스틸' 하면 이미선. 이렇게 딱 나오잖아요. 근데 '뭐 하면 김단비'가 나올 만한 게 없는 거예요. 가령 요즘 김정은 선수가 득점 기록 세울 때마다 "정선민 넘을 수 있을까" 이런 기사 나오듯이요. 나는 나중에 나이 들어서 무슨 타이틀로 이렇게 나올 수 있을까 싶은데 그게 올스타전 연속 출전이더라고요.

이건 농구를 잘한다고 받을 수 있는 것도 아니잖아요. 제가 할 수 있는 건 코트에서 열심히 뛰는 거고 선택은 팬분들이 해주시는 거니까, 저한테는 MVP보다 더 소중해요. 유일하게 제가 욕심내는 기록이기도 하고요.

2022~2023시즌에 프로 데뷔 15년 만에 정규리그-챔피언결정전 통합 MVP에 올랐어요. 사실 선수라면 늘 '최고'의 자리에 서고 싶을 텐데 1, 2년도 아니고 15년 넘게 좇던 꿈, 그걸 이루면 기분이 어때요?

뭔가 화려할 것 같잖아요. 그런데 자고 일어나면 지나간 일이 돼버려요. 허무하다고 해야 하나? '이미 어제 일로 지나갔네, 이제 다음 시즌인데 어떻게 하지?' 이런 걱정이 바로 들어요. 영광의 순간은 정말 한순간이에요.

잔상이랄 것도 없나요?

그냥 'MVP를 탔다'는 사실에 선수로서 좀 더 당당해질 수는 있었던 것 같아요.

한 팀에서 10년 넘게 농구를 하다가 농구 인생 처음으로 이적이라는 모험을 걸었어요. 그런데 인생에서 가장 큰 모험 수가

결과적으로 가장 큰 성공을 가져다줬어요.

제 인생에서 가장 큰 결정이었던 거 같아요. 아직도 믿기지 않고 저도 제가 그런 결정을 했다는 게 신기해요.

본인이 적극적으로 팀을 옮기기로 결정한 게 아니었나요?

수동적이었던 건 아니었지만 아주 능동적이었던 것도 아니었어요. 너무 많은 고민을 했거든요. 정체되고 있다는 걸 스스로도 느꼈어요. 그동안 한자리에 오랫동안 안주하면서 제가 변해가고 있었던 걸 몰랐던 거예요. 농구 인생에 한 번의 변화는 필요하겠다 싶었어요.

김단비

한자리에 오래 있었다는 게 한편으로는 어떻게 해야 하는지를 잘 안다는 의미이기도 해요. 그런 익숙함을 벗어나야 한다는 막연한 두려움은 없었어요? 직장인으로 따지면 근속 15년에 나름 능력을 인정받고 승승장구했던 직장에서 이직을 한 건데요.

한 번은 터닝 포인트가 필요하다고 느꼈어요. '여기서 이렇게만 농구하다가 끝낼 건가?' 하는 고민이 들었거든요. 한 단계 더 발전하고픈 마음이 더 컸어요.

프로선수라면 매 시즌 발전하고 싶어 하는 마음은 다 같은데, 팀까지 옮겨 가면서 하고 싶었던 무언가가 있었을까요?

농구를 하면서 제가 그동안 커리어적인 면에서 쌓지 못했던 걸 이뤄야겠다는 생각이요. 사실 저는 팀 이적 전까지 선수 생활 하면서 'MVP 안 타도 된다'는 생각도 했어요. 그런데 돌이켜보니 제가 못 탔으니까 그런 생각을 하게 된 것 같더라고요. 내가 여자 농구 최고의 선수였다는 건 결국 'MVP' 이 한 줄이 가장 확실하게 보여주잖아요. 은퇴 전에 꼭 따보고 싶다는 생각이 들었어요.

우리은행은 늘 우승을 목표로 하는 팀이었어요. 누가 봐도 김단비 영입의 목표는 하나, 우승이었는데요. 새 환경에서 곧바로 결과를 내야 한다는 부담감은 없었어요?

위성우(우리은행) 감독님은 제가 어렸을 때 신한은행에서 코치로 저를 가르치신 분이세요. 감독님도 "내가 앞으로 감독 생활을 얼마나 더 하겠냐, 어렸을 때 키웠던 제자랑 마지막으로 함께하고 나도 감독 그만하고 싶다"고 하셨어요. 제가 처음 프로팀 입단하고 너무 힘들었다고 했을 때가 바로 위 감독님(당시 신한은행 코치)한테 배웠던 때예요. 너무 힘들었지만 그때 배웠던 농구로 제가 지금까지 농구한다고 생각해요.

아무리 좋은 선수 다섯 명 갖다놔도 선수들의 역할을 어떻게 분배하고, 어떤 플레이를 만드느냐에 따라 결과는 달라져요. 위 감독님은 이런 걸 워낙 잘하시는 분이시니 적응하는 데 문제없을 거라 믿었어요.

2023~2024시즌은 KB스타즈 박지수 선수가 MVP까지 7관왕을 했어요. 챔프전 MVP도 사실상 박지수 선수가 따놓은 분위기였는데, 우리은행이 업셋 우승을 했고 단비 선수가 2년 연속 챔프전 MVP를 차지했어요. 누가 봐도 객관적 전력이 열세였는데 그걸 뒤집은 저력은 어디에 있었다고 보나요?

저희는 사실 정규리그 2위를 한 것도 의외였어요. 주전 선수들이 부상으로 많이 빠진 상태였잖아요. 그래서 챔프전만 가도 진짜 잘하는 거라고 생각했는데 순위가 1~2위를 왔다 갔다 해서 저희도 '무슨 일이냐'고 할 정도였거든요. 챔프전 가면서 '챔프전답게만 하자'고 했는데 결과까지 좋아서 놀랐어요. 그걸 보면서 '다들 아니라고 했던 것도 할 수 있구나' 당연한 게 당연해지지 않는 게 정말 재밌는 일이라는 걸 알게 됐어요.

김단비

우리도 몰랐던, 숨겨진 힘이 어디에서 나온 것 같아요?

그동안 꾸준히 훈련했던 게 결과로 나오지 않았나 싶어요. 어찌 됐든 우리은행이 훈련량이 많은 팀인 건 사실이잖아요. 다른 팀 선수들 사이에서 "훈련량 많아서 저긴(우리은행) 안 돼" 이런 소리를 듣기도 하는데, 이번 챔프전에서 우리가 맞다는 걸 보여줄 수 있었어요.

사실 이번 시즌(2024~2025)도 저희 팀 (기존) 선수들이 많이 빠져서 '어려울 거다'라는 평가가 많아요. 이번에도 남들이 다 아니라고 했을 때 이기는 짜릿함을 다시 한번 느껴보고 싶어요.

팀을 옮기고 김단비의 농구에서 생긴 가장 큰 변화는 뭐예요?

그동안은 '이 정도면 되겠지' 생각했던 부분이 있었거든요. 그런데 우리은행에 오면서 내가 끝이라고 생각했던 곳에서 더 할 수 있는 사람이라는 걸 알 수 있었어요. 사실 이적 전에 저 스스로도 '나 수비 괜찮은데?' 했거든요. 그런데 우리은행에서 수비를 배

27

우면서 제가 더 잘할 수 있는 여지가 보이더라고요.

베테랑 스타플레이어가 체력이 중요한 수비에 비교우위가 있는 경우는 많지 않잖아요. 잘하는 선수일수록 궂은일보다는 클러치 상황에서 어려운 득점을 해주는 역할을 기대받고요. 감독님들이 '수비'를 강조해도 선수들은 대부분 공격을 더 재밌어하고 좋아하잖아요. 수비에 대한 솔직한 마음은 어때요?

요즘 농구가 수비를 잘 안 하는 스타일로 바뀌다 보니 그런 것 같아요. 예전 선배들은 기본적으로 수비를 다 했거든요. 이제는 수비를 제대로 하는 선수가 이상하게 여겨지는 시대가 돼버리더라고요. '수비농구'가 재미없다는 평가도 받고요.

물론 어쩔 수 없죠. 갖다 넣어야 재밌는 게 또 농구니까. 그런데 재밌는 농구를 하면서 동시에 또 이겨야 하잖아요. 사실 우리은행 오기 전에 잠시 수비의 중요성을 잊고 있다가, 여기 와서 그 중요성을 다시 한번 깨달았어요. 수비로 막고 다시 공격 나가는 재미도 느끼게 되고요. 골 넣는 것만큼이나 상대가 골을 못 넣게 하는 데에도 희열이 있어요.

그것도 나이를 먹고 보니 달리 보이는 것 중 하나일까요?

저도 어렸을 때는 화려한 거, 갖다 넣는 거 하고 싶었죠. 아무리 수비 잘해도 결국 골 많이 넣는 사람이 인터뷰하고 스포트라이트 받잖아요. (웃음) 저도 골 많이 넣어서 스포트라이트도 많이 받아봤고요. 이제는 주목받는 것보다는 우리 팀이 경기 이기는 게 더 중요한 나이가 됐어요.

올 시즌 앞두고 기존 주전 선수들이 거의 다 빠져나갔어요. 한 시즌에 이렇게 많은 변화가 있었던 적이 있나요?

(곧바로) 아니요. 저한테는 또 한 번의 동기부여되는 시즌이 되지 않을까 싶어요. 그동안 못 탔던 정규리그 MVP도 탔고, 챔프전 MVP도 연속 두 번을 타면서 안주할 수 있었는데 한 번 더 정신 차려야 하는 상황이 됐어요.

이제 챔프전 우승 반지가 총 일곱 개인데, 감흥도 점점 줄던가요?

솔직히 어렸을 때 매년 우승하던 시절에는 별 감흥이 없었어요. 그런데 제가 오랫동안 우승을 못 하다가 팀 옮기고 우승했잖아요. 오랜만에 하니까 너무 기쁘긴 한데 자고 일어나면 아무것도 아닌 건 같더라고요.

지난 시즌에도 챔프전을 극적으로 우승해서 축하도 정말 많이 받았는데 지금 저희 완전히 새로운 팀이 됐잖아요. 어제 새 시즌 프로필 촬영을 했거든요. '역시 우승은 지나갔구나' 하고 다가올 시즌 걱정밖에 안 되더라고요. 늘 모든 게 과거가 돼요.

오늘 게임해서 지면 죽을 것처럼 너무 힘들어요. 며칠은 미칠 것 같아요. 그러다 다음 게임 이기잖아요? 그러면 다음 게임 전까지 또 기분이 좋아요. 지면 또 안 좋아지고요. 여기서는 다 그저 일희일비하면서 사는 것 같아요. 내일은 또 어떨지 모르는 거죠.

그러다 보면 시즌이 영원히 끝나지 않을 것 같은데요.

그래도 이제 끝내야죠. 이제 제 인터뷰에는 은퇴 얘기가 빠지지

김단비

거기서 그만두면 결국
저는 안된다고 했던 사람들 말이
맞는 게 되잖아요.

'그 꼴 못 보지' 이러면서
버텼던 것 같아요.

않는 것 같아요. 요즘 하는 가장 큰 고민이기도 하고요. 저도 농구는 좋죠. 제가 살아온 시간에서 농구한 시간이 가장 많은데. 그런데 멋지게 은퇴하는 게 어렸을 때부터 목표였어요.

운동선수의 세계는 정말 '능력 지상주의'의 끝판왕인 곳이에요.

실력이 떨어지면 바로 내쳐지는 곳이죠. 구단에서 '필요한 선수'라면 제가 프로선수로서 가치가 완전히 내려가지 않았다는 뜻이잖아요. 그럴 때 은퇴하고 싶어요. '야, 진짜 이제는 은퇴해라' 이런 얘기 듣지 않고 '더 보고 싶은데 왜 은퇴하지?' 하는 아쉬움이 있을 때요.

팀에서 붙잡을 만큼 농구를 잘할 때 쿨하게 떠날 수 있을 것 같아요? 막상 그 상황이 되면 쉽지 않을 것 같아요.

어렵겠죠. 그런데 선배님 중에 누가 봐도 충분히 더 할 수 있는데 은퇴한 선배님들이 있거든요. 저도 최고의 자리에 있을 때 은퇴하고 싶어요. '기량 떨어졌다', '나이 먹어서 안 된다'는 소리는 듣고 싶지 않아요.

일단 국가대표에서 먼저 은퇴했어요. 처음 국가대표 선발됐을 때는 기억나요?

'와, 나 국가대표다' 이런 마음보다는 '와, 나 이 대단한 언니들을 어떻게 상대하지?' 하고 무서워했던 기억만 나요. 오늘 하루는 일단 버텼는데, 내일 하루는 또 어떻게 버티나 싶었어요.

국가대표는 정말 잘하는 선수들만 모아놓은 무대잖아요. 선수로서는 기대됐을 법도 한데.

그때는 하루하루 살기 바빴던 거 같아요. '빨리 농구 잘할 거야, 올라갈 거야' 하면서요. 그래서 누가 '20대로 돌아갈래?' 하고 물으면 돌아가고 싶지 않아요. 정말 후회 없이 살았고, 다시 그렇게 할 자신도 없어요. 내 20대는 정말 농구에 최선을 다했다고 생각해요. 물론 잘못했거나 실수했을 수도 있지만 다시 한대도 그것보다 더 잘할 자신은 없더라고요.

단지 조금 후회가 되는 건 너무 농구에만 악에 받쳐 살았다는 거요. 요즘 선수들 보면 많이 즐기면서 하는데 저는 그러지 못했거든요. 좀 더 즐겼으면 어땠을까 싶은데, 더 즐겼으면 실패한 선수가 됐을 수도 있겠다 싶은 생각도 들고….

프로선수 생활은 개인적인 시간, 가족과의 시간을 극단적으로 줄여야 유지되는 삶이잖아요. 남자 선수들 같은 경우에는 결혼하고 자녀를 여러 명 낳고도 현역으로 오래 뛰는 경우도 많지만, 여자 선수 중에는 아직 단비 선수처럼 결혼 후에도 현역 생활을 길게 유지하는 게 흔한 케이스는 아니에요.

저도 결혼은 했지만 선수 생활을 하는 한 가정에 충실하진 못하겠더라고요. 남편에게 "미안하지만 내가 지금 내조를 할 수는 없다"고 솔직하게 말했어요. "은퇴하는 날까지는 다치지 않고 농구 잘하는 게 목표다. 쉬는 날 같이 시간 보내는 것도 중요하지만 다음 경기를 위해 잘 쉬는 것도 중요하다. 미안하다"고요.

여자 선수들은 그냥 가만히 냅두는 게 외조예요. 스트레스받을

김단비

때 화 좀 받아주고, 쇼핑 가면 가만히 냅두는 거요. (웃음) 남편이 제 성격을 잘 알기도 하고 아직은 자기 일로 바빠요.

국가대표 은퇴는 남편(수구 선수 유병진)**분이 먼저 했어요. 지금도 실업팀에서 뛰시긴 하지만 국가대표 시절만큼 치열한 경쟁의 장은 벗어났잖아요. 같은 선수로서 어떤 생각이 들었어요?**
저는 오롯이 100퍼센트 농구에 쏟아야 하는 상황인데, 남편은 자기 시간을 가질 수 있다는 게 좀 부럽더라고요. 그런데 남편도 은퇴했다는 걸 시원섭섭해 해요. 저도 이번에 국가대표 은퇴를 결정하면서 그런 비슷한 느낌이 들었어요. 너무 힘드니까 놓긴 했는데 마음 깊숙한 곳에서는 아쉽고 더 뛰고 싶기도 하고.

그런 마음을 안고도 결국 국가대표 은퇴를 결정했는데, 결정적인 계기는 뭐였어요?
세계선수권 경기를 하는데 겁 없이 달려드는 선수들이 너무 무섭더라고요. 외국 선수들 중에는 어린 선수가 많았고, 워낙 로테이션(선수 교체)도 빨랐거든요. 예전 같았으면 저도 같이 막 달려들었을 텐데 이젠 피하게 되더라고요. 무서우니까.

선수 생활 하면서 큰 부상이 있었던 것도 아닌데도 그렇게 돼요?
그래서 더 그런 것 같아요. 목표가 '큰 부상 없이 은퇴하자'였는데 이러다 크게 다치겠다는 생각이 들었거든요. 무서움이 앞서기 시작하면 그땐 안 돼요. 농구는 겁 없이 할 때가 가장 좋은 것 같아요.

본인이 가장 겁 없이 농구했던 시절은 언제였던 것 같아요?

제가 막내로 뛰었을 때요. 제 실수를 만회해 줄 수 있는 든든한 사람들이 있었잖아요. 제가 과감한 돌파 시도하다가 골을 못 넣어도 '어린 나이에 당돌하다', '멋진 플레이했다'고 격려받고, 골 넣으면 더 칭찬받고요.

이제 팀에서 어린 시절 본인이 의지했던 언니 역할을 하고 있어요.

'내가 코트에 있으면 후배들이 든든할까?' 이런 생각을 가끔 하는데 잘 모르겠어요. 제가 솔직히 후배들을 잘 챙기는 선수는 아니에요. 제가 어렸을 때 언니들에게 느꼈던 감정을 후배들이 느끼려면 '내가 더 잘해야 할 텐데' 하는 생각이 들어요. 저는 언니들 있을 때 '언니 빨리 (코트에) 들어와라' 이런 생각 많이 했거든요. 저는 코트에서 후배들에게 "자신 있게 해, 내가 뒤에서 잡을게", "(수비) 뚫려도 돼" 하면서도 막상 경기할 때면 "(수비) 뚫리지 마" 외치기도 해요. (웃음) 그래도 선배는 몸으로 보여주는 게 가장 좋죠.

농구 선수로는 2021년 도쿄 올림픽이 처음이자 마지막 올림픽이 됐어요.

도쿄 올림픽을 코로나19 때문에 관중 없이 치렀던 게 아쉽긴 한데, 그래도 제가 농구를 하면서 올림픽 무대를 경험했다는 데에 큰 의미가 있었어요. 그전까지는 올림픽 못 나가도 어쩔 수 없다

김
단
비

고 생각했는데 나갔다 오니 '이래서 나가야 하는구나' 생각했어요.

선수들에게 올림픽은 대체 왜 그렇게 특별한 거예요?

전 세계인이 모이는 무대잖아요. 이번 올림픽을 보면서도 우리도 나갔으면 얼마나 좋았을까 싶더라고요. 여자농구에 관심이 전혀 없던 사람들도 한 번 더 보게 되고요. 저도 솔직히 농구 외에는 다른 스포츠를 찾아서 보진 않아요. 그런데 올림픽 때는 여러 종목을 보게 되잖아요. 그게 올림픽의 힘이지 않을까요? 잘 몰라도, 평소에 본 적 없어도 보게 되고 응원하게 되고.

보는 사람 입장에서 그렇다면 뛰는 선수 입장에서는 어떤 게 올림픽을 그렇게 간절한 무대로 만드는 걸까요?

도쿄 올림픽 나갔을 때 루카 돈치치[슬로베니아 국적으로 미국 프로농구(NBA) 댈러스의 스타플레이어]랑 같은 경기장에서 몸을 풀었어요. 우리(한국 대표팀)가 몸 풀고 끝나면 같은 코트에서 돈치치가 뛴다니. 선수로서는 그런 선수와 같은 경기장에서 같은 공을 잡고 같은 골대에 슛을 쏴보는 것만으로도 엄청난 영광이에요.

이번 올림픽도 좀 보셨어요?

미국 남자농구 대표팀 경기 하이라이트를 많이 찾아봤어요. '저렇게 농구하면 무슨 느낌일까?', '어떻게 저렇게 할까?' 싶더라고요. 만약에 다시 태어난다면 NBA 선수로 태어나고 싶다는 생각이 들었어요. 농구에서는 NBA가 세계 최고잖아요. 세계 최고가 되면 어떤 느낌일까 궁금해요.

농구
선수

38

그래서 2023년 올림픽 예선전이 더 아쉬웠겠어요. (한국 여자농구 대표팀은 예선전에서 2024년 파리 올림픽 진출권을 따내지 못했다.)

'만약 예선전을 통과했으면 파리까지 갈 수 있었을까?' 그런 생각도 해요. 올림픽에 나갈 수 있는 체력이 됐을까, 혹은 대표팀에서 날 뽑아줬을까 하고요. 만약 됐다면 어떻게든 나갔을 것 같긴 해요.

시기적으로는 언제까지 뛸지 생각해 봤어요?

앞서 말했듯이 제 능력이 다하기 전에 그만두고 싶어요. 너무 잘할 때는 아니더라도 실력이 확 떨어지기 전에요. 지금도 몸에서 조금씩 느껴지고 있거든요.

사실 기량이 떨어지더라도 어떻게 해서든 농구는 계속 할 수 있을 것 같아요. 그런데 농구를 그만두고 싶다기보다는 이 생활, 계속 운동하는 생활이 지쳐요. 또 경기 나가서 느끼는 심적인 강박, 그걸 버티기 힘들 때 결국 은퇴할 것 같아요. 장난으로 은퇴하고서는 가위바위보도 안 할 거라고 말해요. 뭐든 승부를 짓는 건 사절이라고.

사실 승부욕이 없으면 선수 생활을 할 수가 없는데 그게 싫다는 선수들이 은근히 많더라고요.

매번 승부를 결정짓는 게 너무 힘드니까 거기서 오는 강박이 있어요. 당장 오늘 이기면 마음의 여유는 조금 생기지만 '다음 게임은 어떻게 이기지?', 진다면 '다음엔 어떻게 이기지?' 하거든요.

운동할 때는 일상에서 무슨 안 좋은 일이 있어도 잊고 뛰어야 되

김단비

잖아요. 한번은 할아버지가 돌아가셨다는 부고 문자를 받은 적이 있어요. 엄마가 저한테 알리지 말라고 했는데 삼촌이 실수로 보냈대요. 그날 제가 시합이 있었는데 뛰다가 눈물이 나려고 하는 거예요. 그런데 또 골 넣고 게임 이겼다고 좋아하고 있더라고요. 진짜 이게 뭘까 싶었죠.

너무 힘들다가도 휴가 때 운동 조금만 안 하면 농구 생각나고…. 정말 애증의 관계인 것 같아요. '못 해 먹겠다' 하다가도 안 하면 하고 싶고. 정말 떼려야 뗄 수 없는 사이예요.

농구를 그만두면 뭐가 제일 그리울 것 같아요?

역전 골 넣었을 때 들리는 그 환호? 농구 그만두면 정말 다시는 들을 수 없는 일이잖아요. 또 코트에서 뛸 때 몸의 느낌이라는 게 있거든요. 점프를 할 때나 빠르게 뛸 때나 돌파할 때 그 특유의 느낌이요. 그런데 그 느낌은 기억해도 점점 몸은 안 따라갈 테니까요. 그 느낌들이 나이를 먹을수록 더 그리울 것 같아요.

얼마 전에 알고리즘으로 제가 어렸을 때 농구하던 영상이 떴는데 '아 그때 그랬었지' 하면서 그 느낌이 기억나더라고요. 이제는 그렇게 못하니 더 이상 느낄 수 없는 감각이거든요. 아예 농구를 못 하게 되면 그런 느낌이 더 그립지 않을까 싶어요.

힘들다고 곡소리를 내면서도 쉽사리 놓지 못하는, 농구 선수로 사는 가장 큰 매력이 뭘까요?

결국 제가 제일 빛날 수 있는 곳이 여기가 아닐까요? 농구장에 가면 "우와, 김단비다" 하지만 만약 제가 아무것도 안 하고 이렇

게 카페에 앉아 있다고 생각해 보세요. 저도 사실 이렇게 여유롭게 카페에 앉아 있는 사람들 보면 '이렇게 평범하게, 여유롭게 있고 싶다' 생각할 때가 있어요. 하지만 결국 제가 이렇게 부러워하는 사람들도 각자의 일터로 갈 거고, 또 다른 누군가를 보며 '저렇게 여유롭게 있고 싶다' 생각할 거예요.

농구장 밖에서 저는 지나가는 수많은 사람과 다를 바 없어요. 그치만 농구장만 가면 제가 좀 더 살아 있는 느낌이에요. 노랫소리 웅웅대는 코트에서 뛰고 응원받으면, 준비하면서 느낀 어려움은 아무것도 아닌 게 돼요. 제가 제일 빛나는 순간이 아무래도 코트 안에 있을 때니까요.

인스타그램 게시물 대부분이 팬들한테 전하는 감사 인사더라고요. 하루 이틀이 아니라 20년 가까이 이런 응원을 받으면서 산다는 게 아무나 할 수 있는 경험은 아닐 것 같아요. 부모님 말고 이런 '조건 없는 사랑'을 주는 사람은 아마 없지 않을까 싶은데요. 저도 정말 남에게 관심이 없는 사람이에요. 좋아하거나 응원하는 선수도 없어요. 가족애는 강한데 남한테는 '가족도 아닌데 굳이?' 이런 사람이거든요. 팬분들은 저를 응원한다고 얻는 게 하나도 없잖아요. 제가 잘하면 제 연봉이 오르고 제가 보너스를 받지, 팬들한테 가는 것도 아닌데. 그저 제가 잘하는 모습 보고 아낌없이 응원해 주세요.

그래서 팬분들에게 정말 잘하고 싶어요. 대가도 이유도 없이 무한한 사랑을 준다는 게 정말 어려운 일이잖아요. 보답을 너무 하고 싶은데 그런 방법을 몰라서, 제가 할 수 있는 건 좋은 플레이

보여드리고 또 팀이 이기는 거 아닐까요? 심지어 팬분들은 늘 "져도 돼요, 다치지만 말아요" 하셔요. 이런 건 정말 가족들만 할 수 있는 말인데…. 그래서 제가 농구 선수로 뛰는 동안 정말 할 수 있는 보답은 다하고 싶어요.

김단비

노랫소리 웅웅대는 코트에서
뛰고 응원받으면,
준비하면서 느낀 어려움은
아무것도 아닌 게 돼요.

02

김라경

야구 선수

이제 겨우
스타트 라인

Profile

한국 리틀야구(9~12세)리그 사상 처음 여자 선수로 뛰었다. 하지만
중학생이 되자 여자야구부가 있는 곳이 없어 야구할 곳이 없었다. 결
국 여자 선수는 중학교 3학년 때까지 리틀리그에서 뛰도록 허용하는
일명 '김라경 룰'이 제정됐다. 고등학교 2학년이었던 2017년에는 한
국 여자야구팀에 최연소(17세)로 발탁돼 한국 여자야구 대표팀이 세
계야구소프트볼연맹(WBSC) 여자야구월드컵에서 사상 처음으로 슈퍼
라운드에 진출하도록 도왔다. 대학리그 중 유일하게 전문 선수가 아
니어도 선수로 뛸 수 있는 서울대에 입학해 대학야구연맹 사상 첫 여
자 선수가 됐다. 현재는 여자야구 실업팀이 있는 일본 독립리그 진출
을 꿈꾸고 있다.

김라경의 야구는 투쟁의 역사다. 초등학교 6학년 때 '리틀리그' 선수로 야구를 처음 시작했지만 1년을 배우고 나니 갈 곳이 없었다. 대한민국에 여자야구부가 있는 중학교는 없었기 때문이다. 결국 "야구를 하고 싶다"며 리틀리그를 기웃거린 김라경을 위해 '김라경 룰'이 생기면서 여자 선수도 중학교 3학년까지는 리틀리그에서 선수로 뛸 수 있게 됐다.

하지만 그가 얻어낸 모든 것들에는 유효기간이 있었다. 여자야구 선수가 존재하지 않는 한국 땅에서 여자야구 선수를 꿈꾸는 김라경이 걷는 길은 자꾸만 끊어졌다. 고등학생이 되니 야구할 곳은 또 사라졌다. 초등학생 남동생들과 엘리트 야구를 하던 중학생은 하루아침에 취미로 야구를 하는 성인 언니들과 사회인 야구를 해야 했다.

대학교 때도 마찬가지였다. 고등학교 엘리트 야구부 출신이 아닌 학생이 대학리그 선수로 뛸 수 있는 곳은 한국에서 가장 들어가기 힘들다는 서울대뿐이었다. 선택지가 그것뿐이라면 김라경에게 다른 길은 없었다.

여전히 김라경은 보이지 않는 길을 걷는다. 산을 하나 넘으면 또 다른 산을 넘는 게 당연한 길을 12년째 걸을 뿐이다. 가지 않은 길은 후회와 미련이 남지만 가지 못한 길은 한이 남는다. 김라경은 '그만하면 됐다'는 사람들에게 이렇게 외친다. "제가 뭘 했어요. 아직 아무것도 못 했어요."

일단 여자야구 선수가 뛸 수 있는 일본 실업팀이 김라경의 다음 목적지다. 김라경은 2년 전 일본 실업팀에 입성했지만 부상 때문에 실전에서 공 한 개도 던지지 못하고 돌아와 팔꿈치 인대 접합술을 받아야 했다.

꿈을 이뤘다고 생각한 순간 다시 바닥으로 추락한 김라경은 부러진 날개로 나는 법을 배우고 있다. 다시 예전처럼 날 수 있을지, 날게 되더라도 날아갈 곳이 있을지는 여전히 미지수다. 하지만 김라경은 절망의 터널에서 한 가지를 확실히 알게 됐다.

"저라는 사람이 정말 야구를 좋아하는구나, '정말 미친놈이구나' 생각이 들었어요. 그래서 그냥 해야겠다 싶어요. 거지가 되든, 뭐가 되든. 일단 해보려고요."

한국 여자야구 선수 최초로 일본 실업팀에 입단했다는 소식이 알려지고 얼마 후 토미존 수술(팔꿈치 인대 접합술)을 받게 됐어요. 이후 소식이 끊겼는데 그동안 어떻게 지냈어요?

김
라
경

친오빠(전 프로야구 선수 김병근)가 전담 코치를 맡아주고 있어요. 그동안은 재활하고 웨이트에 집중했고 이제 기술 준비를 시작했어요. 지난해 9월부터 공을 던졌다가 굴곡근이 파열되고 잔부상이 많아져서 멈췄는데 올 2월부터 다시 던져요.

보통 수술한 선수들이 재활 후 투구를 시작했다가 통증이 재발하거나 다시 이전 단계로 돌아가야 하면 좌절감이 엄청나다고 하던데요.

표현은 안 해도 우울해지죠. 어디다 풀 데도 없으니까요. 할 수 있는 거라고는 러닝밖에 없었는데, 그때 알았어요. 수술하는 선수들이 많은데, 이게 정말 존경스러운 일이구나. 부상을 딛고 다시 무대에 선다는 게 정말 어려운 일이구나.

그래도 앞으로 후배들이 아파서 초조해하면 제가 해줄 수 있는 말이 늘어난 건 좋아요. 꼭 당해봐야 알잖아요.

한국에는 없는 '여자야구 선수'라는 오랜 꿈을 찾아 일본까지 갔잖아요. 그런데 부상 때문에 공을 하나도 못 던지고 돌아와야 했어요.

일본 입국 5일 만에 인대가 끊어졌어요. 주말에 다쳐서 평일에 병원 갈 때까지 시간이 있었거든요. 그때 이미 마음의 준비를 했어요. 이제 공은 못 던질 것 같다는 느낌이 오더라고요.

그런데 병원 갔더니 뼈만 붙으면 된다길래 기대하면서 재활을 열심히 했죠. 재기할 수 있다는 생각에 운동을 쉬라는 말에도 안 쉬었어요.

뼈가 붙고 본격적으로 재활한 지 두 달 차에 근육이 좀 붙었어요. 그래서 단계별 투구 프로그램(ITP)을 시작했는데 팔이 계속 아픈 거예요. 다시 병원을 갔더니 인대가 손상되긴 했지만 재활로 회복이 가능하다는 소견을 받았어요. 팀에서도 감독, 코치님이 기다려주신 덕분에 계속 재활을 했어요.

일본에 가자마자 다쳐서 돌아온 줄 알았는데 그게 아니었네요.

그런데 4개월이 지나고 시즌을 마칠 때까지 팔이 안 나았어요. 시합 때마다 벤치에서 응원만 했죠. 시즌을 마치고 한국에 돌아와서 병원을 갔는데 인대가 완파돼서 수술해야 한다는 얘기를 들었어요. 바로 일본 방을 빼고 수술을 받았어요. 그리고 지금 1년 3개월이 지난 상태예요. 엄청 미련이 남죠.

꿈을 이뤘다고 생각하자마자 큰 좌절을 맞은 셈이네요.

특히 저는 전례가 없잖아요. 수술해 주신 의사분이 프로야구 두산 팀 닥터이신데 '여자 인대를 보고싶다'고 수술을 도와주셨어요. 한국에서 한 여자 최초 토미존 수술이었다고 하더라고요. 여자 인대가 남자보다 1.5배 정도 얇대요. 그래서 더 생각이 많았던 것 같아요. 남자 선수들은 주변에 수술 경험 있는 선수들도 많고 단계별로 어떻게 해야 할지 소속 팀에서 관리도 해주고, 복귀까지 정해진 루트가 있잖아요.

그동안 아버지가 제 길을 많이 응원해 주셨는데 "그만하면 됐다. 팔도 지친 거다" 이렇게 말씀하시는 거예요. 그래서 마음이 좀 많이 아팠어요.

안 그래도 단조로운 운동만 반복해야 하는 재활은 많은 선수들이 어려워하는 시기예요. 오죽하면 '재활병'이 생긴다고들 하잖아요.

안 그래도 인대 수술을 한 여자 선수는 제가 처음이다 보니 많이 불안해요. 재활 과정이 단조로운 일상 때문에도 지치지만, 더 힘든 건 '재기해서 다시 그 무대에서 설 수 있을까, 퍼포먼스를 잘 낼 수 있을까?' 하는 불안감이거든요. 아프니까요. 또 예전의 내 몸이 아니라는 걸 아니까 기약 없는 것에 대한 두려움이 컸어요.

소속 팀도 없는 상태니 불안함이 더 클 것 같아요.

설령 제가 재활에 성공한다고 해도 앞길이 탄탄하진 않잖아요. 다시 돌아갈 수 있을지도 모르겠고, 일본 여자야구 리그도 풍족한 상황은 아니니까요.

정말 많은 경험을 한 것 같아요. 다양한 감정도 느꼈고, 운동선수들을 진정으로 존경하게 됐고요.

또 저라는 사람이 정말 야구를 좋아하는구나, '정말 미친놈이구나' 생각이 들었어요. 그래서 그냥 해야 되겠다. 거지가 되든 뭐가 되든 일단 해보고 인대가 또 끊어지면 그때 그만두자, 이런 마음을 갖게 됐어요.

일본 진출 이후 나에게 벌어진 일들을 받아들이는 과정이 쉽지는 않았을 듯해요.

사실 이번에 일본에 갈 때 도와주신 분들이 참 많아요. 또 10년간 꿔왔던 꿈을 드디어 이뤘는데 이렇게 바로 끝낼 수 없다는 생각이 컸어요. 수술을 결정한 후에는 '무조건 내 힘으로 다시 간다'고 마음먹었어요. 이번에는 진짜 내가 원하는 팀을 골라서, 내 힘으로 뚫어야겠다는 마음이에요. 그러기 위해서는 일본 선수들과 경쟁해서도 꿀리지 않는 실력을 갖춰야겠죠.

여자야구 선수를 꿈꾸는 선수들 중에는 라경 선수를 보고 꿈을 키웠다는 선수들이 많아요. 그런데 라경 선수는 보고 따라갈 여자 선수가 전무한 상황에서 어떻게 선수를 꿈꾸게 된 건가요?

아무래도 (프로야구 선수로 뛰었던) 오빠 영향이 컸죠. 오빠가 야구하니까 저도 당연히 해도 되는 줄 알고 어렸을 때부터 오빠 야구 유니폼을 입고 다녔어요. 부모님도 제가 야구하고 싶다고 했을 때 '넌 여자니까 안 돼' 이런 말씀하신 적이 없었고요.

성 역할에 대한 고정관념을 처음 느낀 건 4학년 때였어요. 같은 반에 리틀야구를 하는 친구들이 "어제 펑고 받았고, 누가 에러를 했다" 이러면서 야구한 얘기를 하는 거예요. 그래서 "나도 야구하고 싶다"고 했더니 "어, 넌 안 되는데? 여자잖아" 이러더라고요. 오기가 생겨서 "여자가 왜 안 되는데?" 했어요. 그때 내가 해봐야겠다는 굳은 마음이 생겼어요.

내가 남자애들과는 상황이 다르다는 걸 그때부터 조금씩 알았을 것 같아요. 다른 여자야구 선수들 얘기 들어보니 자기는 유니폼 입고 갈 야구부가 없다는 데에서 그런 차이를 처음 느꼈다고 하더라고요.

저도 야구를 시작하고 알았는데, 저보다 먼저 야구를 했던 안향미 선배님이 계셨더라고요. '나 같은 사람이 또 있었다고?' 하면서 놀랐었는데 결국 야구 그만두셨다는 얘기를 듣고 안타까웠어요. '내 미래도 혹시 저렇게 되는 건가?' 했죠.

하지만 길이 없다면 그냥 내가 만들어야겠다는 패기 혹은 오기 하나로 지금까지 야구를 해온 것 같아요.

야구를 언제부터 그렇게 좋아했어요?

제 기억에는 다섯 살이요. 아버지가 산타한테 뭐 받고 싶냐고 물어봤을 때 야구 점퍼 받고 싶다고 해서 다섯 살 때 선물 받았어요. 진짜 작은 아기용 점퍼였는데 아직도 가지고 있어요. (웃음) 그때 오빠가 남양주 리틀야구단 다녔는데 저도 유니폼 똑같이 맞춰서 입고 다녔고요.

김라경

리틀야구단에서 최초로 뛴 여자 선수잖아요. 처음에 어떻게 들어갔어요?

보통 입단할 때 테스트를 봐요. 공 던지고 치고. 그때 처음 마운드 위에서 공을 던져봤어요. 남자애들이 "뭐야, 저 누나 나보다 빨라" 얘기했던 기억이 나요. 시속 80킬로미터 후반, 90킬로미터 초반은 던졌던 것 같아요. 감독님이 "너 내일부터 와" 하셨죠.

여자고 뭐고 상관 없이 일단 잘하니까 받아주신 건가요?

사실 그 전날 잠을 한숨도 못 잤어요. 어렴풋이 안 거죠. 여자는 야구 선수 하기 어렵다는 걸. '안 받아주면 어떡하지?' 하고 겁 먹었던 것 같은데, 걱정과 달리 받아주셔서 감사하게 야구를 시작했어요.

여자야구 선수는 대한민국에 없는 직업이잖아요. 오빠랑 똑같이 그저 야구를 좋아했을 뿐인데 오빠는 초중고 선수로 뛰다 프로에 입단하는 엘리트 코스를 밟았어요. 형제였다면 무난한 형제 선수가 됐을 텐데 남매라서 이야기가 달라졌어요.

중학교 1학년 때가 고비였어요. 초등학교 6학년 때부터 (리틀리그) 선발 투수로 뛰면서 야구를 1년 배우니까 힘도 늘고 실력이 늘더라고요. 그런데 한 시즌 뛰고 나니까 바로 졸업이었어요. 제 또래 남자 친구들은 야구 잘하면 중학교 스카우트 제의도 많이 받는데 저는 갈 데가 없잖아요.

야구를 할 수 없는 상황이 오니까 방황했던 것 같아요. 그러다가 계룡시 리틀야구단 감독님께 양해를 구해서 애들 훈련 도와주면

김라경

59

서 저도 계속 훈련할 수 있게 됐어요. 중3 때 리틀야구단 대회에 따라다니면서 리틀리그연맹 회장님 찾아가서 "야구하고 싶습니다" 말씀도 드리고요. 그러다 리틀리그 감독자 회의에서 여자야구 선수들에 대한 이야기가 나오기 시작했나 봐요. '여자야구 선수는 중3까지 리틀리그에서 뛰게 해주자'고요.

유명한 '김라경 룰'이 그렇게 생겼던 거군요. (리틀리그는 9~12세 선수가 뛰는 게 국제표준이다. 한국에서도 남자 선수는 이 규정을 따른다. 하지만 여자 선수는 중3 때까지 리틀리그에서 뛸 수 있다. 초중고교에 '엘리트 팀'이 없는 사정을 고려해 생긴 예외 규정이다. 한국 리틀리그 1호 여자 선수인 김라경 때문에 이 규칙이 생겨 '김라경 룰'이라 불린다.)

초반에는 반발하신 감독님도 많았대요. 그런데 결국 감독자 회의에서 결의안을 통과시켜 주셔서 그게 '김라경 룰'이라고 불리게 됐어요. 그런데 그것도 고작 (중학교 3학년까지) 1년이잖아요. 고등학생이 되면서는 국가대표팀 소집 기간이 아니면 사회인야구리그로 넘어가게 됐죠. 조금 할 만하면 계속 '야구 그만해야 하나?' 하는 불안정한 상황이 이어졌어요.

그렇게 길이 없는 상황에서도 뭘 믿고 계속 야구를 할 수 있었어요?

오빠가 많이 잡아줬던 것 같아요. 심지어 사설 레슨장도 남자 위주라 여자는 안 받는 곳도 있거든요. 그룹으로 배우다 보면 '여자애들이 다니긴 좀 그렇다'고 꺼리시는 코치님들도 계셨고요. 그래서 오빠가 거의 제 전담 코치였죠. 주말에 휴가 나오면 자기도 바쁠 텐데 저랑 캐치볼 해주고요.

"나 야구 계속 할까?" 하면서 고민 얘기할 때도 "그냥 해, 너 야구 좋아하잖아"라고 오빠가 오히려 더 강하게 응원해 줬어요. 오빠 한테 한번 물어보고 싶어요. 오빠는 뭘 믿고 나 계속 응원해 줬냐 고요. (웃음)

오빠랑은 깊은 고민도 툭 터놓고 이야기하는 사이인가 봐요.

제 멘토이자 최고로 친한 친구가 오빠예요. 본인도 고민 있을 때 저한테 털어놓고요.

어렸을 때는 부모님도 지지해 주셨다고 들었어요.

제가 지금까지 야구할 수 있는 건 부모님 덕분이에요. 그런데 아버지는 이제 좀 지치신 것 같아요. 오빠도 선수 생활 하면서 수술을 네 번 했고, 야구가 많이 힘든 운동이라는 걸 아시는데 딸까지 야구하다가 인대 끊어지고도 계속한다고 하니까. 편한 길을 택했으면 하는 마음이신가 봐요. 아빠는 "너 그러다 인대 또 끊어져, 그만하면 안 되냐" 하고 모질게 말씀하시기도 했어요. 지금은 제 마음이 워낙 굳건하니까 아버지도 '어떻게 할 수 없겠다' 하는 눈치예요.

어쩔 수 없이 야구판에서 늘 주목받는 삶을 살았잖아요.

처음에 제가 나타나니까 웅성웅성거렸죠. "어, 여자다" 하고요. 남자 선수들이 저한테 삼진당하는 걸 화나는 일로 여기는 게 처음엔 거북했어요. 그런데 그냥 그럴 수밖에 없겠구나 싶었어요. 주변을 둘러봐도 여자는 나밖에 없으니까. 남자 선수들의 마음을 이해하게 된 것 같아요.

나이를 먹으면서 여자야구를 알리기 위해서는 어쨌든 언론에 노출돼야 한다는 것도 느꼈어요. 인터뷰를 하면 '나도 야구 잘하는데 왜 저 누나만 하지?' 이런 시기 질투하는 시선도 있었어요. 저도 그런 게 불편했고 튀고 싶지 않았지만, 여자야구를 알리려면 어쩔 수 없잖아요. 그래서 성격도 좀 밝게 바꾸려고 노력했던 것 같아요.

한창 사춘기도 야구장에서 겪었을 건데.

오빠랑도 그런 얘기 했어요. "내가 몸이 여자처럼 보여서 애들이 웅성거리면 어떡하지?" 하니까 오빠가 "뭘 신경 써. 야구 잘하면 되는 거 아니야. 네 플레이에 집중해"라고 하더라고요.

물론 '나도 남자였으면 눈치도 안 보고 야구도 더 잘했겠지' 그런 마음이 왜 없었겠어요. 사춘기가 올 때도 남자애들은 하루가 다르게 성장하고 힘이 살벌해지잖아요. 그런데 저는 두 배로 열심히 노력해도 정체되는 것 같으니까요.

사람들이 입버릇처럼 묻는 게 '커서 뭐 할거야?'인데 한국에 여자 프로야구 선수가 없는 상황에서 야구를 계속하는 건 사실 돈키호테 같은 정신이 필요한 일이잖아요. 누군가에게는 조롱과 비웃음거리인.

저도 현실적으로 우리 사회에서 여자야구 선수의 입지가 없다는 걸 안 다음부터는 '꿈이 뭐냐'고 하면 '체육 교사'나 '스포츠 행정가'라고 했어요. 야구 선수가 되고 싶다는 마음은 변치 않았지만 그러면 선생님들은 "어떻게 야구 선수가 될 건데?"라고 하셨으니까요. 일단 사회에서는 부와 명예로 연결되는 직업을 요구하잖아요. 돈을 벌 수 있는 수단으로 표면적인 꿈은 교사라고 한 거죠.

오빠가 프로 갈 때만 해도 엄청 부러웠을 것 같아요. '나는 왜 하필 야구를 좋아해서 이렇게 힘든 길을 걷게 됐을까' 하는 생각도 들었을 것 같고요.
그래도 중3 때 국가대표가 돼서 국제 대회에 나갔잖아요. 그때 '세상에 이렇게 여자야구 선수들이 많았구나' 하고 처음 희망을 느꼈어요.

다만 오빠를 보면서 프로에 간 남자 선수들이라고 생존이 쉽지 않다는 걸 간접 경험했을 것 같아요. 사실 대부분의 선수가 프로에 가서 맞는 운명은 승승장구가 아니라 방출이잖아요.
그건 알았던 거 같아요. 내가 원하는 데 들어가는 게 끝이 아니라는 거요. 그다음 스텝까지도 늘 각오가 되어 있어야 한다는 거요. 독립리그 가서도 어떻게든 살아남겠다고 한 게 그런 의미였어요. 염원하던 곳에 가더라도 끝이 아니라는 걸 오빠를 봐왔기 때문에 알았죠.
남자들이라고 야구를 계속하는 게 쉬운 건 아니에요. 지금도 제가 한국에서 갈 수 있는 길이 없다는 억울함이 있지, '여자라서 억울하다' 이런 마음은 없어요.

김 라 경

같이 야구를 한 여자 선수들은 없었어요?

있어도 한 명 정도였고 하다가 소프트볼로 넘어가곤 했죠. 그럴 때마다 '또 동료 하나 잃었구나' 했어요. 새로 야구한다는 친구 하나 생기면 '애는 어떻게 하지? 애도 고민이 많겠다' 생각이 먼저 들고요. 계속 같이 하면 좋을 텐데, 결국 대부분 취미로 생각하고 지나치는 친구들이었어요. 작정하고 선수가 되겠다고 나타난 건 (여자야구 국가대표 후배인 박)민성이가 처음이었어요.

박민성 선수는 초등학교 때 김라경이라는 선수가 있다는 얘기를 듣고 국가대표를 꿈꿨다고 해요. 같은 꿈을 꾸니 통하는 게 많겠어요.

남자애들 사이에서 굴하지 않고 야구하는 모습이 신기했어요. 나도 다른 사람들이 보기엔 저랬나 할 정도로 얘가 미친 사람처럼 보였어요. 근데 미친 짓도 같이 하면 안 두렵잖아요. 민성이라면 안 그만둘 것 같았어요. 저처럼 괴짜적인 부분도 보였고, 일본에 가보겠다는 얘기도 하고요. 되게 희미한 길이지만 그만두지 않고 걷는 후배들이 조금씩 생기고 있어요.

현실적으로도 국내에는 '여자야구 선수'라는 직업이 없어요.

지금 한국에서 여자가 야구를 할 수 있는 곳은 사회인야구리그 하나예요. 인프라만 보면 야구를 하고자 하는 마음도 꺾일 수 있는 환경이거든요. 솔직히 꺾여야만 하고요. 제가 고집이 세고 미련이 남아 계속 도전하는 거지, 사실 이런 환경이면 도저히 야구

를 이어갈 수 없어요. 우리나라에서 여자야구 선수는 절대 꿈꿀 수 없는 환경이라는 거, 모두 인지하고 있어요.

제가 사실 2021년 일본 진출을 한창 준비할 때 여자야구를 발전 시켜 보겠다고 여러 가지 일을 벌였어요. 국가대표 하면서 여자 야구 활성화 프로젝트를 했어요. 전국 다니면서 야구 관련된 분들 만나서 지원해 달라고 하고. 그러다 보니 머릿속이 많이 복잡 했던 것 같아요. 야구에만 매진해도 모자란 상황인데…. 결국 제가 후배들을 위해 버젓한 팀을 만들어주지도 못했고요.

직접 'JDB(Just Do Baseball)' 팀을 만들어서 활동했 잖아요. 일본 진출 준비하기도 바빴을 텐데 팀을 만들게 된 계기가 있었어요?

그때 '천재 야구소녀'라고 불리던 박민서 선수가 야구를 계속 못 하니까 골프 선수로 전향하겠다고 한 시즌이었어요. 그걸 보면 서 안타까웠고 제가 일본 가기 전에 뭐라도 하고 가야겠다는 마음이 들었어요.

가장 큰 계기는 아버지가 하신 말씀이었어요. 유튜브를 보고 있는데 리틀리그 소속 중학교 여학생이 내년이면 야구할 곳이 없어서 소프트볼을 할 수밖에 없다는 얘기가 나오는 거예요. 아버지가 "애도 똑같은 고민 하고 있네, 라경아" 그러시면서 "애네들이랑 야구하면 재밌겠다" 지나가듯 말씀하시는데 머리가 띵 울렸어요.

그 생각을 왜 못했나 싶더라고요. 전국에 있는 리틀리그연맹에도 여자야구 선수 리스트 좀 달라고 했어요. 열두 명 정도 되더라고요. 연락 돌리고, 소속 팀에 협조문 보내고, 부모님 설득하고, 한 열흘 만에 그 과정을 끝낸 것 같아요.

JDB도 오빠랑 함께 했더라고요.

사실 다른 감독님께 도움 요청하고 싶었는데 처음 하는 거다 보니 제가 믿음을 주기 쉽지 않잖아요. 자기 시간을 내줄 수 있고 편하게 부탁할 만한 사람이 오빠밖에 없더라고요. 전용 구장도 없으니 대전, 창원, 남양주 전국 구장을 돌아다니면서 3부 리그 남자 선수들과 승부를 하면서 8경기를 유튜브로 중계했어요.

비용도 만만치 않았을 텐데 어떻게 마련했어요?

처음 비용은 제 사비로 냈어요. 가뜩이나 힘들게 야구하는 친구들에게 비용 부담까지 지게 할 수는 없었어요. 나중에는 저희랑 시합을 원하는 팀들이 필요한 비용을 내기도 했어요.

필요한 장비, 유니폼도 1,000만 원 가량 후원을 받았어요. 고등학교 때 디자인하던 친구한테 로고, 마스코트를 만들어달라고 부탁했고요. 대학교 체육교육과 스포츠마케팅 동아리 친구들을 모아서 같이 펀딩 프로젝트도 했어요. 목표 금액을 500만 원으로 세웠는데 1,000만 원을 모았어요.

하지만 한계가 있었죠. 홍보를 위한 방송도 필요한데 제작자분들이 콘텐츠적인 차원에서 아직 여자야구 선수를 조명할 만한 가치를 못 느끼셨어요.

제가 일본에 가고 나서도 이걸 끌고 갈 후임자가 있었으면 좋겠다 싶기도 했지만, 아무 기반 없이 맨땅에 헤딩하게 할 수는 없겠더라고요. 후배들도 현역 선수로 활동해야 했고요.

내 앞가림하기도 힘든 상황에서 일을 벌였잖아요. 지치지는 않던가요?

시간이 부족하니 잠을 줄였어요. 그러니까 탈모가 오더라고요. 생각해 보면 몸을 우선해야 하는 선수로서는 프로페셔널하지 못했던 것 같아요.

그렇게까지 무리한 이유는 뭐였어요?

안 해보면 모르니까요. 그리고 전 얻을 게 있으면 있었지, 잃을 게 없었거든요.

여자야구 발전을 위한다는 마음만 가지고 지원해 달라고 이리저리 뛰었지만 결국에는 이것도 저것도 안됐어요. 시행착오 끝에 하나 수확한 게 있다면 마음을 딱 정한 거였어요.

내가 이 나이에 여자야구 발전을 위해 할 수 있는 건 선수로 성공해서 후배들이 꿈꿀 수 있게 하는 것, 그게 가장 잘하는 일이겠구나 싶었어요. 아쉬웠지만 그래서 마음 정리가 됐어요.

오빠가 엘리트 야구를 하는 걸 옆에서 봤기 때문에 더 힘들었을 것 같아요. 남자야구 선수들은 이미 닦인 고속도로를 달리기만 하면 되는 반면 본인은 돌을 캐내고 비포장 도로를 하나하나 만들어가며 걸어가야 하는 환경이었잖아요.

남자 선수들도 잘해야 인정받고 그다음 루트로 갈 수 있거든요. 그래서 저도 인정받아야겠다는 마음은 같았어요. 다만 저는 제 의지가 꺾이면 모든 게 꺾이는 상황이라는 걸 너무 잘 알았어요. 제 의지 하나만으로 야구를 해왔고 그게 전부였기 때문에 계속 인정받으려고 노력했던 것 같아요. 제가 못하면 그냥 야구를 못 하게 될 테니까. 물론 잘해도 계속할 수 있는 상황이 될까 싶은 막연한 두려움이 있었지만 일단 잘하고 보자는 마음이 컸어요.

뭔가를 잘하고 싶은데 그걸 잘하는 것도 엄청난 행운이에요.

행운이었죠. 어렸을 때부터 여러 운동을 해봤는데 야구만 그만둔다는 얘기를 안 했어요. 초등학교 때 남자애들이랑 축구하다가 스카우트 제의도 받았는데 "저는 야구해야 돼서 축구 안 합니다" 한 적도 있어요. 야구가 운명이었던 것 같아요. 저를 끌어당겼고, 저의 끈기도 마르지 않았고요.

부모님은 처음부터 전적으로 지원해 주셨나요? 수술 전까지 다른 일 알아보라는 얘기를 한 번도 안 하셨는지?

야구는 취미로 하는 거라고 생각을 하셨던 것 같아요. 제가 일본 (실업팀) 가기 전까지는 그랬어요. 정말로 일본에 갔고, 가서 인대를 끊어 먹고도 다시 가겠다고 하니 당황하신 것 같아요.

무조건적인 지지가 주는 힘이 있잖아요. 저도 어렸을 때부터 기자 되겠다고 기자 준비만 했거든요. 그런데 대학 졸업 후에도 계속 떨어지니까 엄마가 처음으로 '다른 회사들은 정말 안 쓸 거냐'고 물어보는데 그게 그렇게 서운하더라고요.

재활하는 동안 아버지의 태도 변화가 저한테 가장 큰 상처였던 것 같아요. 인대 수술한 지 얼마 안 돼서 앞으로 야구할 수 있을까 두려웠고 가족이 응원을 해줘도 힘들 시기였는데, 아버지가 "너 또 부상당할 거고 야구는 돈벌이가 안 된다, 직업이 못 된다"고 하시니 그간 제가 살아온 시간 전체를 부정당한 느낌이 들었어요.

아버지한테 "지금은 인대 때문에 돌아온 거지, (야구 선수로) 길이 막 보이려고 하지 않았냐. 그리고 내가 돈 때문에 야구를 하고 있냐, 내가 하고 싶은 일인데 그렇게 말하지 말아달라"고 고집을 좀 피웠어요. 지금도 강하게 반대는 안 하세요. 다만 딸이 더 이상 힘든 길을 안 갔으면 하는 마음인 걸 저도 알아요.

그런데 저는 아직 시작도 안 했거든요. '너는 해볼 만큼 했다'고 하는데 제가 뭘 했어요. 아무것도 못 했어요. 이렇게 끝내면 누군가 이걸 다시 해야 해요, 그런 억울함과 미안함이 커요. 정말 스스로 '해볼 만큼 해봤다' 하면 그때 끝낼 수는 있겠지만, 전 아직 할 수 있는 게 남았다고 생각해서 지금은 끝낼 수가 없어요.

야구하려고 재수해서 서울대에 간 걸로도 유명해요.

제가 가는 모든 길에서 야구가 빠진 적이 없어요. 모든 결정의 이유가 다 '야구'였어요.

2016년에 이광환 감독님이 여자야구 대표팀 감독이실 때 서울대 명예 야구 감독도 맡고 계셨거든요. 여자야구 대표팀이랑 서울대 야구부 간 교류도 많았고요. 그런데 서울대에서 일반 학생들이 엘리트 대학리그를 뛴다는 거예요. '나도 여자지만 뛸 수 있겠구나' 했어요.

서울대에서도 여자가 뛰어본 전례가 없었으니까 역시 미지의 영역이었죠. 서울대에 붙을 수 있을까 하는 두려움도 있었지만 일단 가보자는 마음이었어요. 중3 때도 야구할 길이 없었지만 노력해서 길을 만들어본 경험이 있었잖아요. 그래서 계속 무모한 결정을 했던 것 같아요. 이번에도 내가 들어감으로써 길이 열리지 않을까 하는.

꿈에 그리던 서울대에 가서 대학야구연맹 사상 첫 여자 선수로 등록됐어요. 이상과 현실은 많이 달랐나요?

어렸을 때보단 야구장에서 남자와 여자의 관계가 좀 더 거리낌이 없어지는 건 있었어요. 그래도 당연히 기본적인 불편감은 있죠. 서로 배려해야 하는 부분도 있고요. 남자 선수들이 평소처럼 옷 훌렁훌렁 벗으려다 "라경이 있잖아, 조심해" 이런 말 한마디만 해도, 그냥 넘길 수 있지만 '내가 짐이 되는 건 아닐까' 싶은 생각이 들고요. 그런데 이걸 서운해하면 안 되거든요. 내가 택한 길이니까, 그리고 서로 이런 경험이 처음이니까.

야구적인 면에서는 설렜고 준비도 많이 했어요. 러닝할 때도 선두로 뛰려고 노력했고요. 저도 두려웠기 때문에 많은 각오를 했어요. 대학리그에서 준프로 성인 남자 선수들을 상대한다는 거잖아요. 대학리그연맹법도 원래 '남자 선수'라고 규정이 돼 있었는데, 제가 서울대 입학하면서 '남녀 선수'로 개정이 됐어요.

지금 여자야구 선수들은 '김라경'을 보고 국가대표를

야
구
선
수

꿈꾸며 야구를 계속해요. 무모해 보였던 도전이 해볼 만한 도전이었다는 걸 보여주는 것 같아요.

아이들 마인드가 변하는 걸 봐요. 후배들이 예전에는 야구할 생각을 전혀 못 했는데 저를 보고 '야구해도 되는구나' 안심했대요. 부모님도 "이런 언니도 있으니까 해봐" 이렇게 말씀하셨다고 하고. 내가 계속 이렇게 야구하는 모습을 보여줘야겠구나. 신경 쓰지 않고 보여주면 세상이 조금씩 바뀌는구나 느꼈어요.

부모님께서 야구를 위해 따로 지원을 안 해주셨으면 필요한 비용은 어떻게 마련했어요?

일단 최대한 성적 장학금을 받아서 아르바이트하는 시간을 줄이고 그 시간을 운동에 투자했어요. 저는 스포츠 장학금을 따로 못 받아요. 무슨 대회 입상, 이런 조건이 있는데 아무것도 부합이 안 되거든요. 야구장학재단도 있는데 대상이 다 남자예요. 일본 실업팀 입단을 준비할 때는 학교 수업 듣고 바로 야구를 해야 하니 아르바이트할 시간이 없어서 주변 지도자, 재활센터분들이 도와주셨어요. 지금도 도와주시는 분들이 계시고요. 그래도 돈이 부족할 때는 영어 과외를 해요.

일본에 다시 가면 투타 겸업을 할 예정이라고요.

수술하고 나서는 타자 준비도 하고 있어요. 살아남아야 하니까. 수술하고 나서 팔이 너무 아프니까 투수는 당연히 안 될 것 같고, 타자라도 해보려는데 스윙을 할 때도 팔이 아픈 거예요. 제가 원래 우투우타(오른손으로 던지고 오른손으로 치는)인데 반대손(왼손)으

안 해보면 모르니까요.
그리고 전 얻을 게 있으면 있었지,
잃을 게 없었거든요.

로 스윙을 몇 번 해보니까 안 아프더라고요.

그런데 제가 12년 야구했어도 왼손으로는 야구 방망이를 처음 잡는 애에 불과했으니 막막하더라고요. 그때 만난 레슨장 코치님이 양타(오른손, 왼손으로 모두 치는)를 하신 분이었거든요. 그분이 "우타 잘했으면 좌타도 잘하겠지. 해봐요, 저도 다 했어요"라면서 그걸 당연하게, 별거 아닌 것처럼 말해주시는 거예요. 말의 힘이 정말 커요. 저도 그렇게 당연하게 받아들이게 됐어요. 하다 보니 팔이 안 아파지기 시작하고, 한 달 만에 어느 정도 선수다워지더라고요. 이제 정말 야구할 수 있겠다고 생각하면서 우투좌타(오른손으로 던지고 왼손으로 치는)로 준비하고 있어요.

야구 신동으로 주목받고, 최연소 여자야구 국가대표도 됐잖아요. 가시밭길이었지만 걸어온 길을 돌아보면 어때요?

벽을 많이 느꼈던 것 같아요. 국가대표로 명예롭고 자부심도 가졌지만, '여자야구가 이렇게 힘든 거구나' 이걸 깨닫는 연속이었던 것 같아요.

2016년 여자야구월드컵을 한국에서 치를 때는 뭔가 다를 줄 알았어요. 야구월드컵은 WBSC에서 주관하는 가장 큰 대회거든요, 우리나라에서 열렸고. 슈퍼라운드 진출이라는 역대 최고 성적을 거뒀고요. 뭔가 변할 줄 알았는데 그때 이후로도 제가 갈 수 있는 길은 없었어요.

또 세계대회에 가보니 저는 볼만 좀 빨랐지, 실력도 보통이었어요. 그때 제가 호주전에 선발 등판하면서 '콜드패만 면하자'고 했는데 콜드패 당했거든요. 볼넷만 내주다 실점하고. 그때 '나도 우물 안 개구리구나' 싶어 좌절감이 컸죠.

그런데 그 좌절감도 감사했어요. 그 대회가 아니었다면 제가 야구를 잘하는 줄 알았을 거예요. 희망과 절망을 동시에 느꼈죠. 그럼에도 이런 실력의 세계 선수들과 다시 붙고 싶고, 이겨보고 싶다는 생각이 들었어요.

여자야구월드컵이 열렸을 때 잠실구장에서 KBO리그 시구했던 기억도 나요. 잠실 마운드에 올랐던 기분이 궁금해요.

잠실구장 마운드에 선다는 건 정말 떨리는 일이죠. 그런데 시구는 하기 싫었어요. 결국 잠실구장에서 시구하는 저는 외부인인 거잖아요. 시구를 하는 게 여자야구를 알리기 위한 좋은 방법이긴 하지만 앞으로는 현역 여자야구 선수가 시구자로 서는 일은 없었으면 좋겠어요. 다시 선다면 선수로 서고 싶지, 일회성 이벤트 시구자로 서고픈 마음은 없어요.

여자야구 국가대표 선수들도 어느 정도 나이를 먹으면 현실적인 고민이 많더라고요. 각자 생업이 있으니 국가대표 훈련 일정을 맞추기도 쉽지 않고요. 정말 개인적인 희생 없이는 지속할 수 없는 게 지금 여자야구의 현실인 것 같아요.

지금 전국에 여자야구 하시는 분들이 1,000명 정도인데 따지고 보면 정말 많은 거예요. 제가 야구에 몸담은 시간이 12년인데 이 변화 과정이 흥미로워요. 변한 게 없다고 할 수도 있지만 그 가운데도 많이 변했어요.

예전에는 "헉, 여자다" 했다면 지금은 "아, 여자선수가 레슨장에 오네", "여자 선수네" 하는? 그냥 '야구 하고 싶다'고 야구장에 찾아오는 발걸음이 가벼워졌다는 것도 엄청난 변화인 것 같아요.

남자 엘리트 선수들도 운동과 학업을 병행하는 것에 어려움을 느껴요. 현실적으로 엘리트 야구를 하는 경우에는 선수와 학생 역할을 균형 있게 해내기가 어려운 경우가 많잖아요.

저도 중3 때까지만 해도 공부를 잘 못했어요. 야구를 잘하는 게 더 중요한데 공부한다고 야구하는 시간을 줄일 수도 없잖아요. 그런데 서울대에 가려면 공부는 해야 하고…. 그래서 야구하러 가는 차에서 공부할 수 있게 책 받침대를 들고 다녔어요. 합숙 훈련 갈 때도 접이식 책상이랑 의자를 늘 챙겼고요.

늘 공부와 병행했기 때문에 원하는 만큼 야구에 에너지를 다 쏟지 못했어요. 가능하다면 이제는 영양 관리까지 철저히 해서 모든 걸 야구를 잘하는 데에 쏟아보고 싶어요.

실제 프로들은 야구를 잘하기 위해 혼을 갈아 넣잖아요. 따지고 보면 저는 아직 그렇게 해본 적이 없어요. 그래서 야구를 더 잘할 자신이 있어요.

재활 중이라고 해서 쉬엄쉬엄 하는 줄 알았는데 설 연휴에도 훈련을 해서 놀랐어요.

올해는 제 야구 인생에 사활을 건다는 마음이에요. 처음으로 절 전담해 주시는 트레이닝 코치님도 생겨서 체계적으로 준비하고 있어요. 야구 재활 관련 세미나에서 만난 분인데 체중을 강조하시더라고요. 남자 선수 기준으로 포지션별 적절한 몸무게를 설명해 주셨는데 제가 여자 선수는 어떻게 기준을 잡고 훈련해야 할지를 질문했어요. 여자랑 남자가 체질적으로 지방 수준도 다르잖아요.

선생님도 저를 알고 계셨다면서 함께 고민해 주셨어요. 소프트볼 선수 지표라도 한번 알아보자고. 사실 선생님도 여자 선수가 생소하시고 여자야구 선수 표본도 없거든요. 그래서 "괜찮으시면 제 센터에 오셔서 운동하실래요?"라고 제안해 주셔서 1년 동안 함께 몸을 만들어보기로 했어요.

선생님께서도 "만약에 라경 선수가 일본 리그에서 뛰게 되면 함께 한 사람으로서 나도 영광일 것 같다"고 말씀해 주셨어요. 저한테도 행운이죠. 제 가능성을 알아봐 주는 사람도 있으니까요.

내가 왜 이렇게까지 야구를 한다고 생각해요?

좋아하는 데 이유가 어디 있겠어요. 굳이 찾았다면 그거예요. 마운드 위에 서 있는 제 모습이 제일 맘에 들어요. 제일 편하고. 가장 저다운 모습이 야구를 할 때 나와요.

일본 진출을 결정한 건 지금 길에서 할 수 있는 최선의 선택지였기 때문인가요? 프로야구 선수들이 메이저리그(MLB)에 진출하는 걸 보면 가장 큰 무대에 가보고 싶다는 생각도 들 것 같아요.

단계가 있다고 생각해요. 서울대도 일본도 하나의 단계지 최종 목표라고 생각하진 않아요. 호주에도 여자 프로리그가 있고, 남자 독립리그 팀에도 갈 수 있고요. 미국도 제 오랜 낭만적인 꿈 중에 하나죠. 저처럼 진심으로 야구만 꿈꿔온 선수들이 모여 있

김라경

는 자리잖아요. 그 선수들과 교류해 보고 싶어요.

'하고자 하면 되지 않을까?' 하는 무모함은 길러진 것 같아요. 제가 너무 길이 없는 곳을 걸었잖아요. 비포장길을 걸으면서 말도 안 되는 상상을 하고, 또 상상을 현실로 만들기도 했고요. 물론 이걸 보시는 부모님은 속이 끓겠지만.

지금 대학 졸업반인 친구들과 고민의 결과 질이 완전히 다를 텐데, 거기서 오는 막연한 불안감이나 외로움은 없어요?

이제 4학년이라 친구들은 취업 준비하고 있어서 다르다는 걸 많이 느끼긴 하는데 주변 친구들은 생각이 유연해요. 교수님들께도 찾아가서 '저 이렇게 하려고 합니다' 하면 '네 생각이 그래? 그러면 해봐야지' 이렇게 말씀해 주세요. 이런 환경에 있다는 것 자체가 정말 감사해요.

저한테도, 다른 사람 눈에도 '무모한데?' 하는 상상을 실행에 옮기려면 일단 제가 잘하고 봐야 해요. 그 상상이 조금은 가능성이 있어 보여야 한다는 저만의 전제는 있어요. 그래서 잘하고 싶어요, 야구를.

야
구
선
수

좋아하는데 이유가 어디 있겠어요.
굳이 찾았다면 그거예요.
마운드 위에 서 있는 제 모습이
제일 맘에 들어요.
제일 편하고.

03

김선우

근대5종 선수

시간은
내 편 〰〰〰〰〰〰〰〰〰

Profile

경기체고(경기체육고등학교) 2학년인 2013년 근대5종 국가대표로 처음 발탁됐다. 2016년 근대5종 청소년세계선수권에서 우승하면서 한국 여자근대5종 선수 최초로 세계대회 정상에 섰다. 고등학교 3학년 때 출전한 2014년 인천 아시안게임 여자 단체전에서 막내로 금메달을 합작했다. 아시아선수권에서도 금메달 세 개(2015, 2017 혼성 계주, 2019 여자 계주)를 땄고 세계선수권에서도 금메달 세 개(2022, 2024 혼성 계주, 2024 여자 계주)가 있어 그랜드슬램(올림픽, 세계선수권, 아시안게임, 아시아선수권 등 메이저대회 모두 우승)까지 올림픽 금메달만 남겨두고 있다. 2016년 리우 올림픽(13위), 2021년 도쿄 올림픽(17위)에 이어 2024년 파리 올림픽은 개인 최고인 8위로 마쳤다.

성인이 되면서 얻는 특권 중 하나는 어느 한 분야에 에너지를 집중할 수 있다는 점이다. 정해진 '필수 교과'를 배워야만 하는 학생의 시기를 지나면 대체로 흥미와 재능이 포개어지는 하나의 분야에 딥다이브할 수 있다. 운동선수가 업이라면 더욱 그렇다.

그런데 전문가 중의 전문가라 할 수 있는 '국가대표'가 되고 나서도 상충하는 서로 다른 능력을 모두 최대치로 이끌어내야 하는 종목이 있다. 근대5종은 펜싱, 수영, 승마, 레이저런(육상과 사격) 등 다섯 가지 종목을 모두 잘해야 한다. 하나라도 구멍이 생기면 곧바로 순위권에서 멀어진다.

수영만 할 줄 알았던 김선우는 근대5종에 도전하면서 펜싱, 승마, 사격을 새로 배웠다. 한 사람의 몸으로 다섯 종목을 한다는 건, 5차 방정식의 답을 찾아가는 것만큼 복잡한 일이다. 수영에 최적화됐던 몸을 펜싱, 승마, 사격, 달리기에도 적합한 몸으로 만들면서 김선우의 수영 기록은 오히려 떨어졌다. 경력이 쌓이고 모든 종목에 제법 능숙해진 뒤에도 다섯 종목을 모두 만족시킬 최적의 몸을 만드는 건 여전히 난제다.

2013년 고등학교 2학년 때 국가대표 생활을 시작한 김선우는 스물여덟이 된 지금까지 10년간 훈련만으로도 꽉 찬 하루를 살아냈다. 말 그대로 매일 각 종목 훈련만으로 하루가 꼬박 차는 그 시간을 견딘 김선우는 2018년 한국 근대5종 사상 첫 월드컵 개인전 메달을 따낸 여자 선수가 됐다. 마음 졸이며 결선 진출을 기다리던 날도 있었지만, 어느새 올림픽 결선 진출도 당연한 일이 됐고, 메달을 놓치는 게 아쉬운 일이 됐다.

꿈에 그리던 올림픽 메달은 세 번째 도전 끝에도 김선우의 손에 잡히지 않았다. 하지만 김선우는 조바심 내지 않는다. 시간은 자신의 편이라는 걸 알아서다. 한때 말에 다가가는 것조차 무서워했던 김선우는 근대5종에서 승마 종목이 폐지된 지금 '어떻게 이런 종목이 없어지냐'며 아쉬워한다. 그간의 피, 땀, 눈물이 흥건히 밴 승마는 한순간에 소용없는 능력이 되어버렸다. 곧 서른을 앞두고도 김선우는 당장 새로 도입된 장애물달리기를 배워야 한다. 하지만 한 번도 해본 적 없는 도전을 앞두고도 김선우는 해맑게 외친다.

"하면 또 잘할 수 있겠죠."

'짬밥' 먹은 지 한참이죠. (근대5종 국가대표팀은 문경 상무 국군체육부대 내에서 훈련한다.) **주말에는 집에 갈 줄 알았는데요.** (김선 우는 인터뷰 장소를 소속 팀 경기도청 숙소가 있는 수원으로 잡았다.) 제가 경기체고를 다녔고 실업팀도 경기도청으로 가면서 이 근처 에 계속 살았어요. 문경 아니면 여기서 주로 생활해요. 진짜 집보 다 여기 더 오래 살기도 했고요.

아직도 근대5종은 어떤 다섯 종목을 하는 건지 모르는 사람이 대부분일 정도로 생소한 종목이에요. 경기를 직접 보기는커 녕 올림픽, 세계선수권 같은 큰 대회조차 중계도 잘 안 됐고요. 이런 종목을 어떻게 알고 시작하게 됐어요? 저도 잘 몰랐어요. 어렸을 때 집 근처 시민회관에서 수영을 먼저 배웠어요. 선수반으로 넘어가서 수영 선수를 했는데 운동이 너 무 힘들었어요. 체벌도 있었고요. 그러다 중3 때 우연히 철인3종 으로 경기도 소년체전 선발전에 나가게 됐어요. 어린 선수층이 두텁지 않거든요. 저는 5, 6등 정도 했던 것 같은데 그때 1등을 했던 친구가 근대5종으로 경기체고에 간다면서 저한테 같이 하

김선우

91

지 않겠냐고 물어봤어요.

그래서 검색을 해봤죠. 사격, 펜싱에 승마까지… '이걸 한 사람이 다 하는 게 맞나' 싶었어요. (웃음) 일단 서울체고(서울체육고등학교)에서 대회가 있다고 해서 친구랑 보러 갔는데 너무 멋있는 거예요. 그렇게 친구 따라 강남 가게 됐어요.

수영만 하다가 펜싱, 레이저런, 승마를 새로 배워야 했잖아요.

원래부터 했던 건 잘하기 마련이잖아요. 그런데 몸이 다른 종목에 맞춰지면서 오히려 수영 기록이 떨어지더라고요. 근대5종을 하면 아무래도 수영 선수 때만큼 수영을 하진 못하거든요. 다른 종목들도 해야 하니 한 종목에 대한 절대적인 운동량이 줄어요. 대신 한 번 할 때 굉장히 강도 높게 해요. 그런데 다섯 종목 모두 강도가 높아요.

뭐 하나 놓을 수도 없고, 그 와중에 체력 관리도 해야 하고. 하루하루가 힘들었죠. 새벽에 수영하고, 오전에 승마 수업, 오후에 육상, 사격한 다음, 펜싱장에서 자세 훈련받고, 야간에 따로 사격 추가 훈련하고…. 방에 돌아가면 기절했어요.

그중에서도 가장 힘들었던 종목이 뭐였어요?

펜싱이요. 처음 배울 때 4~5개월은 아예 칼도 안 들고 하체 훈련만 해요. 그렇게 기초를 다져놓은 다음에야 게임을 뛸 수 있어요. 처음에는 골반에도 부담이 되고 아픈 곳도 많아지니 너무 힘든 거예요. 그런데 기본 훈련을 견디고 칼 들고 게임 뛰니까 재밌더라고요. 근대5종 나머지 네 종목은 다 저와의 싸움인데 펜싱만 상대가 있어요.

근대5종은 올림픽의 근간이 된 종목이지만 여자 경기는 21세기가 돼서야 생겼어요.(올림픽 근대5종은 원래 남자 경기만 있다가 2000년부터 여자 경기가 신설됐다.)
전국체전만 해도 여자근대5종이 정식 종목으로 채택된 게 제가 고2 때부터였으니 한 10년밖에 안 돼요. 저보다 먼저 선수 생활한 언니들 얘기 들어보면 예전에는 여자 선수도 서너 명밖에 없었고 시합도 1년에 한두 개밖에 없었대요.

고등학교 2학년 때 곧바로 국가대표가 됐어요.
배운 지 얼마 안 됐는데 국가대표가 되다 보니 버거웠어요. 대표팀에 가면 대회도 나가야 하는데 저는 기본적인 운동 따라가기도 힘들었어요. 선배 언니들은 다섯 종목 다 안정적으로 하는데 저는 이제 막 배우는 단계였거든요. 제 능력이 모자란 것 같은데 그렇다고 정신력이 더 좋은 것 같지도 않았어요. '이 자리에 있어도 되나', '나보다 잘하는 사람 많을 텐데' 이런 생각이 컸어요.

뭔가 새로운 걸 배울 때는 하나도 제대로 하기 힘들잖아요. 태극마크를 달고 잘하기까지 해야 하면 부담되긴 할 것 같아요.
한 5년은 승마가 너무 어려웠어요. 맨날 말에서 떨어지고, 무서워서 못 하겠다고 울기도 하고요. 말에 밟히면 무조건 뼈가 부러지거든요. 제가 겁이 많아서 승마가 너무 어렵더라고요.

김선우

승마는 말 솔질하는 것부터 시작해서 저희가 모든 과정을 준비하거든요. 처음엔 말 만지는 것도 무서웠어요. 말 다독여가면서 하나씩 배웠는데 알려줘도 또 까먹고 했죠. 말한테 당근도 주고 간식을 주면서 친해졌어요. (웃음)

처음엔 '왜 이렇게 위험한 걸 하나' 싶었는데 '어떻게 타는 건지 좀 알겠다' 싶은 때가 오더라고요. 제가 기술적으로 안정된 후에는 승마하는 게 좋았어요. 예전에는 그냥 "뛰어" 하면 무데뽀로 뛰었거든요. 지금은 '이 정도 리듬으로 가다 턴 하고 뛰자' 이런 계획이 서요. (넘어야 하는) 장애물이 있으면 몇 발을 가서 뛰어야 하는지 같은 거리 감각도 생기고요.

근대5종에서 특히 승마가 악명이 높았잖아요. 경기 당일 배정받는 말을 다뤄야 하니 변수도 많고요.

그래서 저희도 연습 때마다 다른 말을 타요. 근대5종연맹에서 말 스무 마리를 가지고 있어요. 선수들마다 매일 돌아가면서 타요. 같은 말을 많이 탈수록 익숙해지기는 하지만 느낌은 늘 달라요. 말도 살아 있는 동물이고 저희도 사람이니까.

선수들마다 힘든 말, 편한 말이 달라요. (아무래도) 힘이 다르다 보니까 보통 다루기 쉬운 말을 여자 선수들이 주로 많이 타죠. 그러다가 훈련을 위해 가끔 바꿔서 탈 때가 있거든요. 오빠들도 익숙하지 않으니 그럴 때 서로 많이 물어봐요. '이 말은 어떤 타이밍에 강하게 잡아야 한다' 같은 노하우를 서로 공유해요.

승마는 감각이 정말 중요해요. 머리로 계산할 수 있는 게 아니라 뭔가 느껴지는 게 있어요. 저도 감각이 없다고 생각했는데 많이 타다 보니까 조금씩 생기더라고요. 어떤 말을 타더라도 '이렇게 타면 되겠다' 하는 느낌이요.

도쿄 올림픽 때 선두를 달리던 선수가 승마에서 '말이 말을 안 들어서' 0점을 받고 메달을 놓치기도 했잖아요. 이 일 때문에 2028년 로스앤젤레스 올림픽부터는 근대5종에서 승마가 장애물달리기로 대체되기까지 했어요.

그때 워낙 이슈가 되긴 했지만 사실 그런 상황은 근대5종에서 자주 있는 일이에요. 그래서 늘 '끝날 때까지 모른다'고 해요. 외부적인 요인으로 결과가 안 나오면 속이 상하기도 하는데 사실 그래서 좋은 결과가 나올 때도 있고요.

저는 근대5종이 변수가 많아서 더 좋다고 생각하기도 해요. 수영만 했을 때는 기록을 줄이지 못하면 한계를 느꼈거든요. 근대5종은 변수가 많다 보니 '나도 열심히 하면 되겠다'는 생각이 들어요.

승마가 정말 애증의 대상일 것 같아요. 말이 안 통하는 상대와 단시간 내에 교류가 돼야만 하잖아요.

저도 처음엔 승마를 무서워했다고 했잖아요. 말하고 친해진다는 생각을 할 여유도 없었어요. 그런데 말을 계속 타다 보니까 '말들은 말도 못 하는데 얼마나 힘들까' 싶더라고요. 애네들도 다리 아플 때 있고, 상처 날 때도 있잖아요. 그런 생각 하면 더 잘해줘야겠다는 마음이 들어요. 그러다 보니 승마하면서 동물들을 좀 더 좋아하게 됐어요.

2023년 항저우 아시안게임에서 한국 '첫 메달'의 주인이 됐어요. 아마 선수 생활 하면서 가장 큰 스포트라이트를 받았을 것 같은데 은메달 따고도 엄청 울었죠?

대회 준비하는 내내 너무 힘들어서 자신감이 많이 사라진 상태였어요. 아시안게임에 남녀 각각 네 명씩 나가는데 단체전 메달은 점수를 합산해서 상위 성적 세 명한테만 줘요. 저는 제가 그 (메달을 못 받는) 네 번째 선수가 될 거라고 생각하고 있었어요. 그래서 (대회가 열리는) 중국에 갔을 때도 선수들은 몸 관리하는 단계인데 저는 혼자서 고강도 인터벌 했어요. 어떻게든 몸을 끌어올려야 했거든요.

그런데 첫 펜싱 점수가 너무 잘 나온 거예요. 다른 여자 선수들 몸 상태도 너무 좋아서 열심히 하면 단체전 금메달을 딸 수 있겠다는 희망이 생겼어요. 그런데 승마에서 우리 선수들한테 변수가 계속 생기더라고요. 연습 마당이랑 시합 마당이 붙어 있어서 앞 순서 선수들이 하는 걸 다 봤거든. 너무 속이 상했지만 동요되지 않으려고 '정신 차려'를 되뇌였어요. 그렇게 정신없이 시합이 끝났어요. 1등 하고 싶었는데 2등 한 것도 아쉽고, 대표팀 친구들도 너무 안타깝고, 한편으로는 후련하고…. 그런 감정이 겹쳐서 눈물이 났어요.

몸 상태가 얼마나 안 좋았길래요?

작년 내내 '나 어디 아픈가?' 싶을 정도로 몸이 안 올라왔어요. 아무리 운동을 해도 기본 훈련량을 따라가는 것도 버거운 거예요. 원래 좀 힘들다가도 2~3주만 고생하면 몸이 올라와서 운동이 편

해지고 스피드도 올라오고 하는데, 두세 달을 해도 안됐어요.
그런데 너무 웃긴 게 아시안게임 끝나고 돌아와서 전국체전을
준비하는데 몸이 너무 잘 올라오는 거예요. "아시안게임 때 이랬
으면 무조건 1등인데 왜 그랬냐"는 소리도 들었어요. 마음이 편
하니까 운동이 너무 잘되는 거예요. '마음을 힘들게 붙잡고 있어
서 더 안됐던 거구나' 그때 느꼈어요.

심리 상담 같은 건 따로 안 받아봤나요?
해볼 걸 그랬어요. 아직 그런 부분은 팀에서 다루기보다는 개인
의 영역으로 두는 것 같아요.

**근대5종은 지난 아시안게임 때까지만 해도 종합 대회
때 중계가 안 됐어요. 선수들도 한때는 서운함을 표현하기도 했는데
이제는 '우리가 더 잘하면 된다'면서 여유를 보이더라고요.**
다들 '우리가 더 열심히 해서 주목받는 게 맞다'고 생각해요. 저희
는 늘 저희끼리만 훈련하는 경우가 많은데 좋은 사람들이랑 훈
련할 수 있어서 "정말 복 받았다"는 말을 많이 해요.

주변에서 근대5종에 대해 물어보면 어떻게 설명해 줘요?
'이렇게 다섯 가지 하는 종목이에요' 하죠. (웃음) 예전에는 귀찮
아서 그냥 수영 선수라고 말하기도 했어요. 그런데 근대5종을 알
려야 된다고 생각하니까 이제 어딜 가도 물어보시면 무조건 설
명해 드려요.
올해 설에 혼자 새벽 5시에 한라산을 갔거든요. 중간에 어르신

한 분을 만났어요 '왜 이렇게 산을 잘 타냐'고 하셔서 '운동해서 그렇다'고 하다가 서로 신상 다 털렸어요. (웃음) 그분은 20년 넘게 군 생활을 하셨대요. 대화하면서 가다 보니까 원래 정상까지 예상한 시간보다 조금 더 걸렸는데 그래도 또 다른 재미가 있더라고요.

저희도 다른 운동 종목 잘 모를 때 많잖아요. 그래서 최대한 자세히 말하려고 해요. 그렇게 말해주면 한 번씩 영상 찾아보더라고요. 나중에 만나면 '유튜브에 검색해 봤다'고 하고요.

무슨 일 하냐고 물어볼 때는 뭐라고 대답해요?

김선우

일단 이게 직업이라는 생각은 안 하는 것 같아요. 직업보단 생활에 가까워서요. 일이 아닌 삶이요. 그래서 운동하는 사람이라고 해요.

운동선수의 삶은 절대적으로 '자기 시간이 없는 삶'이 잖아요.

시간을 나누는 게 정말 어려운 것 같아요. 가족들도 봐야 하고, 얼굴 보자는 친구들도 있고. 운동 같이 하는 친구들이랑 밖에서 만나고 싶기도 하고요. 또 시합 나갔다 오면 선생님들도 뵈러 가야 하는데, 어떻게든 끼워 넣으려다 다 포기하고 '집에만 갔다 오자' 할 때도 있어요. 약속도 시즌이 시작되면 거의 못 잡아요. 쉬는 게 먼저니까. 대신 시즌 끝나면 몰아서 만나요. 진짜 바쁘게.

어렸을 때 너무 운동만 해서 후회된다는 선수도 있는

데, 선우 선수는 어때요?

저도 20대 초반까지는 운동에 너무 시달리면서 살았어요. 내가 하고 싶은 게 뭔지도 모르는 상태로요. 잘하고 싶긴 한데 '내가 진짜 좋아서 하는 걸까?' 고민도 많이 했어요.

그런데 대학 졸업하고 실업팀 가면서 생각이 달라졌어요. 그때 코로나19 터지고 시합도 다 취소됐거든요. 시합이 없으니까 부담도 없고 운동이 너무 잘되는 거예요. 그동안 내가 왜 그렇게 매달려 살았을까 싶더라고요.

그때부터는 어디 카페라도 가면서 기분 전환할 수 있는 시간을 만들고 있어요. 저도 운동할 땐 예민해지고 '왜 이거밖에 안 되지?' 자책할 때가 많은데 그럴 때마다 환경을 바꿔야 마음을 편하게 먹게 되더라고요.

일단 '본업'도 다섯 개잖아요.

한 종목만 하는 것보다는 다채로워서 좋아요. 물론 하나에 쏟을 힘을 다섯 곳에 쏟아야 한다는 건 힘들지만요. 하나가 안돼서 힘든데 다른 게 잘되면 위안이 되기도 하고. 안되던 걸 해냈을 때, '끝났다, 잘했다'는 성취감도 있고요. 이번 주도 끝나자마자 '잘 버텼다' 이런 생각 들더라고요. 해냈다는 성취감이 평생의 친구예요.

군부대 합숙 생활은 익숙해졌어요? 상무 체육부대 4층에 지도자, 선수들이 다 같이 산다고요.

감독님이 팀워크를 굉장히 중시하세요. 운동도 무조건 다 같이 시작하고 다 같이 끝내야 하고요. 감독님이 평소에는 엄청 재밌으시고 장난도 많이 치시는데 운동할 때는 엄청 엄격하세요.

거의 24시간 함께 지내면서도 오랜 시간 좋은 관계를 유지하는 게 쉽지 않은 일이잖아요. 어떻게 보면 직장 상사이면서 동시에 가족보다도 더 많은 시간을 보내는 특수한 관계인데요.
저도 처음엔 '왜 이렇게 뭐라고 하시는 거야' 하는 마음도 있었어요. 초반에는 감독님을 상사처럼 느꼈던 거 같아요. 그런데 같이 시간 보내면서 열심히 훈련하고 성적이 나고, 이런 게 반복되니까 저희도 '이래서 강조하시는구나'를 깨닫게 되는 것 같아요. 감독님이 내 선수가 다른 누군가한테 지는 걸 너무 싫어하시거든요. 그래서 더 강하게 훈련시키신다는 걸 선수들도 알죠. 결국 저희 좋으라고 그렇게 하시는 건데. 성적이 나면 또 다 같이 좋고요.

근대5종 선수들이 문경 합숙 생활을 '폐관수련'이라고 표현하더라고요.
여기가 군부대라 배달도 안 돼서 뭐 먹으려고 하면 나가서 사와야 해요. 일단 시내랑 너무 멀고요. 그래도 가끔 치킨 사 와서 다 같이 먹어요. (웃음)

아지트는 따로 없나요?
카페가 하나 있어요. 아늑한 느낌의 카페예요. 어느 날 혼자 가 있었는데 (전)웅태 오빠가 들어오더니 "뭐야" 그러더라고요.

활동 반경이 워낙 작으니 늘 마주치겠어요.

워낙 가족 같은 관계예요. 서로 부스스한 모습도 늘 봐서 아무렇지 않은. 사실 혼자 있고 싶을 때도 있긴 해요. 저 자취하는 게 꿈이거든요. 은퇴해야 이룰 수 있는 꿈이죠. (웃음)

그런데 운동하다 보면 혼자 있을 때 생각이 깊어져서 더 힘들 때가 많아요. 같이 방 쓰는 애들이랑 "와, 오늘 힘들었다" 얘기하면서 서로 힘든 걸 공유하는 게 정신건강에 좋은 것 같아요.

문경은 승마 때문에 있는 거라 승마가 종목에서 빠지면 문경에서 나갈 수도 있다면서요.

그렇게 되면 다른 종목처럼 진천 선수촌으로 가지 않을까 해요. 그래서 선수들이 "드디어 전역인가?" 하고 있어요. (웃음) 제가 처음 왔을 때부터 좋아했던 말이랑도 헤어져야 해요. 이름이 '디바엘'이라고 성격은 까칠하긴 한데 작고 예쁜 흰 말이에요. 장애물도 잘 뛰고요. (웃음)

어느덧 올림픽은 세 번(2016 리우, 2020 도쿄, 2024 파리),
아시안게임도 세 번(2014 인천, 2018 자카르타-팔렘방, 2022 항저우)
치렀어요. 선수로서 어떤 부분에서 가장 성장했다고 느꼈어요?

훈련 하나하나 버티다 보니 어느새 여기까지 왔어요. 아무래도 경험을 쌓다 보면 시합 때 노련함은 생기는 것 같아요. 어릴 땐 뭐 하나 실수하면 거기에 매몰돼서 다음 경기까지 못하기도 했거든요. 지금은 이게 끝이 아니라는 걸 아니까 '그다음'을 계속 생각해요. 또 선생님들이랑 소통을 많이 하려고 노력하고요. 예전에는 혼자서 끙끙댔는데 나 혼자 고민한다고 풀리는 게 아니더라고요.

올림픽에 계속 나가길래 출전 경쟁률이 좀 덜한 종목인 줄 알았는데 전 세계에서 성별 서른여섯 명씩밖에 출전을 못하더라고요.

저 말고도 자주 나오는 선수들이 꽤 있는데 볼 때마다 '저 선수도 얼마나 힘들겠어, 대단하다' 생각해요. 대회 때마다 잘하든 못하든 서로 다독여주기도 하고요. 사실 우는 선수들도 많아요. 속상하고 잘 안되니까. 근대5종이 변수가 많다는 종목 특성상 늘 1등할 수 있는 종목이 아니거든요. 그래서 상위권을 계속 지키는 선수들이 정말 대단하다고 생각해요.

변수 속에서도 최적의 결과를 내려면 결국 나를 믿는 수밖에 없는 건가요?

사실 저도 아직 헷갈려요. 어떤 시합은 내 맘대로 안되고 어떤 시합은 생각보다 잘되고 좋은데, 내가 도대체 뭘 했길래 이렇게 잘됐는지 모르겠고요. 그래도 최대한 평상심을 유지하려고 해요. 너무 들뜨지도, 너무 다운되지도 않도록요.

아시안게임(2014 단체전 금), **아시아선수권**(2015, 2017 혼성 계주 금, 2019 계주 금) **세계선수권**(2022 혼성 계주 금)**까지 금메달을 일찌감치 다 모아놔서 올림픽 금메달만 더하면 그랜드슬램 완성이더라고요.**

지금은 이게 끝이 아니라는 걸 아니까
'그다음'을 계속 생각해요.

뭣도 모르고 할 때 성적이 잘 났어요. 어느 정도 기술 종목들에 익숙해지고 체력도 갖춰졌을 때요. 그런데 당시에는 메달을 따도 근대5종 자체가 이슈될 만한 일은 없었어요. 그러다 웅태 오빠가 올림픽 메달을 딴 후부터 알려지기 시작했어요.

전웅태 선수의 도쿄 올림픽 동메달이 근대5종을 알리는 데 꽤 큰 역할을 했죠.

웅태 오빠가 대단하긴 해요. 타고난 것도 좋은데 노력도 열심히 하고 인성도 좋고요. 보고 배울 게 정말 많은 사람이에요. 저희 종목 선수들이 늘 서로 "네가 더 잘났어", "진짜 잘하더라" 이러거든요. 그런데 빈말이 아니라 모든 선수가 저보다 잘하는 게 무조건 있어요. 애초에 다섯 종목 중에 두세 개 뛰어난 분야가 있으니까 대표팀에 오는 거거든요.

다행히 2023년 항저우 아시안게임 메달로 파리 올림픽 티켓은 일찍 확보했어요.

너무 운이 좋았어요. 아시안게임 메달은 생각도 못 하고 있었는데, 이 메달로 올림픽에 자동 선발되면서 기본부터 차근차근 다질 시간도 얻었고요.

반대로 2021년 도쿄 올림픽 때는 최후의 순간에 출전이 결정됐죠.

그때는 아예 '출전 못 하는구나' 생각하고 있었어요. 올림픽 전 세계선수권까지 랭킹을 올려놔야 했는데 그때 발목 골절에 코로나

19까지 걸려서 시합을 많이 못 뛰었거든요. 도쿄 올림픽 직전 시합은 예선 탈락을 해버렸어요.

그런데 올림픽에 나라별로 성별 두 명씩밖에 못 뛰다 보니 쿼터가 찬 나라의 상위 랭킹 선수들이 빠지면서 제 순위까지 내려온 거예요. 그 순간에도 '정말 말도 안 된다'고 생각했어요.

준비 과정이 쉽지는 않았어요. 그때 무릎도 다쳐서 맨날 병원 다니고 훈련도 양껏 못 했거든요. '내가 올림픽 뛰는 게 맞나?' 하는 생각도 들었지만 그래도 주어진 기회니까 끝까지 최선을 다하자는 마음이었어요. 사실 도쿄 올림픽 끝나고 나서는 너무 속상했어요. 꿈꾸던 큰 대회였는데 준비할 때마다 자꾸 (타이밍이) 안 맞는 느낌이 나서요.

그래도 워낙 어린 나이였으니 '아직 어리다'는 자신감은 있을 것 같은데요.

나이는 가장 어렸지만 어리다고 생각은 안 했어요. 경력도 있는데 아직까지 이렇게밖에 못하는 게 답답했어요.

스스로에 대한 기대치가 높아졌다는 의미일까요?

지금은 높아졌던 그 기대치를 좀 낮추고 있어요. 처음에는 '어차피 못하니까 결과 안 나올 수도 있지' 하면서 부담 없이 했는데 어느 순간 커리어가 쌓이다 보니 '이 정도는 해야 하는 거 아닌가?' 이런 선을 만들더라고요. 거기에 못 미치면 부담을 가지고요. 그러면 결과가 더 안 나오는 악순환이 되는 것 같아서 지금은 결과를 신경 쓰기보다 '순간순간을 살자'는 마음을 가지려고 해요.

승마할 때도 제가 생각한 대로 안 되서 아쉬워하면 선생님들이 '그 정도는 누구나 할 수 있는 실수인데 왜 그렇게 완벽하려고 하냐'고 하세요. 잘한 걸 생각해야 하는데 저는 못한 거 하나에 꽂혔거든요. 이제는 잘한 부분을 생각하고 칭찬도 해요.

요즘 주된 관심사는 뭐예요?

요즘 책을 많이 읽어요. 마음 수련하려고요. 아시안게임 뛰고 나서 심리 상태가 정말 중요하다는 걸 느껴서 멘털 관련 책을 많이 샀어요. 혼자 생각해선 답이 잘 나오지 않을 때가 많은데 이런저런 책 읽으면서 '이렇게 생각해 볼 수도 있구나' 하니까 마음이 좀 편해졌어요.

또 상무에서 지내면서 친해진 야구 선수가 있어요, 삼성에 박승규라고. 그 친구랑 서로 책도 바꿔 읽고 얘기도 해요. 김성근 감독님이 쓰신 『인생은 순간이다』도 읽었어요. (웃음)

저번에 제주도 갔을 때도 북카페에서 『미움받을 용기』를 읽었거든요. 거기에 '지금 이 순간을 살라'는 얘기가 많이 나오는데, 새삼 느꼈어요. '그래, 과거는 중요하지 않지. 지금 이 순간을 살아야 하는 건데' 하고요.

책을 '읽으라'고 하면 또 안 읽잖아요.

정말 필요를 느꼈을 때 하는 게 중요하더라고요. 야간 운동만 해도 누가 시킬 때보다 저 스스로 필요를 느꼈을 때가 훨씬 잘되거든요.

전 누군가를 보면서 '저거 정말 좋은 것 같다' 하면 많이 따라 하

김선우

는 편이에요. 제가 대학 갈 때까지는 (훈련) 일지도 안 썼거든요. 그런데 같이 대학교 가면서 친해진 친구는 매일 일지에 일기까지 쓰는 거예요. 처음엔 '쟤 진짜 대단하다. 운동도 힘든데 저거 쓸 시간이 어딨어?' 하고 말았는데 계속 그 친구를 보다 보니까 저도 하루를 돌아보고, 했던 운동도 돌아보면 도움이 되겠다 싶더라고요. 그 이후로 따라 썼어요. 결국 내가 필요하니까 시작하게 되더라고요.

제가 태생이 게으른 사람이거든요. 그래서 주변 사람들의 좋은 점을 보면서 '나도 저렇게 부지런해야지' 하고 많이 배워요. 그만큼 주변에 좋은 사람도 많은 것 같고요.

부지런해지고 싶은 사람이 국군체육부대에서 훈련했으니, 환경은 최고였겠는데요?

부지런할 수밖에 없죠. (웃음) 그래서 대표팀 초반에 힘들었어요. 예전에는 주말이면 무조건 쉬고 누워 있었거든요. 이제는 그런 시간도 아까워서 좀 부지런히 다니는 편이에요.

원래 성격이 타고난 'E(외향형)'인가요?

저 원래는 정말 내성적이고 혼자 있는 거 좋아했어요. 운동하고 단체 생활하면서 조금씩 바뀐 것 같아요. 사람들이랑 지내는 게, 또 사람을 알아가는 게 굉장히 좋은 건데 스스로 너무 갇혀서 살았나 싶더라고요.

원래 낯을 많이 가렸는데 이제는 그러면 '좋을 것도 안 좋아지겠구나' 생각이 들더라고요. 첫인상부터 좋게 해야 상대방도 저한테 마음을 열고 대화를 할 수 있으니까.

근대5종은 몇 살쯤을 전성기로 봐요?

보통 20대 중후반으로 보는 것 같아요. 기술적인 면도 어느 정도 올라온 상태에서 체력이 떨어지지 않는 때거든요. 그런데 외국 선수들 보면 나이가 많아도 잘하는 선수들 너무 많아요. 출산하고 돌아오는 선수들도 많고요. 아이 낳고 6개월 만에 복귀해서 시합도 뛰고 하더라고요. 오히려 더 잘해요. 그래서 저희들끼리 우스갯소리로 "애를 낳아야 하나" 하기도 했어요. (웃음)

20대 후반인 지금이 선수로서는 가장 전성기에 근접할 수 있는 시기네요.

저도 대학교 때보다 경험도 쌓았고, 수영이나 육상도 연습량은 더 잘 따라가고 있어요.

제가 웅태 오빠를 고등학교 때 만났는데 오빠도 이제 서른이에요. 저희끼리 있으면 맨날 어린애들처럼 장난치니까 나이를 먹었다는 걸 잘 못 느끼는데 가끔 서로 "우리 나이 진짜 많이 먹었다" 해요.

그래도 운동장 바깥의 삶은 많이 달라졌을 것 같아요.

운동장 안에서도 많이 달라졌어요. 제가 대표팀 막내였는데 지금은 주장이거든요. 그때랑 지금이랑 행동이 많이 달라졌죠. 때로는 주장으로서 하기 싫은 것도 해야 하고, 하기 싫은 말도 해야 하고. 또 밖에서도 스물아홉이라고 하면 이제 적은 나이가 아니

라서 학생일 때랑은 많이 달라요. 행동도 좀 점잖게 하려고 하고,
신경 쓸 게 더 많아지긴 했어요.

그런 걸 다 떠나 '인간 김선우'는 어떻게 변한 것 같아요?

고등학생 때부터 나와 살아서 자립심이 강했어요. 그래서 가끔
엄마가 서운해했어요. 제가 어디 아픈 데가 있어도 말을 잘 안 하
고 병원 다녀오고 그랬거든요. 엄마가 뭐 필요한 거 물어보면 맨
날 없다고, "그냥 알아서 했어" 이랬고요.

제가 그나마 성장했다고 느낀 건, 좀 여유가 생긴 것 같아요. 어
렸을 땐 너무 제 삶에 치여서 혼자 살기 바빴고 여유가 없었어요.
지금도 상대보다 잘해야 계속 선수 생활을 할 수 있는 상황은 그
대로지만, 그래도 전보다는 시야가 넓어진 느낌으로 살고 있어
요. 주변을 더 돌아보고, 주변 사람도 챙기고, 고마워할 건 또 고
마워하고.

파리 올림픽에서 김선우는 자신의 역대 올림픽 최고 성적인 8위로 대회를 마쳤다. 한국은 출전 선수 전원이 메달 후보로 꼽혔으나 성승민만 여자부 동메달을 걸고 돌아왔다.

파리 다녀와서는 좀 쉬었어요?

원래 도쿄 올림픽 끝나고는 운동을 쉬지 않았어요. 그때는 올림픽 전에 아파서 운동을 못하다가 올림픽 뛸 때쯤 나아지는 바람에, 안 아플 때 조금이라도 몸을 올려놔야 했거든요. 그런데 이번에는 처음으로 아무것도 안 하고 쉬어봤어요. 미련도 후회도 없어서 그랬나 봐요. 불안한 마음이 올라올 때마다 '지금은 쉬어도 돼, 지금 안 쉬면 운동 다시 못 해' 이렇게 생각했어요.

이제껏 나간 올림픽 중 최고의 성적을 거두긴 했지만 메달을 목표로 했던 터라 아쉬움도 남았을 것 같아요. 기대가 크면 실망도 큰 법이잖아요. 서운한 마음은 좀 다스렸어요?

저 사실 돌아와서도 일주일은 못 받아들였어요. 그래서 운동을 못 했던 것도 있었어요. 마음을 못 잡겠는 거예요. '더 이상 못 하겠다'는 생각도 했어요.

그 일주일 동안 정리가 됐어요?

계속 괜찮은 척 했더니 나아지지 않더라고요. 그런데 얼마 전에 국가대표 선수들 만찬 행사가 있었는데, 그날 돌아오는 차에서 그냥 울어버렸어요. 한 번 울고 나니까 나아지더라고요.

김선우

그날 만찬에 올림픽 나갔던 거의 모든 선수가 왔거든요. 물론 메달리스트도 많았지만 저 말고도 메달을 못 딴 분들도 많았어요. 그전까지는 '내가 그렇게 열심히 했는데 너무 허무하다'는 생각을 많이 했어요. 그런데 그날 오셨던 분들의 땀과 눈물이 다 헛되지 않았을 거라는 생각이 들더라고요. 모두 노력했지만 메달을 딴 분도, 못 딴 분도 있는 거잖아요.

스스로 자부할 만큼 노력했기 때문에 그런 생각도 할 수 있는 것 같아요.
저한테도 분명 그런 노력의 순간들이 있었고요. 그런데 메달을 못 땄다고 그간의 노력을 아무것도 아니라고 치부해 버리면 안 되겠다 싶더라고요. 또 제가 너무 한 번에 욕심을 부렸다는 생각도 들었어요. '나는 느리게 가는 사람인가 보다' 하고, '시간이 걸릴 뿐이지 결국에는 웃을 수 있어'라는 자신감도 생겼어요. 다시 올림픽이 됐든 뭐가 됐든 더 좋은 성적을 내고, 스스로 이겨나가고 성장하는 데 중점을 두고 도전하자고 생각했어요.

그러게요. 스스로에게 부끄럽지 않게 훈련했고, 또 결과적으로 더 발전했잖아요. 메달이 성공 여부를 가르지만 않는다면 충분히 자랑스러워해도 되는 결과였어요.
제가 결과에 연연했던 거죠. 일주일 동안 그런 마음을 바꿨어요. 안 그러면 다시 운동을 못 할 것 같아서. 그동안 제가 열심히 훈련한 것에 대해서는 정말 당당했기 때문에 그때 혼자서 울고 나서 후련해지긴 했어요. 참고만 있으면 더 응어리지는 것 같아요.

올림픽 마치고 인터뷰에서 펜싱이랑 승마가 가장 아쉽다고 했더라고요. 올림픽 전 인터뷰에서 가장 힘들었던 종목으로 펜싱을, 적응하는 데 가장 오랜 시간이 걸렸던 종목으로 승마를 꼽았었잖아요. 또 이제 가장 재밌는 종목으로 펜싱, 가장 좋아하는 종목으로 승마를 꼽았고요. 참 애증의 종목들이겠어요.

제가 레이저런에서 제일 아쉬운 성적이 나왔어서 집중했는데, 이번엔 펜싱, 승마에서 아쉬운 점수가 나와서 자책도 했었어요. 뭐 하나가 올라가면 다른 하나가 떨어지고, 그래서 근대5종이 너무 어렵고 아쉽다는 마음이 들더라고요. 아쉽긴 한데 그래도 전체적으로는 성장을 하고 있다는 데에 위안을 삼았어요.

김선우

파리 올림픽에서 마지막 승마를 했어요. 이제 다시는 말을 탈 일이 없는 건가요? '왜 이렇게 위험한 걸 하나' 싶었다고 했었는데 그래도 서운했겠어요.

네, 이제 안녕이에요. 아쉽죠. 다시 승마 사진, 영상 보잖아요? 그러면 '아, 이 종목이 없어진다고?' 이런 생각이 들어요. (웃음)

이번 파리 올림픽에서는 처음으로 경기가 생중계됐어요. 위상이 달라진 걸 좀 느꼈어요?

이제 근대5종을 찾아서 봐주시는 분들도 많아지고, 알아봐 주시는 분들도 많아졌어요. 예전에는 고등부 시합은 1년에 많아야 두 개였고 고등부 여자 선수는 스무 명 정도였는데 이제 선수도 시합도 정말 많아졌고요.

나랑 웃고 떠들던 사람이 올림픽 메달리스트가 되면 부럽기도, 또 동시에 함께 한 훈련이 효과가 있구나 하는 자신감도 생길 것 같아요.

승민이가 대표팀에 들어온 지 3년 정도 됐는데 받아들이는 게 엄청 빨라요. 실력이 금방 느는 걸 옆에서 봤어요. 올해도 거의 모든 시합에서 메달을 땄는데 올림픽까지 따니까 '부럽다'는 생각도 들고, 또 '정말 딸만 했다'는 생각도 했다가, 제 결과에 아쉽기도 했다가…. 오만가지 생각이 들더라고요.

그만큼 여자근대5종 기량도 많이 올라왔구나 싶고, 그 순간 같이 있었다는 것만으로 감사하다는 생각이 들었어요. 이런 경험을 못 하는 선수들도 많으니까.

세 번째 올림픽에서 가장 크게 배우고 온 건 뭐예요?

제가 세 번째니 여유 있게 하겠다고 인터뷰도 해놓고 막상 마음에 여유가 없었더라고요.

승마할 때는 실수가 나와도 당황하지 않고 여유가 있어 보이던데요.

펜싱할 때 여유가 너무 없었어요.

근대5종 펜싱은 상대마다 딱 한 점을 먼저 내는 승부다 보니 경험이 많아도 여유를 갖기가 쉽지 않을 것 같아요.

그 안에서도 여유를 갖는 사람이 좀 더 시야를 넓게 볼 수 있는 것 같아요. 이제 '난 아무것도 모른다' 이렇게 생각하고 하려고요.

알면 알수록 어려워요.

올림픽 시즌에 월드컵 메달도 땄고 상승세였는데, 막상 올림픽에서 만족스럽지 않은 결과를 받고 왔어요.

그래서 더 불타오르는 것도 있어요. 마음을 딱 다잡고 나니까 '나 여기서 그만할 수 없어', '이대로 끝낼 수 없어' 이런 마음이 절로 생기더라고요.

혹시 이번에 메달 땄으면 마음이 달랐을까요?

경기 끝나고 믹스트존에서 바로 "그만두겠습니다" 그랬을 것 같아요. 그러지 못하게 이번 결과가 막아준 건가 봐요. (웃음)

이번 올림픽을 준비하며 쏟은 노력 이상을 4년 동안 더 쏟겠다는 다짐이 쉽게 할 수 있는 건 아니잖아요.

도전 정신이 생기더라고요, 자연스럽게. 이런 것도 좀 학습되는 것 같아요. 계속 이런 삶을 살아서 그런지.

다들 그렇게 인생 4년을 바치고, 또 바쳐도 좀처럼 끊지 못하는 올림픽의 매력이 뭐예요?

닿을 듯 닿지 않고, 잡힐 듯 잡히지 않잖아요. 나갈 때마다 이번보다 더한 노력을 하면 잡히지 않을까 생각하게 돼요.

다음 올림픽을 준비하면서는 '이것만큼은 해야겠다'고 마음먹은 게 있어요?

김선우

121

앞으로 저에게 어떤 일이 생겨도 '무조건' 긍정적으로 생각하기로 마음먹었어요. 준비할 때 불안하고 부정적인 감정이 들 때마다 안 그러려고 노력은 했는데 쉽게 바뀌지 않더라고요. 그런 부분이 저 스스로를 갉아먹는 것 같아요.

이제 당장 장애물달리기를 새로 배워야 하네요.
10월에 전국체전 끝나면 곧바로 국가대표 선발전이 있는데 그때부터 장애물달리기를 포함한 근대5종으로 경기를 한다고 해요. 이번에 국내 대회 와서 처음 장애물에 잠깐 매달려봤어요. 무섭긴 했는데 해보니 '괜찮은데? 할 수 있겠는데?' 싶더라고요. 하면 또 잘할 수 있지 않을까요?

'나는 느리게 가는 사람인가 보다' 하고,
'시간이 걸릴 뿐이지 결국에는 웃을 수 있어'
라는 자신감도 생겼어요.

박혜정

역도 선수

리셋 〜〜〜〜〜〜〜〜〜〜〜

Profile

한국 여자역도 최중량급(87kg 이상) **한국기록**(인상 131kg, 용상 168kg, 합계 299kg) 보유자. 박혜정은 2023년 세계역도선수권 최중량급에서 **인상**(124kg), **용상**(165kg), **합계**(289kg)으로 인상, 용상, 합계 세 종목에서 모두 금메달을 땄다. 세계선수권은 합계 무게로만 메달을 가리는 올림픽, 아시안게임과 달리 세 개 세부 종목에서 모두 메달을 주는데, 박혜정은 이 대회에서 한국 선수 최초로 3관왕에 올랐다. 올림픽 데뷔전이었던 2024년 파리 올림픽에서는 인상에서 **한국기록**(131kg)을 세우며 은메달을 목에 걸었다.

삼시 세끼 밥 먹고 하는 일이다. 주 7일 중 일요일 하루만 빼고 중력을 거슬러 머리 위로 역기를 들어 올린다. 문자 그대로 '밥 먹듯이'다. 아무렇지 않게, 때가 되면 거르지 않고, 응당 하는 일. 하지만 실제 밥 먹는 일이 아닌 일을 밥먹듯 하기란 쉽지 않다. 지금 머릿속에 가장 하고 싶고, 가장 재미있어 보이는 일을 떠올려본들, 그걸 매일 단 한 번도 빼먹지 않고 지속할 수 있을까.

8년간 암 투병을 하던 엄마가 세상을 떠난 뒤에도, 파리 올림픽 최종 선발전을 준비하던 박혜정은 어김없이 역기를 들었다. 엄마의 발인을 보지 못하고 나서야 했던 최종 선발전에서 박혜정은 인상, 용상 합계 한국기록(296㎏)을 새로 쓰며 2024 파리 올림픽 출전 자격을 확정 지었다.

크든 작든 한 대회를 끝마쳤다는 건 박혜정에게 '피니시' 버튼이 아닌 '리셋' 버튼을 누르는 것과 같다. 박혜정은 매 대회를 치르면 중학생 시절에도 가뿐히 들었던 무게로 돌아간다. 파리 올림픽에서 은메달을 걸고 돌아온 지금도 마찬가지다. 박혜정은 파리의 낭만을 뒤로한 채 어김없이 리셋 버튼을 눌렀다.

누군가에게는 빠른 지름길을 놔두고 먼 길을 돌아가는 것처럼 답답하게 보인다. 하지만 박혜정은 이렇게 해야 결국 가장 무거운 무게까지 들 수 있다는 걸 잘 안다. 그래서 이렇게 '느리게' 살 수밖에 없다.

매일같이 수백 킬로그램의 무게를 무심한 표정으로 번쩍 들어 올리기에 사람들은 박혜정에게 역도가 하나도 힘들지 않은 일인 줄 안다. 하지만 아무리 가벼운 무게라도 머리 위로 역기를 들어 올리는 동작은 몸에 무리가 되는 일이다. 박혜정에게 통증이 불쾌한 방문객이 아니라 오랜 친구에 가까운 이유다. 경기를 코앞에 두고도 통증이 잡히지 않을 때도 있다. 어쩔 수 없다. 그럴 때면 울면서 훈련을 한다.

그동안 들어온 무게가 한순간에 증발하는 것도 아닐 텐데 이렇게까지 절박해야 할까. 하지만 '재능충' 소리를 듣는 박혜정은 말한다. 노력을 안 하는데 잘할 수는 없다고. 현재 한국 여자역도 최중량급에서 가장 무거운 무게를 드는 역도 선수지만 박혜정은 지금도 야간 훈련을 빼먹지 않는다, 아니 못한다. 언젠가 빛을 발하는 순간은 당장은 보이지도, 티 나지도 않는 이런 노력 때문임을 누구보다 잘 알아서다.

예능 프로그램 나온 뒤로 알아보시는 분들이 많이 늘었죠? (이날 카페에서 만나 인터뷰를 하는 동안에도 여러 명이 박혜정을 알아보고 인사를 건네거나 사진 촬영을 요청했다.)

가족이랑 다닐 때도 알아보시고, (역도 선수) 언니, 오빠들이랑 다닐 때도 사진 찍어달라고 많이들 요청하세요. 특히 대회 나갈 때 공항에서요. "혹시 박혜정 선수 아니시냐"고. 사인 요청도 꽤 받고요. 장연학(102kg급) 오빠는 장난으로 "이제 혜정이랑 같이 다녀아겠다"고 해요. 팬분들이 저 알아보고 오셔서 다른 선수들이랑도 사진 많이 찍으시거든요.

역도가 비인기 종목이잖아요. 과연 사람들이 관심을 가질까 했는데. 인터넷 포털 응원 메시지 남기는 곳에 "역도가 이렇게 재밌는 줄 몰랐다" 이런 얘기가 많아서 좋았어요. 역도가 1킬로그램 차이로 승부가 갈리잖아요. 비슷한 무게를 드는 선수끼리 싸우면 정말 재밌거든요.

갓 스무 살이 된 2023년에 이룬 게 참 많아요. 처음 역도를 시작하게 한 '장미란'도 못했던 세계선수권 3관왕에 올랐어요.

[박혜정은 사우디아라비아 리야드에서 열린 2023년 국제역도연맹(IWF) 세계선수권 여자 87kg 이상급(최중량급)에서 인상 124kg, 용상 165kg, 합계 289kg을 들어 인상, 용상, 합계 기록에서 모두 우승했다.]

저도 처음엔 몰랐는데 시상식 준비를 하는데 감독님이 "13년 만에 3관왕이 나왔다"고 하시는 거예요. '이게 뭔 소리지?' 싶었어요. 장미란 언니도 인상 부문에서는 다 은메달을 땄어서 금메달 세 개는 처음이라고 하더라고요. '아, 내가 해냈구나' 싶었어요. (웃음)

그런데 그때 부상을 안고 있었다고요.

처음엔 허리가 안 좋았는데 그러다 보니 그게 무릎까지 가더라고요. 일단 시합 당일에 아프면 안 되니까 그때는 (진통을 줄여주는) 소염제를 먹어야 하거든요. 그런데 훈련 때부터 소염제를 먹으면 내성이 생기니까 훈련 때는 최대한 안 먹어요. 그러다 보니 연습할 때마다 아픈 거예요. 아프니까 (바른) 자세도 안 나오고…. 그래서 거의 매일 울었던 것 같아요.

그렇게 안 좋은 상태로 세계선수권대회를 하러 갔는데 대회 이틀 전에 운동하다가 허리를 삐끗한 거예요. 그 자리에서 엉엉 울어서 (국가대표팀) 언니, 오빠들이 제 눈치를 엄청 봤어요(웃음).

그 정도 통증이 있어도 훈련 강도를 줄이진 않아요?

아프다고 (고강도 훈련을) 계속 안 하게 되면 근 손실이 와요. 이것도 감각이라 쉬면 자세가 안 나와요. 특히 여자는 한 일주일 쉬면 다시 무게를 회복하기까지 진짜 오래 걸려요. 테이핑하고 스트레칭 계속 해주면서 (통증은) 참고 하는 거죠. 운동할 땐 꾹 참고

아픈 건 병원 가서 재활로 해결하는 편이에요. 버는 돈은 거의 다 병원에 기부하고 있어요. (웃음)

그러면 바벨을 놓고 살 수 있는 기간이 얼마나 되는 거예요?

일요일밖에 없는 것 같아요. 그래도 일요일은 쉬니까요.

막상 보면 재밌지만 역도가 많이 알려지지 않은 이유 중 하나가 누구나 쉽게 접해 볼 수 있는 운동이 아니어서 같아요. 특히 여자라면 더더욱. 운동은 어떻게 시작했어요?

박혜정

유튜브에 우연히 장미란 선수 베이징 올림픽 영상이 떴는데 그걸 봤어요. 멋있더라고요. 엄마도 체육을 좋아하셨고요.

단순한 호기심을 곧바로 행동으로 옮겼네요.

중학교에 가서 테스트를 받았는데 당시 코치님이 "너무 좋은 인재가 온 것 같다"고 바로 내일부터 해보자고 하셨어요.

봉에 끼우는 파란색 플레이트는 20킬로그램, 초록색 플레이트는 10킬로그램이거든요. 저는 처음 하는 학생이었으니까 초록색을 끼워야 했어요. 그런데 코치님이 나이가 좀 많으셨어서 (실수로) 파란색을 끼우라고 하신 거예요. 그래서 처음부터 80킬로그램을 들고 스쿼트를 했어요.

두려움은 없었어요?

역도를 시작하고 나서는 못 하겠다는 생각은 한 번도 안 했어요.

'내가 해야 하는 거'라고 생각했어요.

가벼운 마음으로 시작한 역도를 어떻게 업으로 삼고 이 정도로 열심히 하게 된 거예요?

중학생 때는 관종기가 있어서 '내가 꼭 1등 할 거야' 하는 생각이 컸던 것 같아요. 고등학생 때쯤부터는 역도가 비인기 종목이라는 걸 알게 되면서 역도를 알리고 싶었어요. 또 장미란 선수 뒤를 잇는 선수가 되고 싶었고. 그다음엔 세계 1등을 해보고 싶다는 생각을 했던 것 같아요.

원래 뭘 하면 도장 깨듯 다 해치우는 스타일이에요?

목표를 세우면 작은 것부터 세워서 큰 목표로 가는 편이에요.

역도 말고 이렇게 주도면밀하게 도전해 봤던 게 있어요?

역도 말고는 없죠.

인스타그램에 역도 훈련 영상 말고 올라오는 게 딱 하나 있다면 댄스 영상 같아요. 끼가 정말 많더라고요.

대표팀 언니 오빠들이 저보고 막 "우리 때는 말이야" 하면서 군기 바짝 잡혀 살았다고 말해요. 이런 장난칠 수 있는 분위기도 아니었다고 놀려요. 근데 저는 MZ여서. (웃음) 오히려 언니들이 저한테 (릴스) 같이 찍자고도 해요.

춤은 어떻게 그렇게 잘 춰요?

저는 초등학교 4~5학년 때 댄스 학원을 좀 다녔어요. 한때 댄서도 꿈꿨는데 6학년 마치고부터 역도를 했죠.

'역도가 내 길이다'라는 확신이 있었나요?

아무 생각 없이 하다 보니 3년이 지나가 있고, 5년이 지나가 있고….

댄스를 압도하는 재미가 있었다는 뜻 아닌가요?

역도 횟수를 많이 할 때 지방 타는 느낌, 그게 너무 좋은 거예요. 다음 날은 너무 아파서 그만해야 할 것 같으면서도 더 해야 될 것 같은 그 느낌이 있어요. 도파민인가. (웃음) 또 항상 새로운 걸 배우게 되는 게 또 묘미더라고요.

세계선수권 3관왕에 오른 다음에 인스타그램에 "'노력은 배신하지 않는다'는 신조를 지키며 최선을 다하는 선수가 되겠다"고 적었어요.

늘 생각하는 거예요. 노력을 안 하는데 잘할 순 없는 것 같아요. 아무리 피곤해도 야간 운동 나가고 늘 노력했거든요. 어느 순간부터 '이런 노력이 언젠가 빛을 발하는구나' 깨달았어요.

그게 야구 선수 이승엽(현 두산 감독)이 했던 말로, 한때 스포츠 세계를 지배했던 격언이었잖아요. 그런데 최근에는 특히 스포츠의 영역에서 '노오력'으로 안 되는 것도 많다는, 재능이 더 중요하다고 말하는 사람들도 있는데요. 노력에 배신당한 적이 단 한 번도 없었어요?

역도를 시작하고 나서는
못 하겠다는 생각은 한 번도 안 했어요.

'내가 해야 하는 거'라고 생각했어요.

저보고 사람들이 다 '재능충'이라고 하거든요. 그래서 시합 끝나고 훈련할 때도 주변에서 "왜 이렇게 열심히 해", "너무 많이 하는 거 아니야?" 그래요. 저는 시합 끝나면 처음부터 저중량으로 횟수를 많이 채우는 운동을 하거든요. 그러면 다들 "굳이 그렇게 할 필요 있어?" 해요. 중학교 때도 들었던 무게를 드니까.

곧바로 고중량부터 들면서 훈련하는 선수들도 있어요. 그런데 저는 차근차근 처음부터 무게를 채워가야 시합 때 좋은 컨디션이 나와요. 그래서 아무리 힘들어도 기본 훈련에 신경을 써요.

주니어 무대를 세계선수권 우승으로 졸업했잖아요. 역도가 '너무 쉽네?'라는 생각이 들 법도 했을 텐데요.

너무 좋았죠. 시니어 무대에서도 잘할 수 있겠구나, 했는데 리원원 선수가 나와서. (웃음)

지금 여자 역도 최중량급 세계기록은 리원원[24(2000년생)·중국]이 세운 인상·용상 합계 355킬로그램이에요. 지금 혜정 선수 최고 기록과 비교해서는 부담스러운 숫자인 건 사실이잖아요. 언젠가는 넘어야 세계 최고가 될 수 있다는 뜻인데 어떤 마음일지 궁금해요.

그 선수가 아무리 잘하든 제 페이스만큼은 잃지 않으려고 해요. 저는 목표 무게가 있으면 그것보다 훨씬 낮은 무게로 개수를 반복해서 다져놓는 편이에요. 오늘 85킬로그램을 다섯 번씩 몇 세트를 하고, 이게 익숙해지면 95킬로그램으로 해보고, 이런 식으로 계속 채워가고 있어요.

박
혜
정

주니어 졸업 후 첫 시니어 세계선수권에서는 8위를 했어요. 언니들과 함께했던 첫 시니어 무대 기억은 어땠나요?

아무 생각이 없었어요. 긴장이 되긴 했는데 저한테 집중하고 있어서. 일단 실수만 하지 말자는 생각이 강했어요.

그래도 1년 만에 적응을 마치고 곧바로 시니어 세계선수권 3관왕을 했어요. 그 사이에 어떤 과정이 있었던 건가요?

고등학교 때부터 시니어에서 경쟁력 있는 무게에 가깝게 하려고 노력했어요. 고2 때 한국기록을 세우면서 시니어 최고 무게와도 가까워졌고 그때부터 메달권 기록에 도전했던 것 같아요.

새로운 무게에 도전하면 처음에는 꿈쩍도 안 하는 느낌이었을 텐데, 궁극적으로 어떻게 들 수 있는 거예요?

새로 도전할 때는 '안 된다'는 생각은 절대 안 하고 '할 수 있다, 해야 한다' 생각해요. 시합 때는 되도록 1차 시기에 꼭 잡아놓으려고 해요. '너 이거 못 잡으면 한국 못 간다, 밥 못 먹는다' 이런 식으로 집중하고요. 저는 1차 시기에 대한 강박이 좀 있어요. 1차 시기를 자신 있게 잡아놔야 2, 3차 시기 때도 도움이 돼요.

그런 '초긍정' 마인드는 선천적으로 긍정적이어서 나오는 거예요, 아니면 의식적으로 만든 거예요?

부정적으로 살 수가 있나요? 부정적이면 일단 저부터 너무 힘들 것 같아요. 그래서 성격 자체가 긍정적으로 된 것 같아요. 물론 힘든 순간들이 없지 않았지만 그런 것들을 드러낸다고 도움이 되는 건 하나도 없어요.

두 번째 세계선수권이었던 2023년 대회 나갈 때 1위 할 수 있겠다는 자신감이 어느 정도 있었나요?

그래도 제가 해온 게 있었고 믿을 건 저밖에 없잖아요. '나라도 믿고 해야지'라는 마음이었어요.

역도 연습량이 엄청나시더라고요. 인스타그램에 거의 매일 업로드하는 게 다 훈련 영상이잖아요. 일주일 동안 9만 킬로그램을 들어서 코치님이 말리신 적도 있다고요.

운동을 맨날 하니까 주변에선 제가 (몸이) 안 아픈 줄 알아요. 그런데 아무리 가벼운 무게를 들어도 어차피 아프거든요. 그래서 훈련 때 좀 더 무겁게 들고 아픈 건 재활로 해결하자는 주의로 아파도 참고 해요.

어렸을 때부터 '제2의 장미란' 대신 '제1의 박혜정'이 되겠다고 이야기를 했더라고요. 나만의 것을 만들겠다는 생각을 일찍부터 하게 된 계기랄 게 있었어요?

일단 언니가 "제2의 장미란도 좋지만 제1의 박혜정이 되어야 한다" 이런 얘기를 해줬어요. 누구의 뒤를 잇는 것도 좋지만 내가 선두로 나가서 내 뒤를 잇는 사람을 만들자는 마음이 컸어요.

언니가 운동선수가 아니었는데도 조언을 많이 해준 것 같아요.

어렸을 때 부모님께서 맞벌이셨다 보니 언니는 저랑 자주 싸워도 결국 저를 가장 잘 챙겨주고, 저를 제일 잘 아는 사람이었어요. 힘든 일이 있으면 위로도 해주고, 필요할 땐 냉정하게 쓴소리도 해주는 편이에요.

역도에서 수평 맞추는 게 굉장히 중요하다고 들었어요. 진종오 국회의원도 사격 선수 시절 역도화 신고 경기했다고 하더라고요.

네, 역도화가 밑바닥이 아예 평평해요. 그래서 바닥을 누르기가 편해요. 저도 일반 운동화 신고 역도해 봤는데 발목이 너무 흔들렸어요. 괜히 '장비빨'이 아니더라고요. (웃음)
신발에는 돈을 좀 쓰는 것 같아요. 역도화를 한 번 사면 최대 5년 정도 신거든요. 그런데 새 역도화를 신으면 처음에는 발이 너무 아파서 적응기가 필요해요. 지금 신고 있는 것도 거의 3~4년 신었는데 올해까지는 신어보려고요. 제가 신고 있는 역도화가 단종돼서 구하기도 힘들어요. 중고로 알아보고 있는데 단종된 모델이라 비싸면 100만 원이 넘어가기도 해요.

최중량급에서는 몸무게를 늘리는 것도 중요하지만 단순히 무게만 늘린다고 더 많은 무게를 들 수 있는 건 아니잖아요.

처음에는 코치님이 살찌워 오라고 해서 살만 찌우고 갔는데, 지금은 지방은 빼고 근육을 늘리는 식으로 관리해요. 2주에 한 번은 인바디 재고요. 근육이 커지고 질이 좋아지면 무게가 좀 더 가볍게 느껴지기도 해요. 근육을 잘 쓰면 자세도 예쁘게 나와요.

박혜정

근육이 줄면 허리가 너무 아파요. 역도 선수들이 다 허리 디스크가 있는데 근육으로 잡아서 안 아픈 거거든요.

최중량급은 몸무게에 제한이 없잖아요. 어디까지 찌울지, 그 최적의 무게는 어떻게 정해요?

저는 작년까지 127킬로그램이 제 몸에 맞다고 생각했는데 올해 초 살이 좀 쪘거든요. 지금은 136킬로그램 정도가 잘 맞는 것 같아서 그 무게를 유지하려고 해요. 최근에는 해외 대회 다녀왔더니 살이 좀 빠져서 보는 사람마다 "턱살 어디 갔냐"고 해서 찌우고 있어요.

입맛이 없을 때도 있잖아요.

네, '찌워야 한다'는 생각 때문에 살이 안 찌기도 해요. 저도 재작년에 살찌우려고 엄청 먹었는데 스트레스 때문에 오히려 살이 빠져서 아침마다 저울에 올라가서 한숨 쉬었어요.

최중량급에 나서기 위해서는 원래 체중보다 무게를 훨씬 더 늘려야 하잖아요. 평소 꾸미는 것에도 관심이 많다고 했는데 어렸을 때부터 학습된, 통념상 '예쁘다'는 여성의 몸과 역도 선수로서 나에게 필요한 몸 사이에 간극이 꽤 컸을 것 같아요. 사춘기 때도 그런 걸 다 이해했나요?

운동 시작하기 전에는 애들이 엄청 때리고 도망가고, 놀리고 그랬어요. 저도 막 쫓아가서 때리고요. 체격이 있다 보니 보통 분들이 봤을 때 뚱뚱하다고 생각하실 수도 있겠죠.

그런데 요즘에는 예능에도 나오니 절 알아보시는 분도 꽤 있고. 저를 모르셔도 "운동하는 사람 같은데" 이런 식으로 이야기하시더라고요. 예전에는 피하기 바빴는데 지금은 당당하게 다녀요. 역도 선수니까 당연히 손에 굳은살도 생기고 해요. 그게 처음엔 부끄러웠거든요. 그런데 역도하는 사람들이랑 있으면 또 가장 빛나는 게 저니까. 코치, 감독님은 굳은살 보면 "야, 운동 많이 했다" 이렇게 얘기하세요. (웃음)

언제쯤 내 몸에 대한 감이 생겼어요?
고3쯤인 것 같아요. 제 몸을 제가 잘 알아야지만 뭐가 필요한지도 알게 되더라고요. 그 전에는 코치님이 시키는 대로만 했죠. 이거 하라면 하고, 힘들면 "못하겠어요" 하고.

아직 역도에서 매너리즘 같은 걸 느낀 적은 없어요?
가끔 너무 힘들 때는 '내가 대체 뭘 위해 이걸 하고 있나' 하는 생각도 드는데 다음 날이면 극복해요. 어느 순간 또다시 운동하고 있는 제 모습 보면 저도 신기해요.

무얼 위해 하는 것 같아요?
성장하기 위해서 하고 있다는 생각이 많이 들었어요. 주로 다음 목표로 하고 있는 시합들을 생각했던 것 같아요.

성공하는 선수들의 특징 중 하나가 '지연된 보상'을 기다릴 줄 아는 힘이라고 하더라고요. 당장 열심히 해도 얻는 게 없지

박혜정

145

만 인내하고 사소한 노력들을 반복했을 때, 한참 뒤에 큰 보상을 얻을 수 있다고요.

저도 초등학교 때 늘 '다이어트 해야지' 하고 맨날 실패했거든요. 그래서 끈기가 없는 사람인 줄 알았는데 운동하고 나서 '나도 끈기가 있었구나' 알게 됐어요.

운동할 때만 끈기가 생긴 이유가 뭐라고 생각해요? 훈련 끝에 얻어낸 무언가에 대한 만족감이 훈련 과정에서 느끼는 어려움보다 훨씬 컸다는 얘기인 것 같아서요.

운동하면서 저의 한계까지 해봤거든요. 집 가는데 못 걸어갈 뻔한 적이 있었어요. 그만큼 정말 한계에 다다른, 차원이 다른 힘듦을 느꼈는데 그 힘듦이 결국 보상으로 돌아오더라고요. 그걸 깨닫고는 계속 하게 된 것 같아요. 버틸 수 있는 힘도 더 생기고.

역도 경기를 볼 때마다 궁금한 건데, 선수들은 자기가 들어본 최대 무게를 이미 알고 있잖아요. 그런데 실전에서 한 번도 들어보지 않았던 무게에도 도전을 하나요?

선수 자신도 몰라요. 자기가 계속 쌓아왔던 무게에 자신감이 생기게 되면 몇 킬로그램을 한 번에 올려도 드는 경우가 많더라고요.

연습 때도 안 들어본 무게를 경기 때 든다는 거예요?

중학생 때는 거의 그랬고 고등학생 때는 제 최대 무게를 유지하면서 컨디션 괜찮은 날 무게를 올려보기도 했어요. 지금은 제 (최대) 무게로도 메달권이 가능하니까 대체적으로는 평소 들던 무게를 드는데 몸 상태가 좋다 싶으면 올려보기도 해요.

최근에 2012년 런던 올림픽 역도 남자 최중량급(105kg 이상) 금메달리스트 도핑이 적발돼서 한국 전상균 선수가 뒤늦게 동메달을 승계받게 됐어요. 역도가 유독 도핑 스캔들로 악명이 높아요.
선수들끼리 '허무하다'는 얘기를 많이 해요. 약물로 입상한 선수가 나중에 적발돼서 추후에 입상한 걸로 처리된다고 해도 단상에 오를 기회를 이미 잃은 거잖아요.

다른 나라 선수 중에는 "너네는 왜 그 좋은 걸 안 해?" 이런 식으로 말하는 선수들도 있어요. 저희가 "그걸 먹어서 뭐 하냐, 몸에도 안 좋고 부작용도 생기는데"라고 하면 저희보고 '내추럴'이라고 그래요. 한국은 도핑 검사를 정말 철저히 해요. 국제 대회에서 이미 했는데 한국에 와서 또 하기도 하고. 불시 검문이라 새벽에 자고 있을 때도 오고 그래요.

선수들 사이에서는 도핑 테스트가 사실 영광인 일이기도 하잖아요. 성과를 냈을 때 하는 경우가 많으니까. 처음 해본 게 언제였어요? 바지를 발목까지 내리고 소변을 봐야 하고, 절차가 굉장히 엄격해서 놀란 선수들도 많다고 하더라고요.
중3 때요. 검사관이 보는 앞에서 그렇게 해야 해요. 처음에는 수치심이 너무 심했어요. 지금도 있긴 한데 어쩔 수 없어요. 이걸 제대로 안 하면 도핑 검사 위반이 되니까 참고 해야죠.

먹는 것도 조심해야 하잖아요.

사람들이 영양제 뭐 먹냐고 많이 물어보는데 저는 아예 약을 안 먹어요. 시합 때만 집중에 도움되는 보충제 먹는 정도예요. 소염제도 너무 아플 때만 먹어요.

**　　파리 올림픽에는 중량별로 한 나라에 한 명밖에 못 나가기 때문에 손영희 선수랑 마지막 자격 대회까지 경쟁했어요. 매일같이 옆에서 훈련하는 선수와 그렇게 외나무다리에서 경쟁해야 하면 부담은 없어요?**

다른 나라 선수들을 이기면 그냥 좋은데 영희 언니는 오묘하죠. 어떻게 열심히 운동해 왔는지 봤잖아요. 언니가 자기 노력이 무너지는 것처럼 느끼지 않을까 하는 생각에 미안하더라고요. 이겨도, 저도 안 편하죠. 그래도 어쩌겠어요. 경쟁은 경쟁이니까.

**　　선수로서 숙명인 '경쟁하는 삶'에 좀 익숙해졌나요? 역도에서는 1, 2킬로그램 무게를 올리고 내려가며 서로의 한계를 끌어올리기도 하잖아요.**

어릴 때는 같이 운동하는 정말 친한 친구들이 라이벌이었어요. 너무 잔인하다는 생각이 들더라고요. 시합 때는 아무리 친해도 적이 되어버리니까. 그때 그 친구들이랑도 이런 얘기를 많이 했어요. 하지만 운동이라는 세계에 들어온 이상 승자와 패자가 나뉘는 건 어쩔 수 없는 일이죠.

역도가 기본적으로 무게를 지는 일이잖아요. '삶의 무게'라는 표현이 있을 정도로 보통 사람들이 하고 싶어 하지 않은 일인데. 그걸 매일같이 하는 삶은 어떤가요?

무거운 무게를 드는 것보다는 개수를 많이 해야 하는 게 더 힘들어요. 하나 해보라고 하면 자신감 있게 하겠는데 그걸 계속하는 게 힘들죠. 그래도 나중을 위해 개수를 많이 해야 해요.

과정에 굉장히 집중하는 것 같아요. 과정이 좋으려면 대체로 더 오래 걸리잖아요.

결과가 좋으려면 과정이 중요하다고 생각해요. 저희도 가끔 장난식으로 "어떻게든 (역기를) 들기만 하면 돼" 하기도 하는데 전 과정이 제일 중요하다고 느껴요. 그 시간을 버티다 보면 나중엔 좋은 결과가 나온다는 걸 저도 알고 있으니까 꾹 참고 하게 돼요.

과정이 좋으면 결과도 좋다는 믿음이 흔들릴 뻔한 적은 없나요?

몇 번씩 있죠. 다쳐서 준비 제대로 못 하고 시합 뛸 때요. 그럴 땐 '나를 믿고 뛰어보자' 하는 수밖에 없는데 그런 게 반복되고 경험이 쌓이면 믿음이 더 두터워져요.

그렇게 불안한 상황 속에서도 나를 믿고 이겨냈던, 기억에 남는 경기가 있다면요.

항저우 아시안게임이요. 그때 시합을 연달아 뛰게 되면서 허리, 무릎, 어깨가 다 아파서 마인드 컨트롤을 많이 해야 했어요.

어렸을 때 장미란 선수 영상 보고 운 적이 있다고요.

역도를 갓 시작했던 중학교 때였는데 장미란 선수가 국제 대회에서 실패하신 모습이었어요. 컨디션이 안 좋아 보이셨는데 울컥하더라고요. 저도 시합을 뛰어봤으니까 공감이 돼서요.

내 인생에서 가장 힘들었던 일은 뭐예요?

이 무게를 이겨야 된다는 생각이 들 때 중압감을 많이 느끼는 것 같아요. 몸에서부터도 거부감이 들고, 또 매일 반복이니까 무료해질 때가 있거든요.

박혜정

힘든 일이 역도밖에 없는 건가요? 아직 삶에서 큰 어려움이 없었다는 것처럼 들려요.

맞아요. 아직은 그렇게 크게 와닿은 경험은 없었어요. 어제도 운동하는 데 너무 힘이 드는 거예요. 지금 계속 개수를 늘리고 있는데 바벨이 바로 앞에 있는데도 하기가 너무 싫었어요. 그래도 참고 했지만요.

이 인터뷰 약 한 달 뒤 박혜정의 어머니가 8년의 암투병 끝에 돌아가 셨다는 사실이 알려졌다. 파리 올림픽 이후 박혜정을 만나 이전 대답 에 대해 다시 물었다.

가장 힘들었던 일을 물었을 때도 그렇고 그동안 어머 니 얘기는 한 번도 안 했잖아요. 혜정 선수 인생에서 가장 큰일 중에 하나였을 텐데도 어머니가 아프셨던 걸 그렇게 숨겼던 이유가 있었 나요?

이게 알려지면 제가 많이 힘들 것 같았어요. 멘털도 흔들릴 것 같 고. 그래서 엄마 언급을 최대한 안 하려고 했어요.

가족이 아프면 내가 해결해 줄 수 없는 문제인데 계속 신경은 쓰이잖아요. 특히 엄마라는 존재가 딸들에게 갖는 의미는, 사람마다 정도의 차이는 있겠지만, 남다르고요. 어떻게 이겨낸 것 같아요? 겉으로 티도 하나도 내지 않고, 정말 중요했던 일들(국제 대 회 출전, 파리 올림픽 출전권 확보)까지 모두 해내면서요.

엄마가 특히 올해 초부터 몸이 안 좋아지셨어요. 거동도 못 하시 고 말도 잘 못하시고요. 지켜보는 가족들은 얼마나 가슴이 아프 던지…. 저도 사람인지라 시합에 가면서도 엄마 생각이 많이 났 어요. 하지만 시합에 가는 상황에서 제가 힘든 걸 드러낸다 한들 알아줄 사람도 없잖아요.

물론 시합을 마친 지금은 저도 한 가족의 막내딸, 또 엄마의 딸로 엄마가 많이 보고 싶어요. 저녁 때 문득 생각나면 엄마 사진 보면서 울기도 해요. 너무 후회되는 건 동영상을 많이 못 찍은 거예요. 목소리도 듣고 싶은데 영상이 없어서….

이번 파리 올림픽에서 인상에서 새 기록(131kg)을 성공했어요. 이 무게는 대회 전 연습 때 몇 번이나 들어봤어요? 새로운 무게를 들기 전에 오는 느낌이라는 게 있는지 궁금해요.

131킬로그램은 연습에서는 한 번도 들어본 적 없었던 무게예요. 저는 연습 때는 기록을 늘리려고 하지 않아요. 연습 때 기록을 경신한다는 게 기분만 좋아질 뿐이지 실제 기록으로 남는 것도 아니잖아요. 그래서 연습할 때는 제 밸런스나 자세를 다져주는 운동, 감을 잡는 연습 위주로 해요.

가장 큰 무대에서 한국기록이라는 최고의 성과를 냈잖아요. 그런 게 '스타'에게 필요한 자질인데요. 스스로도 큰 무대에서 강한 '무대 체질'이라고 생각해요?

다들 무대 체질이라고는 하는데 저도 많이 떨려요. 국내 시합할 때도 떠는 편이에요. 그래서 더더욱 마인드 컨트롤을 하고 심호흡을 많이 해요. 경기 때 침착한 편이긴 해요. 집중력이 조금 더 좋아져요.

여자 동생 선수들이 나오길 기다리고 있죠?

선수촌에 여자 후배 좀 만들어달라고 한 게 3년째예요. 제 밑으로 제발 한 명만이라도 해달라고 했는데 아직 없더라고요. (웃음)

'내가 해보니 역도는 이런 매력이 있더라'고 영업을 좀 해본다면요. 사실 역도라는 게 우리가 어릴 때 자전거 타거나 배드민턴을 치듯이 '한번 해볼까?' 이렇게 쉽게 할 수 있는 운동은 아니잖아요.

역도는 한번 해보면 쾌감이 정말 짜릿해요. 무거운 무게를 들게 됐을 때 '해냈다'는 기분이 강하게 드는 운동이에요.

선수 생활 커리어에서 유일하게 비어 있었던 올림픽 메달을 따고 왔어요. 로스앤젤레스(LA) 올림픽은 금메달을 목표로 뛰겠다고 했는데 그 이후에는 무엇을 위해 뛸 것 같아요?

제가 올림픽 딱 세 번만 뛰고 은퇴하겠다고 말하거든요. 여자는 서른둘이면 거의 은퇴해요. 제가 계산을 해봤는데 세 번째 올림픽이 서른둘이더라고요. 그래서 세 번만 뛰었으면 좋겠다고 했는데 코치님이 네 번만 뛰라고 하시더라고요. 관절만 괜찮으면 네 번도 뛰고 싶어요.

말씀하신 것처럼 세네 번의 올림픽을 나간 뒤, 그러니까 '박혜정 이후' 역도는 어떤 스포츠가 되길 바라나요? 내 종목이 이렇게 됐으면 좋겠다, 꿈꾸는 게 있다면요.

박혜정 이후에는 그래도 많은 분이 역도를 '인기 종목'으로 봐주셨으면 좋겠어요. 물론 제가 그렇게 될 수 있도록 먼저 최선을 다할 거고요. 저도 장미란 (문화체육관광부) 차관님처럼 '전설'이라고 불리고 싶고, 또 '제2의 박혜정'도 나왔으면 좋겠어요.

그래도 제가 해온 게 있었고
믿을 건 저밖에 없잖아요.

'나라도 믿고 해야지'라는 마음이었어요.

05

최유리

축구 선수

온 마이 웨이 〜〜〜〜〜〜〜〜

영국 잉글랜드 여자챔피언십(2부 리그) 버밍엄 시티 공격수. 2011년 아시아축구연맹(AFC) U−19(19세 이하) 챔피언십에서 처음 국가대표에 발탁됐다. 성인 대표팀에는 2014년 발탁됐지만 2015년 여자프로축구(WK)리그 신인 드래프트에서 상무 지명을 거부하면서 1년간 무적 신분으로 지냈다. 이듬해 특별 드래프트로 구미 스포츠토토에 입단하면서 대표팀에도 복귀했다. 2021시즌을 앞두고 인천 현대제철로 이적한 뒤 2022시즌 처음 두 자릿수 득점(10골)을 기록하며 올해의 공격수상을 받았다. 2023년 국제축구연맹(FIFA) 여자월드컵에서 월드컵 데뷔전을 치렀다. 월드컵 직후 영국 버밍엄 시티로 이적해 올해로 두 번째 시즌을 맞았다.

'잔 다르크'인 줄 알았다. 직접 만나기 전 구글링으로 알아본 최유리는 여자프로축구리그(WK리그)의 선발 시스템의 변화를 이끈 선수였다. 최유리 이전까지 여자 프로축구 선수를 꿈꾸며 WK리그 신인 드래프트에 지원한 선수들은 여러 팀 중 상무에 지명되면 축구 선수가 되기 전 '군인'이 돼야 했다. 일단 선수로 선발되면 리그 경기를 치르기 전 훈련소에 먼저 입소했고, 선수 생활 역시 군인 신분으로 했다.

상무의 지명을 받은 선수들은 울면서 유니폼을 입기도 했다. 프로축구 선수가 되려면 드래프트에 선발되는 것 말고는 방법이 없었기 때문이다. 하지만 최유리는 울면서 유니폼을 입는 대신 아예 유니폼을 입지 않기로 했다. 제도권 내에서만 답을 찾으려 했다면 보이지 않았을 선택을 한 것이다. 그 선택은 기존 제도의 불합리했던 면을 들여다보는 계기가 됐다. 결국 군인 신분으로 축구 선수로 뛰길 원하는 선수들만 상무에 지원할 수 있도록 제도가 정비됐다.

그러나 마주 앉은 최유리는 대단한 혁명가와는 거리가 멀었다. 지난해 처음 영국 리그에 진출한 그는 '개인 간식은 알아서 챙겨 오라'는 구단의 공지에 간식을 챙겨 가고도 혼자 먹기가 미안해 자기 간식도 마음대로 못 꺼내 먹는 사람이었다. 초등학교 때부터 축구부에서 '정해진 단체 훈련'을 하며 사는 데에 익숙했던 최유리는 스물아홉이었던 지난해 외국 리그에서 뛰면서 처음 얻은 '개인 시간'에 무엇을 해야 할지 몰라 애를 먹었다.

생각해 보니 최유리가 한 선택에 '거창한 무언가'는 없었다. 군인 신분으로 선수 생활을 해야 한다는데 못 하겠으니 '못 하겠다' 말한 것. 지극히 개인적이었던 그의 선택이 이렇게까지 거창해진 이유는 이전에는 주어진 명제에 '왜'라고 질문한 사람이 한명도 없었기 때문이 아니었을까.

최유리는 지금도 주어진 선택지에서는 답을 찾을 수 없는 물음을 던진다. 한국이나 영국이나 모두 열심히 축구를 하는데 왜 한국 선수들의 가치는 더 낮게 평가되는지, 왜 우리 선수들은 지금 수준의 월급을 받으면서 그저 축구를 할 수 있는 것만으로도 감사하다고 여기는지, 풋살 동호회에는 여자들이 넘친다는데 왜 엘리트 축구를 하겠다는 유소년 선수들은 보이질 않는지.

당장 비교적 좋은 여건에서 축구를 하고 있는 최유리와는 크게 상관없는 일이다. 당장 나에게 득 될 것도 없는데 이런 고민을 안고 사는 이는 분명 흔치 않다. 최유리의 머릿속 시시콜콜한 물음표들이 또 어떤 거창한 일로 이어질지는 모를 일이다.

지난해 잉글랜드 여자챔피언십(2부 리그) **입단 후 처음 맞은 비시즌은 어떻게 보내고 있나요?**

여름에 휴가를 맞는 건 처음이라 색달라요. (한국의 여자프로축구리 그인 WK리그는 3월 개막해 11월 끝난다.) 한창 더울 때 리그 경기를 안 치르는 건 좋은 것 같아요. 그런데 저희(여자 국가대표)가 5~6월에 소집이 있었잖아요. 운동을 계속해야 하는 부담감이 있어서 제 대로 쉬지는 못했어요. 미국에서 마지막 경기(평가전) 끝나고 긴 장감이 풀리니까 아프더라고요. 한 주 동안 병이 났어요.

해외파 선수들 장거리 비행이 선수 피로도에 영향이 크 다고 우려가 많아요. 저번 FIFA 월드컵 때도 손흥민 선수가 가장 긴 비행으로 피로도 1위를 찍었던데. 유리 선수도 장거리 비행을 많이 한 게 몸에 영향을 준 것 같아요. 직접 겪어보니 어땠어요?

그래도 비즈니스를 타서 좋았어요. 지소연 선수가 선수협회 회 장을 맡고 있는데 목소리를 내준 덕분에 해외파 소집 때는 비즈 니스석을 제공해 주고 있거든요.

저도 예전에는 해외파들 오면 '오는구나', 가면 '가는구나' 하고 말

최유리

았는데 몸소 느껴보니 선배들이 정말 더 대단하게 느껴졌어요. 이번에도 미국이랑 평가전 할 때 보니까 비행기, 버스 합쳐서 이동 시간만 총 19시간이 되더라고요. 잘하는 선수들과 같이 뛰어볼 수 있는 경험은 너무 좋은데 이동을 너무 힘들게 하다 보니 컨디션 조절이 많이 힘들었어요.

처음 해외 리그에서 한 시즌을 마쳤어요.

이제 환경이나 생활을 어떻게 하면 좋을지 조금 알아서 긴장감은 내려놓을 듯해요. 처음에는 모든 게 신기했어요. 한국에서는 밥도 단체로 먹고 커피도 단체로 사 먹을 때가 많잖아요. 여기는 "개인 간식 챙겨오세요" 이러고 말아요. 한국에서는 각자 챙겨 와도 막상 먹을 때 막 "먹어볼래?" 하잖아요. 여기는 그런 게 없어요. 과자를 먹어도 자기 거 먹고, 권유라는 게 없어요.

오히려 제가 눈치를 보게 돼요. 제 거 먹는데도 잘 못 먹겠는 거예요. 이런 예의에 익숙한 문화에 오래 살아서 그런가 봐요. 제가 가끔 한국 과자 챙겨 와서 "먹어봐" 하면 받긴 하더라고요. 주진 않는데. (웃음)

축구
선수

해외에서 뛰다가 국가대표 경기하러 한국에 왔었잖아요. 외국에서 외국인 선수로 뛰다가 한국에서 국민들한테 응원받으면서 뛰는 건 또 새삼 다르게 느껴졌겠어요.

당연하죠. 태극기 하나만 걸려 있으면 울컥하는 그런 마음이 있어요. 물론 그 감정들을 경기까지 가져가면 안 되니까 최대한 자제하려고는 하는데, 애국가 울리고 태극기 올라가면 늘 울컥합니다.

168

선수들 중에 숏컷이나 짧은 머리를 고수하는 쪽이 많은데 최유리 선수는 긴 머리를 유지하고 있어요. 그런데 또 플레이스타일은 저돌적이고 파워풀해서 '반전 매력'으로 유명해요.

제가 어렸을 때부터 머리를 길렀어요. 그런데 또 "여성스럽게 공 찬다" 이런 얘기 듣는 게 좋진 않더라고요. 평소에도 꾸미는 건 좋아하거든요. 좋아하는 건 그대로 가져가되 운동할 때는 더 파워풀하게 하려고 했어요. 꾸미면서도 강하게 운동하는, 상충돼 보이는 두 가지를 모두 충족시킬 수 있다는 걸 보여주려고요. 그런 게 잘 맞아떨어져서 팬분들도 좋아해 주시는 것 같아요.

일반 직장인 중에도 풀메이크업으로 출근하시는 분들 있는데 저는 정말 존경스러워요. 그러려면 남들보다 더 일찍 일어나야 한다는 뜻이거든요. 부지런하지 못하면 불가능하기도 하고요. 본인도 부지런함으로 극복하는 건가요?

네, 극복합니다. (웃음) 호기심에 머리를 짧게 잘라보고 싶은 적도 있긴 했어요. 또 (자르면) 축구를 조금이라도 더 잘할 수 있으려나 했는데, 그럴 바에는 차라리 머리를 더 세게 묶고 더 단단히 고정하자고 생각했어요. 준비 시간이 남들보다 조금 길 뿐이에요.

어떤 선수 분이 어렸을 때 '맨날 남자애들이랑 축구하던 여자애'였다고 하셨어요. 진짜 축구 선수인 유리 선수는 '어떤 여자애'였나요?

저는 공이랑 안 친했어요. 동료 선수 중에는 점심시간에 남자들이랑 축구하다 온 친구들이 확실히 많더라고요. 지금도 그럴지 모르겠는데 저희 어렸을 땐 체육 시간에 '남자는 축구, 여자는 피구' 이렇게 자연스럽게 나눠서 했어요. 지금 생각해 보면 좀 아쉬워요. 여자들도 어릴 때부터 당연하게 축구뿐 아니라 여러 스포츠를 접할 수 있는 환경이면 분명 재능 있는 선수들이 많을 텐데. 그래서 생활체육적인 부분에서 여자축구가 아쉬운 면이 있는 것 같아요. 저는 운이 좋게도 초등학교에 여자축구부가 있어서 축구를 접할 수 있었거든요. 다니던 학교에 축구부가 없었다면 저 같은 사람은 축구 못 했을 거예요.

축구를 좋아하지도 않았는데 축구부부터 들어갔어요?

일단 뛰어노는 걸 좋아하고 활동적이었어요. 달리기가 빨라서 육상을 했었고요. 그런데 4학년 때쯤 체육부장 선생님이 저를 부르시더니 '여자축구부에서 시합 나가볼 생각 있느냐'고 하셨어요. 아마 달리기가 빨라서 데려가신 것 같아요. 호기심에 나가보겠다고 했죠. 엄마도 제가 너무 바깥으로 돌아다니니까 단체 생활을 했으면 좋겠다 싶어서 저를 축구부에 맡기다시피 보내셨고요. 그때까지도 축구에 큰 관심은 없었던 것 같아요. 중학교 때 축구를 하려고 울산으로 전학 가면서 축구 욕심이 생기고 기량도 많이 올라왔어요.

중학교 올라가면서 축구를 본격적으로 해보기로 결심한 거예요?

축구부에 들어간 뒤에는 모든 게 물 흐르듯 흘러갔어요. 그 당시 학교에서 일고여덟 명이 다 같이 울산으로 전학 갔거든요. 그때 제 기량이 확 올라왔고요. 시합할 때도 더 진지해졌어요.

집이 이천이라고 했는데 중학교 때부터 울산으로 축구 유학을 간 셈이네요. 그때부터 빨래도 직접 했어요?

빨래는 초등학교 때부터 했어요. 그때부터 이미 합숙을 했거든요. 단체 생활을 하다 보면 어릴 때부터 생활력이 생겨요. 그래서 엄마가 축구부에 좀 빨리 보낸 것 같아요. (웃음) 지금은 (운동하는) 학생들도 공부해야 한다고 합숙이 없어졌는데, 당시에는 1년에 집을 (겨우) 서너 번 올 정도로 합숙이 일상이었어요.

정말 어린 나이부터 한국형 엘리트 체육인 생활을 했네요.

맞아요. 그런 생활이 지금까지 제 삶에 많이 적용된 것 같아요. 지난해 처음 영국 갔을 때 처음 제 '개인 시간'이라는 게 생겼는데 이걸 어떻게 활용해야 할 지 모르겠는 거예요. 평생을 정해진 스케줄 속에서만 살다가 처음으로 제가 스케줄을 직접 짜야 하는 삶을 살아보니까 그게 너무 어려웠어요.

영국에서 체감한 변화가 컸겠어요.

오전에 팀 훈련하고 오후에 웨이트 운동을 하면 아무리 늦어도 오후 3~4시에는 끝나요. 그 후에는 '이제 뭐 하지?' 하고 멘붕이 오는 거예요. 시간을 어떻게 써야 하는 지를 모르니 처음 3~4개월은 시간을 허비하면서 지냈어요.

지금 생각해 보면 좀 아쉬워요.
여자들도 어릴 때부터 당연하게
축구뿐 아니라 여러 스포츠를 접할 수 있는
환경이면 분명 재능 있는 선수들이 많을 텐데.

그래서 시간을 알차게 쓸 무언가를 좀 찾았나요?

요리였던 것 같아요. 팀에서 점심이 나오긴 하는데 제가 또 한식을 먹어야 해서…. 사실상 삼시 세끼를 해 먹어야 되는 환경이라 요리에 흥미를 가지게 됐어요.

영국이 또 식료품값은 싼데 인간의 노동력이 추가되기 시작하면 엄청 비싸지잖아요.

그래서 장 보는 게 재밌어요. 한국에서 비싸서 많이 못 먹는 베리류가 싸요. 종류도 많고요. 외식은 정말 날 잡아야 할 수 있어요. 영국 살면서 좀 알뜰해졌어요.

여러 해외 리그 중에 어떻게 영국을 선택하게 됐어요?

일단 지소연 언니가 워낙 오랫동안 뛰었고, 저랑 친한 (이)금민이를 비롯해 많은 한국 선수들이 뛰고 있거든요. 저도 (경기) 챙겨보면서 '저기 가서 뛰고 싶다'는 생각이 들던 중에 마침 영국에서 오퍼가 와서 빨리 결정할 수 있었어요.

이방인으로서 여러 나라, 주로 영어권에서 온 선수들과 뛰어야 하다 보니 어려움이 있을 것 같아요.

외국 선수들이 국내 리그에 오면 당연히 통역이 있고 팀에서 집, 먹는 것까지 챙겨주는데 여기는 그런 게 없어요. 혼자 다 해야 해요.

팀워크 면에서는 어때요?

아무래도 소통이 중요한 스포츠이기 때문에 아쉬운 게 있죠. 제가 원하는 걸 말하고, 동료들이 원하는 걸 듣고 싶은데 그게 잘 안되니까 어려워요. 함께 발을 맞추는 시간도 한국에서보다는 조금 더 걸려요. 그런데 일단 선수들이 제가 언어적인 부분에서 부족하다는 걸 아니까 어떻게 해서든 도와주려 해요. 그래서 더 고맙고요.

거기도 축구장에서만 쓰는 '은어' 같은 게 있죠.

다행히도 계속 해왔던 스포츠라 그런지 눈치껏 빨리 캐치할 수 있어요.

대체로 '이러겠거니' 하면 맞아요?

네. 그 상황에서 다른 걸 하면 그 사람이 이상한, 그 정도의 것들이 많아요. (웃음)

신인 드래프트에서 상무의 지명을 받은 뒤 무조건 군인 신분으로 뛰어야 하는 상무 입단을 거부해서 이후 선수 선발 시스템을 바꾼 선수였어요. (상무는 최유리의 결정 이후 드래프트에서 선수를 지명하는 대신 희망자에 한해 사전 지원을 받아 선수를 선발했다.) **그래서 자기 주장이 강하고 당당한 성격일 줄 알았는데 말씀하시는 것 들어보면 굉장히 의외예요.**

그때는 어린 나이라서 가능했던 것 같아요. 일차원적으로 '못 가겠다' 이 생각 하나였어요. 상무에 입단하면 축구를 하는 동안 계

최유리

속 군인 신분이 돼요. 머리도 자르고 4개월 동안 일반 군인들이 받는 군사 훈련도 받아야 하고요. 아마 지금 나이의 저라면 그런 선택을 못 하지 않았을까 싶어요. 저만의 문제는 아니니까요.

엘리트 선수 생활을 죽 해오다가 프로리그 팀 입단을 거부한 건, 당시로서는 선수 생명이 끊기는 걸 각오한 선택이었어요. (최유리는 지명 거부로 WK리그에서 2년간 뛸 수 없는 징계를 받았다.) 그때는 정말 관둘 생각이었어요. 부모님도 처음엔 힘들어하셨지만 어쨌든 제 선택이니까 지지해 주셨어요. 그리고 나서 부모님이 계신 이천 집에 들어와 살았어요. 어쨌든 무직이 됐는데 부모님께 손 벌리고 싶지는 않아서 아르바이트를 했어요. 집 앞에 아울렛 매장이 있었거든요.

평생을 바쳤던 일에서 어떻게 그렇게 한순간에 돌아설 수 있었던 거예요? 저는 그런 결단을 할 때 오히려 오래 안 걸리는 것 같아요.

그런데 오래지 않아 다시 후배들이랑 훈련을 시작하셨다고요. 어떻게 다시 축구장으로 돌아오게 됐나요? 한 2개월 정도 아르바이트를 하고 있었는데 제 대학교(울산과학대) 감독님께서 연락해 주셨어요. 같이 훈련할 수 있도록 도와주시겠다고. 그때부터 몸 관리를 시작했는데 또 운이 좋게 특별 드래프트로 1년 만에 프로팀에 입단할 수 있게 됐어요.

특별 드래프트로 스포츠토토에 입단했지만 지명받기 한참 전부터 이미 리그를 뒤흔든 사건으로 모두가 나를 알게 된 상황이었잖아요. 그중에는 곱지 않은 시선도 있었을 것 같고요. 축구를 잘해야만 하는 상황이 부담은 안 됐나요?

별도 드래프트 이후엔 이를 악물고 했어요. 그렇게 독기 있게 출발했고 팀도 잘 맞아서 몸이 올라오는 시간이 많이 단축됐어요.

축구는 개인 종목이 아니다 보니 팀을 우승시켜야 좋은 선수라는 인식이 강하잖아요. WK리그에서 절대 1강 팀인 현대제철로 이적하자마자 첫 시즌(2021)부터 곧바로 챔피언결정전 MVP를 차지했어요.

금민이가 '무관민'이라고 불리거든요, 우승한 적이 없어서. 제가 처음 우승했을 때 정말 부러워했어요. 어쨌든 팀 스포츠에서는 우승을 해야 보상을 받는 느낌이 있어요. 개인적으로 분명히 잘한 선수라도 트로피를 못 들어보면 설움이 있죠.

이금민 선수와 학창시절부터 친구라고 알고 있어요. 친한 친구인데 직업까지 같으면 정말 좋을 것 같아요. 서로의 생활을 다 아니까 만났을 때마다 설명해야 하는 것도 없고.

학창 시절에도 친하긴 했는데 나이 들고 대표팀에 와서 더 돈독해진 것 같아요. 보통 나이 먹을수록 진짜 친구가 두세 명밖에 없다잖아요. 그 두세 명 안에 드는 깊게 만나는 친구예요. 일단 대화의 거의 절반 이상은 축구예요. 그렇다고 진지한 얘기는 아니고요. 시답지 않은 얘기들요.

최
유
리

외국에서 뛸 때 도움을 많이 줬을 것 같아요.

금민이는 오랜 시간 영국에서 뛰어서 제가 하나부터 열까지 다 물어보고요. 제가 저녁에 외로울 땐 2시간 동안 괴롭히기도 했어요. (웃음) 정말 많이 의지했죠.

많은 사람이 사회에서 만난 사람들과 가장 하기 싫어하는 게 '팀플(팀플레이)'이잖아요. 그런데 단체 종목 선수들은 인생이 '팀플'이에요. 혼자만 잘한다고 다가 아닌 걸 정말 뼈저리게 느낄 것 같아요. 노하우가 좀 생기나요?

저도 잘된 팀이 현대제철이 처음이었어서. (웃음) 그래도 DNA가 있다는 게 느껴지긴 해요. 큰 경기를 치를 때 그 팀만의 분위기는 정말 다른 것 같아요. 저도 처음 그런 분위기를 느꼈을 때 '아, 되겠다' 이런 심리적인 안정감을 가지고 시작할 수 있어서 좋더라고요. 모든 선수가 그런 분위기를 느끼지 않았을까 해요.

반대로 '잘 안되는 팀'들이 겪는 고충은 뭐예요?

서로 소통하는 게 가장 중요한데요. 지도자나 선수들 사이 소통이 안됐을 때는 분명 그런 부분이 경기장에서도 이어져요.

선수들이 강조하는 '소통'이라는 게 전략, 전술적인 면이 있고, 인간 대 인간으로서 편하게 얘기할 수 있는 소통이 있잖아요. 그중에서 어떤 의미가 더 큰가요?

인간 대 인간으로서의 소통이 제일 중요해요. 단체 종목은 혼자 하는 게 아니니까요. 전술을 이미 다 알고 있어도 매 순간 바뀌는

실제 경기 상황에서는 정해진 전술이 없잖아요. 항상 같이 공 차는 동료들과는 서로 눈만 보고도 어떻게 해야 될지 통해요. 그게 단체 종목의 매력이 아닐까 싶네요.

리그에서 꾸준히 득점력 있는 공격수로 활약했지만 월드컵은 작년에야 데뷔했어요. 꿈의 무대에 서보니 어땠나요?
나가기 전에는 다리도 경직되고 아무것도 못 할 줄 알았거든요. 그런데 막상 가보니 생각보다 덜 떨렸어요. 그 순간이 지나가면 돌이킬 수 없다는 걸 아니까 여기서 모든 걸 해내는 데 집중하게 되더라고요. 물론 첫 경기 때 감회가 새롭기는 했어요. 늘 꿈꿔왔던 순간이었으니까. 그렇다고 감상에 젖을 시간은 없었어요. 눈물 흘릴 시간에 한 발이라도 더 뛰어야 했어서. (웃음)

남자 선수 이상의 저돌적인 공격이 최유리 선수의 가장 큰 매력이에요. 축구 시작할 때부터 공격수만 했어요?
중학교 때 시작은 수비수로 했어요. 그런데 제가 빠르다 보니 공격수로 한 번 올라간 적이 있거든요. 그 뒤로는 (수비수로) 내려온 적 없어요.

축구에 대한 재미도 공격수로서 느꼈나요?
네. 수비는 재미가 없었어요. 무언가 막으면서 희열을 느끼는 게 쉽지 않았던 것 같아요. 아무래도 골 넣는 게 재밌었어요.

선수처럼 공을 차기까지는 얼마나 걸렸나요?

저는 좀 늦게 빛을 봤어요. 제 친구들이 U-16, U-17 대회 때 국가
대표로 뽑혀서 시합에 나갈 때 저는 늘 응원만 했어요. U-18 때
도 상비군까지만 됐고요. U-19 때 처음 발탁됐어요. 보통 여자축
구 선수층이 두텁지 않기 때문에 대체로 연령별 대표팀 선수들
이 성인 대표팀까지 그대로 올라가거든요. 저 같은 경우엔 완전
히 막차를 탄 거죠.

처음 대표팀 발탁됐을 때 감격이 컸겠어요.

최유리

바로 부모님한테 전화 드리고 울었죠. 늘 숙소에 남아서 멀리서
뛰는 친구들 응원하는 게 당연한 건 줄 알았는데, 이제 저도 같이
가게 됐다고 하니 안 믿기더라고요.

대체로 연령대 대표팀이 그대로 성인 대표팀으로 이어
지는 구조였다면 한 살 한 살 먹을 때마다 가능성은 점점 줄어든다
는 얘긴데. 그 시간들이 힘들진 않았어요?

당연히 부러운 마음이 컸죠. 그래도 '내가 부족하구나'라는 생각
에 더 훈련을 했던 것 같아요. 오히려 대표팀 선수들이 대회에 나
갔을 때 남은 선수들이 더 똘똘 뭉쳐서 (훈련) 했어요. 부족한 걸
더 인지하고, 더 해야 한다고 채찍질할 수 있었던 계기가 되지 않
았나 싶어요. 반대로 생각하면 부족한 걸 충전할 수 있는 시간이
잖아요. 부족한 걸 메우는 게 잘하는 걸 하는 것보다 훨씬 힘들어
요. 그런 시간들이 결국 지금의 저를 만들었다고 생각해요.

보통 스피드나 순발력같이 공격수에게 필요한 자질은 훈련한다고 느는 게 아니라던데. 선수로서 본인이 발전할 수 있었던 요인은 뭐였던 것 같아요?

저는 몸이 많이 바뀌었어요. 어렸을 때 "너는 누가 봐도 안 클 수밖에 없는 몸"이라는 얘기를 들을 정도로 작았거든요. 그런데 그 사람들이 지금 저를 보면 놀랄 정도로 많이 컸어요. 엊그제도 아빠를 만났는데 "우리 집에서 나올 수 없는 DNA"라고 하시길래 "내가 잘 먹고 내가 컸다"고 했어요. (웃음)

고등학교 때 갑자기 키가 크더니 대학교 때까지 키가 컸어요. 대학교 가서 근력운동도 많이 하다 보니 힘도 붙었고요. 이전에는 빠르기만 했는데 웨이트를 배우고 파워가 더해지다 보니 그런 게 공격수로서 제 장점이 된 것 같아요.

다 늦게 발현됐네요.

그러니까요. 꾸준함이라고 해야 되나요? (웃음)

월드컵을 치르고 나서부터 해외 리그에 진출하고픈 마음이 커졌다고요.

어릴 때부터 최고의 꿈은 국가대표였어요. 그런데 국가대표를 하면서 해외의 많은 선수랑 뛰어보니 세계의 벽이 너무 높은 거예요. U-19, U-20 월드컵 나가서 세계 무대는 다르다는 걸 조금씩 체감했어요. 그러다 A대표팀(성인)에 가고서부터 해외에 가서 직접 부딪혀보고 싶다는 생각은 늘 가지고 있었어요.

어렸을 땐 고민이 너무 많았어요. (한국에 있는) 가족 핑계라든가,

언어 소통이라는 핑계. 그런데 그렇게 하나부터 열까지 핑계 대면 끝이 없잖아요. 그렇게 스스로와 타협을 하면서 '먼 꿈'으로만 생각했어요.

그런데 오히려 나이가 드니까 고민이 없더라고요. 이번에 오퍼가 왔을 땐 '내가 축구를 얼마나 더 할 수 있을까' 하는 생각에 쉽게 결정할 수 있었어요.

외국 리그에서 뛰면 생활적인 면에서 손해인 편인가요?

제가 댔던 핑계 중 하나가 그런 거였어요. 나가면 일단 지출이 많아진다는 거요. 해외에서 생활하는 선수들에게 들어서 알았어요. 연봉은 더 많이 받지만 수당이나 기타 복지 제도는 한국이 더 잘되어 있어서 선수가 개인적으로 지출해야 하는 건 해외 리그가 더 많아요. 한국이 편하고 안정적인 것도 있었고요. 하지만 이제는 그런 걸 다 깨고 도전하고 싶은 마음이 커서 쉽게 결정할 수 있었어요.

요새 한국에서 '여자풋살'이 인기잖아요. 오랜만에 한국에 돌아오니 여자축구가 많이 대중화됐다는 게 좀 느껴지나요?

동호회에서 축구하시는 여자분들은 많이 생겼는데 엘리트 축구는 아직도 부족한 면이 너무 많아요. 멀리 보는 입장에서는 여전히 '뭐가 문제일까' 고민이 있어요.

요즘 여자축구 포커스가 너무 〈골때녀〉(여성 셀럽들이 축구를 하는 예능 프로그램), '재미로 하는 축구'에만 맞춰진 것 같아요. 남자 선수들은 손흥민, 이런 선수들 보면서 부모님들이 아들들 선수 시

최유리

키려고 하잖아요. 그런데 여자축구는 아직도 부모님이 앞장서서 시키는 종목은 아니에요. 물론 성인 국가대표나 WK리그가 활성화가 돼야 하는 것도 있지만 기본적으로 유소년 단계에서 선수가 없다는 게 어려운 문제인 것 같아요.

'손흥민 키즈'들을 보면서 여자 선수들도 좋은 자극을 받을 것 같아요.

사실 여자축구에서 지소연 언니는 정말 손흥민급으로 잘하는 선수예요. 언니를 통해 많은 선수가 축구를 시작하거나 영향을 받았어요. 언니가 처음 영국에서 뛸 때는 리그가 지금처럼 인기 있지 않았고 정말 열악했는데, 그 리그가 활성화되는 걸 다 지켜본 장본인이고요. 그런데 언니가 아무리 외국에서 잘하고 빛나도 그걸 국내에서 접하지 못해서 잘 모르는 것 같아요. 언니가 뛰는 리그를 국내에서도 접할 길이 많아야 어린 학생 선수들이 보고 배울 텐데, 하는 아쉬움이 있어요.

사실 어렸을 때 뭐라도 봐야 꿈꿀 수가 있을 텐데 아직도 여자축구 선수 보기는 어려운 것 같아요. 저도 어렸을 때는 여자축구 선수가 있다는 걸 몰랐거든요.

저도 초등학교에 축구부가 있어서 알았던 거지 그렇지 않으면 몰랐을 거예요. WK리그 중계도 찾아보기 힘들거든요. 본인이 알아서 찾아보지 않는 이상 접하기가 쉽진 않죠. 저도 같은 여자 선수지만 중고등학교 언니 선수들을 보고 꿈을 키우기보다는 2002년 월드컵 영향을 더 많이 받은 것 같아요.

영국은 축구 종주국이기도 하고 기본적으로 유럽은 지역사회에서 연고 팀에 관심이 많다고 들었어요. 우리는 WK리그는 물론 K리그도 인기가 없어서 문제잖아요. 영국에 있다가 한국에 오면 그런 온도차가 크게 느껴질 것 같아요.

(영국에서) 같은 동네 사시는 주민들은 제가 선수인 걸 아셔서 가끔 편지도 주시고요. 제가 축구한다고 하면 다들 표정부터 달라지세요. 가끔 경기복 입은 채로 마트에 가면 막 노래(응원가) 부르시고 "네 경기 봤다, 항상 응원한다"고 말씀해 주시고요.

한국에서는 동네 다녀도 전혀 모르세요. 간혹 국가대표 경기 뛴 걸 알아보시기도 하는데 인천에 현대제철이라는 WK팀이 있는 걸 모르세요. 그래도 K리그 같은 경우엔 성인 대표팀이 활약하면서 리그 관중도 꽤 늘었다고 알고 있어요. 일단 저희 성인 대표가 성적을 내야 리그로도 관심이 이어지는 건지, 고민이 많습니다.

이번에 국가대표 평가전으로 미국에 다녀왔잖아요. 여자축구 최강국이기도 하고 미국에서는 남자축구보다 여자축구가 인기가 많은데요. 최강국의 인프라를 좀 느껴보고 왔나요?

너무 체감됐어요. 일단 선수들 한 명 한 명 이름 불릴 때 환호성부터 달랐어요. 거기서부터 기가 눌리더라고요. 미국은 여자축구가 인기 스포츠라 (상대 팀인) 저희한테도 환호를 크게 보내주더라고요. 축구라는 스포츠 자체를 사랑하는 마음이 느껴졌어요. 미국 선수들은 팬들이 환호해 주면 막 즐기는데, 저희는 그렇게 큰 응원을 받아본 게 처음이어서 어떻게 리액션을 해야 할지도 잘 모르겠더라고요.

최유리

그래도 세리머니를 잘하는 축에 속하는 선수 아닌가요?

예전에 비하면 많이 늘었어요. 작년에 한국(이천)에서 평가전 했을 때 제가 1차전에서 골 세리머니를 했는데 반응이 너무 좋았어요. 그때 임선주(현대제철) 언니가 부상 중이라 함께 뛰진 못했지만 경기를 보러 왔는데 "관중들한테는 그런 쇼맨십도 중요한 것 같다"고 말해주더라고요. 세리머니를 보는 사람은 더 즐겁고 재밌잖아요.

저는 그동안 뛰는 사람으로서 약간 부끄럽기도 하고 그런 필요성을 크게 인식하지 못했어요. 그런데 언니가 너무 재밌었다고 다음에 또 하라고 하더라고요. 그때 '이런 것도 중요하구나' 다시 한번 느꼈어요. 그래서 2차전에서도 '골 넣으면 해야겠다' 싶었는데, 정말 골 넣으니까 저도 모르게 (세리머니가) 나오더라고요. '한국 여자축구가 발전하기 위해서는 무엇부터 시작해야 할까'가 최근 가장 큰 관심사인 것 같아요.

사실 사람이 나 먹고사는 데 지장 없으면 그 외에 복잡한 고민을 사서 하기 싫어하잖아요.

저도 한국에서 뛸 때는 완전 그렇게 생각했던 사람이에요. 그런데 영국에 나와서는 다르게 생각하게 되더라고요. 똑같은 축구를 하고 돈을 받는 건데 리그가 더 성장하면 더 좋은 환경에서 더 많은 관심 속에 할 수 있잖아요.

한국에서는 나만 돈 벌고, 나만 피해 없으면 된다고 생각했는데 (밖으로) 나오니까 그런 고민이 생기더라고요. 우리 선수들도 충분히 더 많이 받고 본인들의 가치를 높일 수 있는데, 지금 수준의 월급 받고 축구할 수 있는 것만으로도 감사하다고 여기니까요.

WK리그가 시상식을 지난 시즌에야 처음 연 것도 비슷한 맥락인 것 같아요. 명색이 여자축구를 대표하는 리그인데 그동안 시상식도 하나 없던 걸 누구도 문제라고 인식하지 못했다는 거잖아요.(WK리그는 2009년 출범 13년 만인 2022년에야 한 시즌 동안 활약한 선수들에게 상을 주는 정규리그 시상식을 열었다.)

워낙 리그가 열악했기 때문에 그게 문제라는 걸 못 느낄 정도였지 않았나 싶어요. 그나마 이것도 지소연 언니가 만든 거예요. K리그를 비롯해 다른 리그 모두 시상식이 있었는데도, 우리도 해야 된다는 인식이 없었어요. 선수들도 처음에는 시즌 마치고 시상식에 참가해야 한다는 의무감을 잘 못 느꼈어요. 그런데 한 해를 마무리하는 시상식이 생기니 선수들이 새로운 목표 의식도 갖게 됐어요. 이제는 이렇게 늦게 생긴 게 새삼 아쉽더라고요.

해외 리그 진출 꿈꾸게 된 데 지소연 선수의 영향이 컸다고 했잖아요. 유리 선수도 후배들에게 해외 리그 진출을 적극 권하는 편인가요?

국가대표팀 소집 때 어린 선수들 만나면 많이 권해요. 대표팀에 온 선수들은 다 능력이 좋은 선수들이잖아요. 저도 그동안 축구하면서 뭔가 이게 '업'이라고 생각했던 사람이거든요. 그런데 영국에 가서는 운동하는 것 자체가 너무 재밌었어요.

제가 느꼈을 때 좋았던 부분들을 선수들에게 적극적으로 말해주고 있어요. 특히 여기선 선수들이 훈련할 때는 정말 모든 걸 다

최유리

쏟아붓거든요? 그런 열정적인 모습을 보면, 저도 컨디션이 안 좋아서 안일한 마음으로 갔다가도 훈련 강도가 자연스럽게 올라갈 정도예요. 하루하루가 재미있어요.

우리나라 스포츠는 그 '즐기면서'가 안 된다는 말이 많아요. 차이가 뭘까요?

저도 사실 한국에서 훈련하면 다시 똑같아져요. 시스템의 차이인지 문화의 차이인지, 딱 '이거다'라고 할 수 있는 게 뭔지는 잘 모르겠어요. 저도 한국에서 단체 훈련을 해왔기 때문에 전반적으로 수동적인 삶에 적응되어 있는 편이에요. 이미 짜여진 운동 스케줄을 소화하는 게 익숙하고요.

2024년 파리 올림픽에서 우리나라 구기 종목이 여자 핸드볼을 제외하고 모두 출전권을 따지 못했어요. 특히 아시아 2차 예선 때는 대표팀에 발탁되고도 햄스트링 부상으로 뛰지 못하고 출전권을 놓쳐서 아쉬움이 클 것 같아요.

특히 저희 여자축구가 아직 올림픽에 나간 적이 없어서 더 아쉬워요. 근육 부상은 늘 있었지만 특히 이번에는 한 번 다치고 난 뒤에 네 번 연속으로 또 다치는 바람에 마음고생이 좀 심했어요. 제가 늘 회복이 빨랐던 편이라 '이번에도 빠르겠지' 했는데, 저도 나이가 들었다는 걸 인지 못하고 급하게 했던 것 같아요.

햄스트링이 한 번 올라오면 계속 올라온다고, 선수들이 햄스트링에 한번 크게 데봐야 얼마나 무서운 건지 안다고 하더

라고요.

네. 저도 햄스트링 다친 선수들만 보면 마음이 아파서 제가 아팠던 얘기도 많이 해주고, 먼저 많이 털어놓게 돼요. 보강 운동 방법도 알려주고요. 다치고 나면 처음엔 스트레칭도 엄청 열심히 하다가 안 아프면 나도 모르게 한 번씩 놓치기도 해요. 그래도 한 번 다치면 확실히 예민하게 관리하게 되죠.

보통 운동 능력이 좋은 선수들이 오히려 부상으로 많이 고생한다고 하잖아요. 신체 능력이 아예 부족하면 다칠 만큼 움직일 일도 없다고. 선수에게 부상이란 게 신체적 재능에 필연적으로 뒤따르는 비극이기도 한데요. 부상을 방지하면서 몸을 쓸 수 있는 지혜가 좀 생겼나요?

이제는 운동량을 무조건 많이 가져가는 게 몸에 좋지만은 않더라고요. 쉬는 방법을 몰라서 몸을 많이 지치게 하지 않았나 싶어요. 언제 훈련을 하고 언제는 쉬어야 하고, 이걸 깨닫는 데 좀 시간이 걸렸어요.

일단 내가 얼마나 에너지를 썼고, 얼마나 지쳤는지를 빨리 캐치해요. 또 먹는 것도 신경을 많이 써요. 예전에는 먹고 싶은 걸 먹었다면 이제는 회복에 좋은 걸 먹고요. 아무래도 나이가 들면 먹는 게 지방 쪽으로 많이 가서 더 관리를 해줘야 해요.

다음 대표팀 소집은 언제예요?

그거 때문에 요즘 우울해요. 이번에 영국 들어가면 한동안 한국에 나올 일이 없어요. 올림픽에 못 나가서 큰 대회가 없다 보니….

그래도 보통 축구 선수들은 올림픽보다 월드컵을 더 큰 무대라고 생각하던데, 올림픽 출전도 그에 못지 않나요?

물론 축구에서는 월드컵이 메인이죠. 그런데 한국 여자축구 선수로서 올림픽에 도전해 보고 싶은 마음이 항상 있어요. 한국 여자축구가 아직 올림픽 출전 기록이 없거든요. '처음'이라는 걸 꼭 해보고 싶어요.

2028년 로스앤젤레스 올림픽이 새로운 목표가 될 수 있겠어요.

나이가 걱정이긴 한데 제가 뛸 수만 있다면 도전은 늘 해보고 싶어요. '언제 그만해야지'가 아니라 '될 때까지 해보자' 하는 마음이에요. 그래서 관리를 더 열심히 하게 돼요.

제가 뛸 수만 있다면
도전은 늘 해보고 싶어요.

'언제 그만해야지'가 아니라
'될 때까지 해보자' 하는 마음이에요.

06

윤현지

유도 선수

올곧은
나무처럼

Profile

한국 여자유도 78kg 이하급 간판선수. 2012년 성인 국가대표에 발탁된 후 13년 연속 이 체급 최강자 자리를 지켰다. 2016년 1월 어깨 반월판 파열 수술을 받으며 그해 8월 열린 리우 올림픽 데뷔가 좌절됐다. 어깨 부상 후 업어치기 기술을 구사하지 못하게 됐지만, 다리를 활용한 기술을 발전시켰고 남자 선수들도 쉽게 구사하지 못하는 배대뒤치기를 전매특허로 구사하기 시작했다. 2021년 도쿄 올림픽 데뷔전에서 세계 톱 랭커들을 줄줄이 꺾고 4위에 올랐다. 올해를 끝으로 은퇴하는 윤현지는 2024년 파리 올림픽은 16강에서 마쳤으나 혼성 단체전에서 한국이 동메달을 따며 마지막 올림픽 무대를 포디움에서 마쳤다.

중학교에 갓 입학할 때 키가 170cm에 육박했던 윤현지는 수업이 끝나면 "유도하라"며 교실로 찾아오는 유도부 언니들에게 둘러싸였다. 구애는 반년 넘게 이어졌지만 꿈쩍하지 않았다. 유도부에서도 영입을 포기했다. 그런데 미술실을 가던 중학교 1학년 윤현지는 문 열린 유도장 풍경을 보고는 넋이 나갔다. 그리고 뒤늦게 '유도를 시켜달라'며 제 발로 유도부를 찾아갔다.

지도자들은 버선발로 반겼다. 하지만 윤현지는 그 좋은 신체 조건을 가지고도 유도를 못했다. 그냥 못한 게 아니라 아주 많이. 중학교 2학년부터 나간 대회에서 윤현지는 1년 내내 첫판에서 졌다. 시합을 나가기 전부터 끝나고 혼날 생각에 먼저 울었다. 윤현지의 키는 175cm에서 멈췄다. 중학교 1학년 때보다 5cm 컸을 뿐이다. 하지만 윤현지는 대학교 1학년 때부터 태극마크를 달고 10년간 여자부 78kg 이하급 일인자 자리를 지켰다.

있는 줄 알았던 타고난 재능은 없었다. 윤현지는 스스로도 '타고났다'고 할 수 있는 건 "조금 성실한 것뿐"이라고 말한다. 윤현지는 매일 아침 5시에 일어나 아침, 저녁 두 번 일기를 쓴다. 보통 1년짜리 다이어리를 다 채우는 것도 어려운데 윤현지는 5년 치를 쓸 수 있는 다이어리도 한 권을 거뜬히 채웠다. 훈련을 준비하고 돌아보는 의식을 이렇게 치른 사람이 본훈련을 어떻게 했을지는 안 봐도 훤하다.

윤현지는 파리 올림픽을 마친 올해를 끝으로 도복을 벗는다. 지금도 국내에서 윤현지와 겨뤄 이길 수 있는 선수는 많지 않다. 선수 생활을 더 한다고 해도 결과는 여전히 1등일 가능성이 높다는 얘기다. 그간의 노력이 빚어준 재능이 아직은 그 정도로 넉넉하다. 하지만 윤현지는 떠난다. "내가 만족할 만큼 훈련할 수 없는 몸 상태라면, 이렇게 계속 사는 게 행복하지 않을 것 같다"는 게 그가 고민 끝 내린 결론이다.

스스로의 힘으로 얻어낸 재능일지언정, 윤현지는 매 순간 외부의 시선이 아닌 내면의 눈으로 자기 자신을 봤다. 여전히 유도를 사랑하지만, 그 사랑에 합당한 만큼의 훈련을 소화할 수 없는 몸이 됐다는 윤현지는 선수 생활에 뜨거운 안녕을 고한다. 자신의 노력에 당당했고, 그 노력을 바라보는 눈 역시 정직한 자만이 할 수 있는 선택이다.

대학교에 입학하자마자 국가대표로 뽑혔어요. 그 후로 지금까지 한 번도 빠짐없이 계속 국가대표로 뛴 건가요?

중간에 수술해서 (2016년) 잠깐 나와 있었을 때 말고는 계속 대표 팀에 있었어요. 저희 종목은 비시즌이랄 게 따로 없이 1년 내내 시합이 있어서 경기를 못 뛰면 대표팀에 있는 의미가 없어요.

대표팀 스케줄이 주 단위로, 거의 쪽대본처럼 나오던데 요.(인터뷰 약속을 잡기 위해 연락을 시작한 게 2월이었는데 늘 대표팀 훈련 일정을 1, 2주 전에야 알게 돼 날짜 조율에 어려움을 겪었다. 결국 첫 인터뷰는 6월에야 이뤄졌다.)

저희는 파트너 선수와 훈련을 하는데, 늘 같은 상대와 훈련할 수 없으니 최대한 다양한 상대들을 만나려 해요. 그래서 외부 학교들이랑 훈련을 잡는데 그때그때 연락해서 잡기 때문에 미리 알 수가 없어요. 저도 일정을 빨리 말씀드리고 싶었는데 (대표팀 지도자) 선생님들께 여쭤봐도 "아직 몰라" 하시니까. (웃음)

그 생활을 10년 넘게 하신 거네요. 어떻게 보면 좋은 점도 있을 것 같아요. 멀리 볼 것도 없이 순간에 충실하면 되는 거니.

그래도 버스를 얼마나 타는지, 훈련을 가는지 미리 알면 좋죠. 준비를 할 수 있으니까. 제가 계획형(J)이라서. (웃음)

모든 운동선수에게 올림픽은 꿈꿀 수 있는 최고의 무대잖아요. 2021년 도쿄 올림픽에서 올림픽 데뷔전을 치렀어요. 실제로 밟아보니 어떻던가요, 올림픽.

올림픽을 준비하면서 메달을 꼭 딸 거라는 자신감을 가지고 훈련했어요. 시합 치르면서도 '오늘 진짜 잘할 수 있겠다' 싶었고요. 그런데 결국 메달을 못 땄잖아요. 큰 아쉬움은 없었어요. 정말 모든 걸 다 쏟아서 더 쏟을 것도 없었어요. 제 실력이 그게 다였거든요. 메달을 따기엔 모자랐어요. 정말 훈련을 더 할 수 없을 만큼 했는데도 부족한 점이 보이더라고요. 그때부터 바로 '파리 올림픽을 다시 준비해야겠다' 마음먹었어요.

첫 올림픽에서 4위, 메달 바로 앞에서 미끄러졌어요.

준결승 상대(마들렌 말롱가·프랑스·당시 여자 78kg 이하급 세계 랭킹 1위)는 이전에 2019년 칭따오 마스터스대회 때 이겨봤던 선수였어요. 대진을 보고는 '무조건 이긴다'는 마음이었어요. 그런데 경기장 가니까 좀 떨리더라고요. 이것만 이기면 메달이잖아요. 그 선수가 좀 겉모습이 무섭거든요. 경기 전에 가슴을 치면서 소리를 지르는데 약간 위축됐어요. 기세에서부터 지지 않았나 싶어요.

동메달 결정전을 마치고는 취재진 앞에서 눈물을 펑펑 쏟았어요.

실력으로 졌기 때문에 그게 속상하진 않았어요. (대신에) 올림픽 이거 하나 때문에 수년간 쌓아왔던 노력들이 생각났어요. 한편 으로는 메달을 딸 거라는 기대가 컸기 때문에 거기에서 오는 상 실감도 컸고요. 다음 판이 없다는 게 아쉬웠어요.

특히 유도가 딱 4분이면 끝나잖아요. 모든 경기가 토너 먼트(승자끼리 맞붙는 방식)**라 이겨야만 다음 기회가 오고요.**

그래서 시합 때 더 조심스러워지긴 해요. 제가 기술을 하려다 되 치기를 당하면 모든 게 끝나버리니까. 하지만 그래서 무조건 나 를 더 믿어야 해요. 기술을 걸다가 지던가, 방어적으로 하다가 상 대 기술에 걸려서 지던가 둘 중 하난데 그래도 공격하다가 지는 게 덜 아쉽잖아요.

사실 2021년 도쿄가 아니라 2016년 리우 올림픽이 올 림픽 데뷔전이 될 수도 있었어요.

2016년 1월 유러피안오픈대회에 나갔다가 어깨가 빠졌어요. 사 실 경기 중에는 긴장하고 있어서 아픈 걸 잘 못 느끼거든요. 근 데 그때는 경기장에서 소리를 엄청 지르면서 실려 나갔어요. 그래도 올림픽을 못 뛰겠다는 생각은 못 했어요. 어깨야 그전에 도 빠졌던 적이 있으니까. 그런데 혼자 귀국해서 병원에 갔더니 완전히 탈구로 반월판이 파열됐다고, 수술해야 한다고 하더라 고요.

그러고도 그해 5월까지 시합에 출전했잖아요.

당시 제 올림픽 포인트 순위가 올림픽 출전이 가능한 쿼터 안이었어요. 쿼터에 반영되는 경기가 다 끝날 때까지 그 순위가 유지가 되면 일단 올림픽은 뛸 수 있으니 수술은 미루고 기다려봤어요. 통증은 두 달 정도 지나면 괜찮아요. 이렇게(손을 어깨 위로 들며) 손을 위쪽으로 들지를 못해서 그렇지. (웃음)

손을 못 드는데 경기를 할 수가 있어요?

오른손을 뒤로 숨기고 했어요. 욕심이었죠. 뛰긴 했지만 제가 하던 유도는 못 했어요. 원래 하던 업어치기도 못 하고요. 오른손으로 잡고 기술을 걸어야 하는데 오른손을 못 쓰니까. (수술 이후 경기에) 두 번 나가서 두 번 다 졌어요. 강한 상대도 아니었는데 기술을 아예 못 걸겠더라고요. 아마 올림픽에 나갔더라도 경기를 제대로 못 했을 거예요.

병원에서도 "올림픽을 뛰든 안 뛰든 결국 다시 와서 수술하게 될 거야"라고 하셨어요. 그래도 올림픽을 뛰고 싶어서 할 수 있는 만큼은 해보려고 했어요. '어차피 다친 거, 더 다쳐도 똑같은데' 이런 마음이었죠.

그럼 수술은 언제 한 거예요?

2016년 5월 31일이 쿼터 마감일이었거든요. 쿼터에 못 들어서 바로 다음 날 수술했어요.

유도선수

예기치 못한 부상으로 올림픽이 무산돼서 도쿄 올림픽을 준비하는 마음이 더 남달랐을 것 같아요.

처음엔 어차피 이 어깨로 나가도 제대로 경기도 못 했을 거라고 합리화했는데, 올림픽을 TV로 보는데 너무 아쉬운 거예요. 어깨 재활하면서 '도쿄 올림픽은 꼭 나가야지' 마음먹고, 좀 더 간절하게 했던 것 같아요.

어깨 재활을 8개월가량 했는데 불안하진 않았어요?

오히려 좋았던 것도 있어요. 그전까지 너무 당장의 시합에 시달렸는데 마음 편히 쉴 수 있게 됐잖아요. 올림픽 스트레스, 압박감도 없고요.

재활이 끝났다는 건 어떻게 알아요?

재활 중간 단계부터는 기술 연습을 같이 하거든요. 어깨 가동 범위가 넓어지고 근력이 붙었다 싶으면 유도를 조금씩 해보는 거예요.

보통 재활에 6개월 걸리는 부상이었는데 저는 정말 완벽하게 하고 복귀해야겠다고 생각해서 일부러 천천히 재활을 했어요. 덕분에 그 후로는 어깨 아팠던 적이 한 번도 없었어요.

가동 범위는 다치기 전만큼 회복된 거예요?

수술 전에도 이전만큼은 나오기 힘들다고 했어요. 그래도 80퍼센트 정도는 나오는 것 같아요.

무조건 나를 더 믿어야 해요.

기술을 걸다가 지던가,
방어적으로 하다가 상대 기술에
걸려서 지던가 둘 중 하난데

그래도 공격하다가 지는 게
덜 아쉽잖아요.

수술 이후 기술적으로 바꿔야 한 것들도 많았겠네요?

업어치기 기술은 아예 못하게 됐죠. 어깨가 잘 올라가지 않으니 팔, 어깨를 많이 벌리지 않는 발 기술 위주로 바꿨어요. 수술 전에 하던 기술 중에 유지하고 있는 건 허벅다리걸기 정도예요. 배대뒤치기(한쪽 다리를 상대의 배에 대고 그대로 뒤로 넘어져 상대를 등 뒤로 넘기는 던지기 기술)를 새로 만들었어요. 안다리 거는 기술도 새로 배웠고요. 새 기술에 적응하고 경기 감각을 찾기까지 시간이 필요했어요. 시합할 때 불안하지 않기까지 1년이 좀 넘게 걸렸고요.

지금은 배대뒤치기가 현지 선수의 필살기가 됐잖아요. 다치면서 불가피하게 바꾼 게 외려 득이 된 건가요?

꼭 그렇다고 할 수는 없어요. 원래도 남자 선수들이 하는 기술을 배우고 싶었어요. 여자 선수들이 전부 업어치기 하는 걸 서로 알잖아요. 오히려 그렇게 다 아는 기술로 상대를 공략하는 게 더 어려울 것 같아서 다른 기술을 배우고 싶다는 생각이 컸어요.

그래서인지 국제 대회 때 현지 선수 경기 해설을 들어보면 '일반적인 한국 여자 선수 스타일이 아니다'라고 하더라고요.

한국이 약간 주입식 교육을 하다 보니 학교에서 배울 때도 기술을 정해놓고 정석대로만 배워요. 늘 똑같은 훈련을 하고요. 반면에 외국 선수들은 각자 자기가 하고 싶은 기술을 배워요. 저도 주입식 교육으로 유도를 배웠지만 몰래몰래 해보고 싶었던 기술을 연습해 봤어요.

다행히 어깨 다쳤을 당시 대표팀 코치님이 이원희 (용인대) 교수님이셨는데, 생각이 유연하셔서 여자 선수들이 남자 선수들 쓰는 기술을 시도하는 걸 선호하시는 편이었어요. 배대뒤치기도 교수님한테 배운 거예요. 이원희 교수님이 그 기술을 잘하세요. 제가 생각했을 때 한국에서 유도를 가장 잘하는 사람이고요.

이원희 교수는 지난해 현역으로 복귀해 국제 대회에도 나가서 화제가 됐어요.

대단했죠. 저런 용기가 도대체 어디서 나올까 싶더라고요. 저도 유도를 정말 사랑하지만 교수님은 이제껏 제가 본 사람 중에 유도를 제일 사랑하시는 분 같아요. 집 거실에도 매트가 깔려 있어요. 거기서 유도를 하세요. 기술 연구하시고, 아이들이랑도 놀아주시고.

교수님이 대련도 많이 해주세요?

학교 오시면 저랑 자주 해주세요.

이원희 교수는 현지 선수의 배대뒤치기를 어떻게 평가하세요?

처음으로 "그래, 너 이제 잘한다"고 해주신 게 작년이에요. 근 10년 동안 칭찬은 못 들었는데.

대련 때는 교수님이 힘을 좀 빼고 해주시나요?

아뇨. 저한테도 지기 싫어하셔서 진짜 시합처럼 해요. 연장전을

10분씩 할 때도 있어요. 유도에 진심이시다 보니 봐준다는 개념 자체가 없으세요. (웃음)

배대뒤치기는 남자 선수들 사이에서도 고난도 기술로 꼽혀요. 언제 그 기술이 나랑 잘 맞겠다는 생각이 들었나요?

일단 재밌었어요. 제가 그 기술 쓰다가 시합 때 진 적도 진짜 많거든요? 시도하다가 상대한테 눌려서 지고, 지도 받아서 지고. 그래서 지도자 선생님들이 '그거 하다가 진다'고 만류하시기도 했어요. 그러니까 오히려 '될 때까지 해보겠다'는 오기가 생기더라고요.

배대뒤치기 시도하다가 메달을 날려 먹었던 가장 큰 대회는 뭐였어요?

대회 규모로 따지면 지난해 헝가리 마스터스요. 랭킹 높은 선수들만 나갈 수 있는 대회였거든요. 저보다 랭킹 높은 선수랑 하는데 제가 이기고 있었어요. 이기면 메달이었고요. 그런데 그 기술 들어가다 제가 눌렸어요.

작년에 올림픽 1차 국가대표 선발전 때도 그 기술 들어가려다 졌고요. 그런데 선생님들이 "너 이거(배대뒤치기) 하다가 지면 더 혼나", "이거 하지 말랬잖아" 하시면 다음에는 이걸로 이기는 걸 보여주고 싶었어요.

본인도 계속 시도하는 믿는 구석이 있었을 것 같아요. 위험이 크지만 계속 모험을 할 만한 근거요.

이걸로 이긴 적도 많으니까요. 졌을 때는 왜 지는지를 빨리 깨달

고 더 부딪혀야 해요. 저는 이 기술로 이긴 적도 많았고 또 제가
이 기술을 좋아하니까 포기하고 싶지 않았어요.

경기를 보면 열에 아홉 번은 먼저 상대에게 기술을 걸더라고요. 원래 성향이 반영되는 건가요, 전략인가요?

성격은 아니고, 외국 선수들이 저보다 힘이 훨씬 세요. 한국에선
제 키가 제일 큰데, 국제 대회 나가면 제가 가장 작은 편이에요.
그래서 외국 선수들한테 잡히거나 먼저 공격을 당하면 불리해
요. 상대가 들어오기 전에 먼저 공격하고, 또 쉬지 않고 계속 공
격해서 상대 체력을 뺏고, 후반부에 승부를 보려고 해요.

지금 키가 혹시.

175센티미터입니다.

중학교 때 이미 170센티미터였다고 들었는데.

중학교 때부터 크긴 컸어요. 그래서 학교 유도부에서 거의 매일
유도하라고 찾아왔었어요. 그때는 제가 유도가 뭔지도 몰랐어
요. 일단 유도부 언니들이 무서웠고요. 머리도 엄청 짧은데 교실
에 와서 "유도 해" 이러니까 너무 싫은 거예요. 선생님들도 찾아
오시니까 더 하기 싫고.

중학교 입학하자마자 어떻게 알고 찾아온 거예요?

제가 그때도 머리가 길진 않아서 일단 운동을 할 것만 같은 비주
얼에, 키도 큰데 체육 시간에 축구하고 있으니까 유도부에서 "쟤

운동 신경 있겠다, 꼬셔라" 했대요. 언니들이 맨날 찾아와서 빨리 들어오라고 하는데 저는 너무 싫었어요. 그때는 지금보다 더 내성적이었거든요. 막 가자고 하면 거짓말 했어요. "큰아빠가 합기도 하셔서 못 간다"고요. (웃음)

키는 어떻게 그렇게 컸어요?

부모님은 다 작으신데 저만 유독 컸거든요. 제가 초등학교 때부터 많이 뛰어놀았어요. 맨날 축구하고. 운동을 많이 하긴 했어요.

학교에 축구하는 여자애들이 많이 없었을 텐데, 남자애들 할 때 껴서 한 거예요?

여자는 저밖에 없었어요. 오히려 제가 (남자)애들한테 '축구하자'고 막 오라고 하고. 그때는 월드컵은 알았어도 올림픽이라는 건 있는 줄도 몰랐어요.

포지션이 뭐였어요?

공격수요.

남자애들끼리도 공격수는 웬만큼 잘하지 않으면 잘 안 시켜주던데요.

애들이 착했나. (웃음)

유도부 회유는 입학 때부터 당했는데 결국 시작은 언제 한 거예요?

9월 정도요. 유도부 선생님들도 몇 달 동안 제가 너무 싫다고 하니까 포기하셨어요. 그러다 미술 수업하러 가는 길이었는데 유도장 문이 활짝 열려 있는 거예요. 대련을 하는데 너무 재밌어 보여서 계속 몰래 구경했어요. 그리고 수업 끝나고 찾아가서 시켜 달라고 했어요. 하랄 때는 안 하고. (웃음)

감독님이 되게 황당하셨을 것 같아요.

왜 이제 와서 갑자기 생각이 바뀌었냐고 하셨죠. 그래도 바로 유도복 입으라고 하셨어요. 그런데 제가 기대와 다르게 너무 못하더래요. 중학교 2학년 내내 모든 시합에서 첫판에 졌어요. 한 판을 못 이기고.

계속 지는데도 안 관두고 계속했어요?

제가 운동선수라는 게 어떤 건지 전혀 모르고 시작했잖아요. 운동부 내 체계가 정말 엄격해요. 감히 '나가겠다'는 말도, 생각도 못 해요. 그냥 '어떻게 버티지?' 이런 생각만 했어요.

1년 내내 졌잖아요. 그러다 보니 시합 나가는 게 무서운 거예요. 시합 끝나면 또 혼나니까 나가기 전부터 막 울었어요. 그런데 중3 올라가는 동계 훈련 때 코치님이 마음을 먹으셨는지 저를 엄청 훈련 시키셨어요. 훈련 끝나고 밥도 안 먹이고 저만 집중해서요. 그러다가 제가 3학년 돼서 나간 첫 전국 대회에서 갑자기 1등을 한 거예요. 너무 힘들었는데 동시에 '아, 이렇게 힘들어야 되는구나' 하는 걸 느꼈어요.

유도선수

그전까지는 선수 생각이 전혀 없었어요?

운동선수는 저랑 관련 없는 일이었어요. 그런데 처음 1등 하고 나서 '다음에도 더 열심히 해서 메달 따야지' 이런 마음이 생겼어요. 새벽에 뛰다가 힘들어서 코피가 난 적도 있었어요. 학생 때는 새벽 5시 30분쯤 일어나서 뛰고, 수업 들은 뒤에 오후-야간에 유도 훈련을 했거든요. 학교가 (강원도) 철원에 있어서 산을 많이 탔는데 정상에 가면 계시는 군인분께 "안녕하세요" 하고 내려왔어요. (웃음) 나중엔 유도가 재밌어지니까 그런 힘든 훈련도 재밌게 느껴졌어요.

그럼 중학교 때부터 지금까지 쭉 5시 30분에 일어난 건가요?

지금은 5시요. 중학교 때는 30분 더 잤죠.

진천 선수촌에 장재근 촌장이 부임하고 '새벽 운동'이 부활하면서 선수들 불만도 꽤 있었잖아요. 현지 선수는 선수촌 생활 하기에 딱 좋은 습관을 가진 것 같아요.

아침형 인간이에요. 너무 어렸을 때부터 유도하면서 습득된 체질이 아닐까 해요. 잠도 별로 없어서 주말에 많이 자도 7시면 깨요. 더 자기도 싫어요. 하루가 짧아져서 아깝잖아요.

하루 일과가 어떻게 돼요?

운동 끝나면 밤 9시예요. 다음 날 5시에 일어나려면 10시 30분 전에는 자요. 아침저녁으로 일기랑 훈련 일지를 쓰거든요. 5년

윤현지

215

다이어리 한 권도 다 썼어요.

**저는 글쓰는 게 직업인데도 매일 일기를 쓴 적이 단 한
해도 없는데….**

아침, 저녁 다이어리가 따로 있어요. 다이어리에 질문이 다 있거
든요. 아침에는 지금 감사한 일 세 가지랑 오늘 하루 어떻게 보내
면 행복할지, 긍정에 관한 글을 쓰고, 저녁에는 하루 동안 좋았던
일, 반성해야 할 일을 적어요.

훈련 일지에도 보통 비슷한 걸 적지 않나요?

다이어리에 적는 건 유도보다는 일상에서 찾으려고 해요. 당연
했던 것도 쓰다 보면 감사하게 돼요. 진천 선수촌 식당 밥이 좋잖
아요. 당연하게 10년을 먹고 있었는데 생각해 보니 새벽부터 일
어나셔서 밥 차려주시는 분들께 감사하더라고요.

**아무리 간단한 거라도 하루도 안 빼먹고 뭘 한다는 게
쉽지 않잖아요.**

일기는 중학교 때부터 썼는데 그게 버릇이 됐어요. 가끔 집에 가
서 모아둔 옛날 훈련 일지나 일기 보면 너무 재밌어요. '내가 얘랑
친했나?' 이런 거 있잖아요. 지금은 얘 번호도 없는데. (웃음)

일기는 어쩌다 쓰기 시작했어요?

하루를 정리해야겠다는 생각에서요. 적어놓지 않으면 다 까먹잖
아요. 일지도 그래요. 쓰다 보면 운동할 때 생각하지 못했던 것들

이 떠오르기도 해요.

이제껏 일기를 빠짐없이 쓰면서 가장 특별했던, 잊지 못할 순간이 있나요?

하루를 너무 규칙적으로 살다 보니 특별한 일은 없었어요. 거의 대부분 선수촌에 갇혀 있어서.

그래도 진짜 특별했던 기억을 꼽자면요.

그것보다 가장 웃겼던 게 하나 있어요. 원래 남자 선수들은 도복 안에 상의 탈의하고 시합을 하고 여자 선수들은 티셔츠를 입거든요. 어렸을 때 외국 대회에 나갔는데 심판이 저보고 티를 벗으라는 거예요. 자꾸 벗으라길래 저도 그땐 국제 대회 나간 지 얼마 안 됐어서 '이 시합은 벗어야 되나' 하다가 '설마 내가 남잔 줄 아나' 싶어서 "우먼!!" 이랬더니 "진~짜 미안하다"고 한 적이 있어요. (웃음)

외국 유도 선수 중에는 머리가 긴 선수들도 꽤 있던데 한국 선수들은 대체로 짧게 자르는 이유가 따로 있어요? 경기에 영향을 미친다거나 하는.

머리가 길다고 지장이 있진 않아요. 개인 차인데 저는 이 정도 앞머리도 시합할 때 움직이면 거슬려요.

유도는 시합 때 규정상 머리를 묶어야 돼요. 머리끈이 몇 번 풀리면 지도를 받아요. 머리 풀리는 걸 악용하는 선수가 있었거든요. 뭐 그런 틈을 주고 싶지도 않고, 또 시합 때는 머리 묶으려고 팔

윤현지

드는 것 자체도 힘이 들어요.

두 번째 올림픽을 준비하면서 첫 올림픽 마치고 '채우고 싶다'고 했던 부분은 다 채운 것 같아요?

도쿄 올림픽에서 4강을 치를 때 제가 공격적이지 못했어요. 기술한 번을 제대로 못 하고 끝났어요. 상대 선수(말롱가)가 힘이 세서 (매트 밖으로) 밀리다가 지도를 받아서 졌거든요.

그래서 힘이 센 남자 선수들이랑 많이 훈련하면서 힘에서 밀려도 헤쳐나오는 법을 연습했어요. 동메달 결정전 때도 제가 기술을 걸다가 눌려서, 누르기를 안 당하는 자세로 할 수 있는 기술의 완성도를 높였어요.

큰 대회를 앞두고 '준비됐다'고 느끼는 때는 언제예요?

새 기술을 6개월 동안 배워도 새 기술로 실전에서 상대를 넘기는 건 쉽지 않아요. 해온 걸 좀 더 잘, 정확히 할 수 있게 연습하다가 나가요. 지금은 뭔가를 새로 만들기에는 늦었고 '내가 해왔던 걸 좀 더 정확하게 할 수 있는가' 그게 포인트예요. 체력적으로도 준비가 되면 '되겠다'는 느낌이 오죠.

경기 때 징크스 같은 건 없나요?

무조건 새 양말을 신어요. 새 양말 신고 한 번 1등 한 적이 있거든요. 그 이후부터 그래요. 완전 새 양말이요. 포장을 경기 날 뜯어요. 만약에 그 양말 신었는데 경기가 잘 안됐다? 그러면 절대 안 신어요.

올림픽 데뷔전이 코로나19 때문에 무관중으로 열려서 관중 앞에서 경기하는 올림픽은 파리 대회가 처음이에요.

도쿄 올림픽 때는 그냥 연습하는 것 같았거든요. 이제 좀 떨릴 것 같아요. 특히 파리는 유도에 관심이 엄청 많은 도시예요. 매년 2월에 파리에서 하는 그랜드슬램대회가 있는데 제가 뛰어본 경기 중에 시합장이 가장 컸어요. 좌석도 매진될 정도로 인기가 많고요. 제가 프랑스 선수랑 경기하면 (지도자) 선생님 소리가 안 들릴 정도로 관중들이 소리를 질러요. 처음에는 당황했었는데 이제는 '날 응원하는 소리'라고 생각하려 해요.

유도가 선수 수명이 긴 종목은 아니잖아요. 생각해 놓은 은퇴 시기가 있어요?

어렸을 때는 마흔 살까지 해야지, 이런 막연한 꿈을 가지고 했는데. 지금으로서는 올림픽 끝나고 올해까지만 하고 은퇴할 생각이에요. 지금도 너무 재밌고 좋은데 선수로서 미련은 없는 것 같아요.

미련이 없다고 어떻게 단언할 수 있어요? 선수들은 대부분 몸만 따라주면 평생 현역으로 뛰고 싶어 하지 않나요?

저도 작년까지만 해도 선수 못 그만둘 줄 알았어요. 그런데 제가 훈련을 하면 침대에 누워서 못 일어날 정도로 힘이 들어야 스스로 만족이 되거든요. 더 할 수 없을 만큼 힘들어야 '할 거 다 했다' 이 느낌이 드는데, 작년 하반기부터는 부상도 많이 생기고 제가 만족할 만큼 훈련을 못 따라가는 거예요.

스스로에 대한 인정이라고 해야 하나? 내가 정말 선수로서 만족할 수 있는 몸 상태에서 벗어났구나, 이런 생각이 들더라고요. 올림픽 때까지는 참고 하겠지만 그 후로도 이렇게 만족하지 못하는 훈련을 계속한다면 제가 그렇게 행복할 것 같지가 않아요.

선수들이 크게 두 부류인 것 같아요. 예전 같지 않은 내 몸을 받아들이면서 거기에 맞춰서 다른 접근으로 운동을 계속하는 부류와 자신이 정한 기준에 못 미치면 바로 그만두는 부류요.
주변에서도 "조금 편한 팀 가서 전국 대회 메달 몇 개만 따도 월급 잘 받을 수 있는데 왜 그만두냐"고 하시는데, 저는 유도를 하면 설렁하게 하고 싶진 않아요. 은퇴하고 백수로 지내더라도 제가 모르는 유도를 배우고 싶어요. 지금까지 저는 '제 유도'만 했다 보니 시야가 좁으니까요. 업어치기나 다른 기술 하는 선수들도 많이 보면서 배운 다음에 지도자가 되고 싶어요.

지도자가 되기 전에 배울 수 있는 단계가 있어요?
그런 건 없어요. 그냥 제가 학교들을 돌아다니면서 배우려고요. 지도자들이 어떻게 가르치는지, 어떤 방법이 좋은지 좀 살펴보면서요. 한국 유도가 많이 바뀌었으면 좋겠거든요. 크로스핏이나 다른 좋은 운동들을 유도 훈련이랑 접목시켰으면 해요.
우리는 아직도 40~50년 전 훈련 방식이랑 똑같거든요. 새벽에 뛰고 오전에 스쿼트, 벤치프레스, 오후에 유도, 이런 식이요. 그래서 발전이 더디다고 느껴요. 그동안의 지도 방식을 벗어나서 다양한 것들을 배우고 싶어요.

보통 어느 나라가 유도 선진국이라고 평가를 받아요?

아무래도 일본이요. (유도가) 창시된 곳이라 '기본' 하면 일본을 정석으로 보고요. 요즘에는 이스라엘, 프랑스, 코소보에서도 세계대회 1등 선수가 나와요. 처음 국제 대회에 나왔을 때 제가 쉽게 이겼던 선수가 나중에 1위 하는 거 보고 회의감이 든 적도 있어요. 훈련량은 저희가 훨씬 많은데 '저 선수들은 어떻게 금방 올라갈까?' 싶더라고요. (그 선수들이) 훈련하는 거 보면 덜 강압적이고, 새로운 기술에 거부감이 없어요. 그래서 선수들 스스로가 발전할 수 있는 방향으로 가지 않나 싶어요.

한국 훈련이랑 온도 차가 꽤 느껴지나 봐요.

일본만 봐도 훈련할 때 선생님들이 아무 말을 안 하세요. 밖에서 지켜보기만 해요. 선수가 '내가 뭐가 안되네' 느끼고서 질문하면 그때 말해주는 것 같아요. 한국은 선수들이 뭘 하기도 전에 지도자가 해야 할 걸 정해주죠. 평소 훈련 때 '이게 안되는데 어떡하지?' 이런 걸 스스로 느끼고 알아가야 하는데 저조차 시합 때 코치님을 의지하게 되더라고요. 지금까지 주입식 교육만 받다가 외국에 다녀보니 그동안 너무 시키는 대로만 했구나, 느꼈어요.

타고난 피지컬 덕을 좀 본 줄 알았는데 정작 그게 재능으로 곧바로 이어진 건 아닌 셈이었잖아요. 그러면 가지고 태어난 것 중에 제일 감사한 건 뭐예요?

제가 막 대단한 건 없는데 남들보다 좀 더 성실하게 사는 편 같아요. 엄마가 물려주신 건가 싶어요. 저 때문에 일기 쓰기 시작한

윤현지

후배들이 많아요. 뭔가 습관으로 만들고 싶으면 달력에 표시하라고 하거든요. 동그라미를 치다 보면 사람이 그걸 유지하고 싶어진대요. 하루라도 빼먹는 게 싫어서요.

유튜브 채널도 운영하고 있어요. 내성적이라면서 어떻게 유튜브를 하는 거예요?

제 꿈이 지도자거든요. 그리고. 지금 주장도 하고 있는데 그러면 성격을 좀 바꿔야겠다 싶어서 시작했어요. 제가 원래 단체로 회식할 때도 건배사 시키면 화장실로 도망갈 정도였어요. 주목받고 이런 게 싫어서 어디 가서 인사도 잘 못하고. 그런데 코치 하려면 어디 가서든 얘기를 잘해야 하잖아요.

지도자 꿈은 언제부터 꾼 거예요?

유도를 좀 좋아하는 편이에요. 후배한테 모르는 걸 배울 때도 재밌고, 반대로 후배가 "어떻게 해야 돼요?" 하고 저한테 물어봐서 알려줬는데 그 후배가 잘해내면 너무 행복한 거예요. 누구한테 유도를 알려주는 게 저한테 잘 맞는 것 같아요. 선수 생활을 끝내면 유도가 좀 더 활성화될 수 있게끔 하는 게 목표예요.

사실 지도자도 운동만 직접 안 할 뿐이지 생활하는 건 선수와 똑같잖아요. 은퇴하고도 바로 지도자를 꿈꿀 만큼 유도의 가장 큰 매력이 뭐라고 생각하세요?

일단 기술이 많잖아요. 내가 이 선수에게 업어치기 하는 척을 해요. 그럼 그 선수는 그걸 예상하고 방어하면서 다른 기술을 걸어

요. 이렇게 한 수, 두 수 읽는 데서 오는 희열이 엄청 커요.

**내성적인 사람은 다른 사람 '관찰'을 잘해서 그게 지도
자로서 장점이 되기도 한다던데. 특히 유도는 종목 특성상 상대랑 소
매잡기 할 때부터 눈치가 빨라야 하잖아요. 스스로 볼 때는 어때요?**
'상대를 어떻게 넘기지?' 고민하면서 예측하는데, 상대 자세가 조
금 바뀔 때 빨리 캐치하는 능력은 자연스럽게 생기는 거 같아요.

소매 싸움에서 주도권을 내주지 않는 편이더라고요.
소매를 내주면 제가 할 게 없어서요. 제 단점이기도 해요. 제가
여기(오른 소매) 잡히면 당황해요. 지금 그 단점을 고치려고 노력
하고 있어요. 작년까지는 여기 잡히면 도망가다 지는 경우가 많
았어요. 그런데 사실 상대도 소매 잡히면 할 게 많지 않아요. 그
래서 제가 잡히면 저도 최대한 상대 소매 같은 곳이라도 잡으려
고 노력해요.

유도는 아무래도 한판으로 이길 때가 제일 좋나요?
어렸을 땐 한판이 최고였죠. 그런데 경험이 쌓이면 상대마다 전
략이 달라요. 내가 이 선수를 넘기지는 못할 것 같으니 공격적으
로 하면서 상대 지도를 받아내야겠다, 이렇게요. 한판으로 이기
면 마음이 편하니까 최대한 넘기려고는 하는데, 경기 데이터가
쌓이면 서로를 너무 잘 알아서 넘기기 쉽지 않아요. 그래서 오히
려 지도로 끝나는 경우가 많아요.

지도로 지면 좀 더 아쉽겠어요.

아쉬움이 많이 남죠. 기술적으로 진 게 아니니까. 그런데 그런 데서 오히려 실력 차이가 더 크다고 느껴요. 전략에 진 느낌이거든요. 그 선수 계획에 내가 말려든 거니까.

올림픽을 준비하는 선수들은 금메달, 세계 정상을 목표로 삼잖아요. 살면서 내가 전 세계에서 뭔가를 가장 잘하는 한 사람이 되겠다는 마음은 어떻게 먹게 됐어요?

중3 때 최민호(2008년 베이징 올림픽에서 전 경기 한판승을 거두고 금메달을 땄다)라는 선수분이 올림픽에서 금메달 따고 우셨어요. 그걸 보면서 진짜 멋지다고 느꼈어요. 올림픽 금메달을 따면 왜 눈물이 날까? 그냥 막연하게 궁금했어요.

구체적으로 올림픽 금메달을 목표로 삼게 된 건 언제부터였어요?

도쿄 올림픽 준비하면서요. 메달에 대한 확신은 결국 훈련에서밖에 올 수 없지 않나 싶어요. '내가 금메달 딸 수 있을 것 같으니 해보자', 이런 마음이라기보다는 '이 정도 훈련하면 되겠다'는 생각이요. 그 정도 훈련 안 하고서는 메달 딴다는 생각은 못 할 것 같아요.

일반인들에게 한순간의 결과로 인생의 방향이 크게 뒤바뀌는 경험은 많지 않을 텐데 선수들, 특히 올림픽 종목 선수들은 선수 생활 내내 절체절명의 순간을 준비하면서 살잖아요. 끝없이 자

신을 몰아붙여야 하는 삶에 스트레스는 없어요?

제가 다른 삶은 안 살아봤으니 이것밖에 몰라서 할 수 있는 게 아닐까 싶기도 해요. 이것저것 해봤다면 힘들었을 것 같아요. 좋아하는 일을 빨리 찾아서 다행이죠.

처음 준비했던 올림픽부터 액땜을 제대로 했잖아요. 올림픽을 코앞에 두고 수술로 그 기회가 날아가 버리면 세상이 원망스럽기도 할 것 같은데. 어떻게 긍정적인 마음을 유지했어요?

유도는 지면서 더 크게 성장하는 운동인 것 같아요. 저도 많이 져봤기 때문에 오히려 더 잘된 면도 있는 것 같아요. 유도에 좀 더 절박하게 됐거든요. 다쳤을 때도 재활해서 전보다 상체가 좋아진다면 오히려 잘된 거라고 생각했어요. 그 정도 생각이 들 때까지 재활도 열심히 했고요.

오늘도 일기장에 목표를 적고 왔나요?

네, 파리 금메달이요. 지금 눈앞에 있는 게 그거니까요.

유도
선수

윤현지는 파리 올림픽에서 개인전을 16강으로 마감했다.
이어 치러진 혼성 단체전에는 출전하지 못했지만 그간 흘린 땀에 대
한 보상을 받기라도 하듯 동메달을 목에 걸었다.

파리 다녀와서 어떻게 보내고 있어요?

한국에 오니까 진짜 올림픽 끝난 게 실감이 나서 마음이 힘들었
어요. 기분 전환하려고 며칠 내내 청소하다가 2주 정도는 바깥에
인사도 다니고. 운동도 '이래도 되나' 싶을 정도로 안 했어요.

**10년 넘게 하나의 목표를 위해 노력했고, 마지막이라
고 결심하고 간 올림픽에서 그 목표를 이루지 못하고 돌아온 아쉬움
은 얼마나 클지, 사실 상상도 잘 안 돼요. 보통 사람은 10년 넘게 단
하나의 목표를 위해 이 정도의 노력을 해본 적 없을 테니까요. 그 아
쉬움을 정리하려면 시간이 꽤 걸릴 것 같아요.**

저도 아직 정리는 못 한 것 같아요. 생각하면 마음 아파서 생각을
못 하겠다가 아쉽고, 울컥해요. 도쿄 올림픽 때보다 경기 자체는
더 아쉽지 않은 내용이었는데도 생각보다 힘드네요. 준비해 온
과정은 정말 아쉬운 게 없는데, 경기를 이기고 있다가 진 거라 제
실수가 더 아쉬워요. 사실 결과를 받아들이는 것도 쉽지 않았어
요. 마지막 올림픽이었고 준비도 잘했다고 생각했고, 이길 수 있
는 시합을 풀어나가고 있던 터라 더 아쉽죠.

일기는 혹시 지금도 계속 아침저녁으로 쓰나요? 감사

한 것들 적는다고 했는데 실망이 큰 상황에서 감사하기에는 쉽지 않잖아요.

돌아와서 한동안은 못 썼어요. 물론 감사한 것도 많았어요. 단체전에서 잘 싸워준 동료들 덕분에 동메달도 받고. 다 감사한 일인데 저 자신에게서 감사함을 찾지는 못했던 것 같아요. 그래도 10년 넘게 썼다 보니 안 쓰면 죄책감이 들더라고요.

이제는 일기장에 뭘 적고 있는지 궁금해요.

요즘에는 미래 계획을 주로 적어요.

올해까지만 하고 선수를 그만하겠다던 계획은 변함이 없어요?

네. 다음 주부터 훈련 시작하고 10월 전국체전을 뛰어요. 11월에 있는 국가대표 선발전은 안 뛸 것 같아요. 그러고는 대회가 없으니 전국체전이 마지막 대회가 될 예정이에요.

'안 뛸 것 같고'라면, 주변에서 아직 더 하라고 만류를 하시나 보네요.

네, 더 하라고는 하세요. 저도 올림픽은 너무 아쉽게 마무리해서 다시 뛰어보고 싶긴 한데 만족할 만큼 훈련이 안 되니….

올림픽 마치고 잠시 운동을 쉰 기간은 어떻게 보냈어요?

하루아침에 갑자기 나태하게 쉬니까 그것도 스트레스더라고요. 체육관 여는 것도 미리 공부했어요. 배달의민족 아르바이트도

232

해보고요. 사회생활도 좀 해봐야겠다 싶어서요.

현지 선수 기억에 올림픽은 어떤 기억으로 남게 됐는지.
저에게는 영광이고 제일 추억해야 할 기억일 텐데, 아직도 생각
하면 마음 아파요. 그런데 생각해 보면 올림픽을 뛰고 싶어서 그
동안 힘든 훈련을 다 참고 희생해 온 거잖아요. 제가 살아가는 데
있어서 저를 성장시켜 준, 유일한 공부였던 것 같아요.

**혼성 단체전에 직접 뛰진 못했지만 마지막 올림픽에서
선물처럼 동메달을 받았어요.** (혼성 단체전은 남·여 3체급 등 총 6명이
출전해 먼저 4승을 따면 승리한다. 여자는 57kg급, 70kg급, 70kg 초과급 3
체급으로만 분류된다. 다만 모든 체급의 선수가 출전할 수 있어 메달은 모든 선
수가 받는다. 파리 올림픽에서는 78kg 이하급 윤현지보다 체급이 높은 78kg
이상급 김하윤이 출전했다.) **인생이 알다가도 모르겠다 싶을 것 같기도
해요. 도쿄 때 그렇게 아등바등했던 동메달을 눈앞에서 놓쳤었는데
3년 뒤 파리에서는 결국 단체전에 직접 뛰지 않고도 동메달을 받게
됐어요.**
10년 넘게 바라던 올림픽 시상대를 이렇게 오르니 마음이 너무
이상했어요. 동료들 덕분에 메달을 걸었는데 눈앞이 뿌옇고 꿈
꾸는 것 같고. 현실감이 너무 없어서 내가 메달을 받는 게 아니라
제3자로 보는 느낌이 들었어요.
그래도 다 같이 메달을 걸었잖아요. 파트너 선수(유도는 늘 훈련을
도와주는 파트너 선수들과 훈련한다)들까지 함께 노력한 게 이렇게라
도 보답을 받게 됐구나, 하는 생각이 들었어요.

귀국 비행기에 오르던 마음이 궁금해요. 비행기 탈 때는 대기 시간도 많고 가만히 있으면 괜히 생각도 많아지잖아요.

마지막 올림픽 마치고 돌아오는 상상을 많이 했었거든요. '개인전 메달 걸고 아쉬움 없이 와야지' 했는데 그러지 못하고 비행기를 탔잖아요. 믿고 싶지 않고 부정하고 싶고. '나의 파리 올림픽이 이렇게 끝이 났다'고 생각하니 마음이 아팠어요. 나라를 대표해서 올림픽을 뛰다 보니, 사실 아무도 신경 안 쓸 텐데 괜히 옆에 앉은 한국 승객분께 죄송하기도 했어요.

리우 올림픽을 못 나가게 되고 나서 리우는 여행으로도 가고 싶지 않다고 했었잖아요. 내 인생에 이제 파리도 다시 갈 일은 없는 거예요?

다시 기쁘게는 못 갈 것 같아요.

파리 올림픽 때 신었던 양말은 어떻게 됐어요?

꼴도 보기 싫긴 했어요. 버리고도 싶었는데 양말 탓을 하는 건 아닌 것 같아서. (웃음) 어디 구석에 있을 거예요.

사실 본인 마음이 가장 아팠을 텐데 여자부 주장이었기도 했고, 아직까지 아쉬운 마음을 돌볼 시간이 없었겠어요.

제 마음은 아프지만 후배들 축하는 해줘야 하잖아요. 저보다 더 마음 아픈 선수도 있을 텐데. 분위기를 다운시키지 않으려고 아쉬운 마음들을 억누르고 돌아왔어요.

빨리 인정하고 떨쳐내야 저도 더 행복할 텐데. 전국체전까지 마

치고 정말 제 선수 생활이 다 끝났을 때는 좀 더 후련하게 아쉬운
마음을 보낼 수 있을 것 같아요.

제가 모르는 유도를 배우고 싶어요.
지금까지 저는 '제 유도'만 했다 보니
시야가 좁으니까요.

07

김희진

배구 선수

비에도
지지 않고

2011년 창단한 여자프로배구 IBK기업은행에 신생 팀 우선지명을 받아 입단했다. 초등학교 6학년까지는 높이뛰기 선수로 뛰면서 2003년 전국소년체전에서 금메달을 따기도 했다. 남다른 점프력으로 미들 블로커와 아포짓 스파이커 포지션을 모두 소화할 수 있는 대표 멀티 플레이어로 성장했다. 2009년 세계여자배구대회에서 국가대표로 처음 발탁돼 올림픽에 3연속(2012 런던, 2016 리우, 2020 도쿄) 출전했다. 무릎 수술 직후 출전한 도쿄 올림픽에서 한국의 4강 신화를 이끌었다. 2021~2022 프로배구 올스타 투표에서는 남녀 선수를 통틀어 가장 많은 11만 3,448표를 받고 1위에 올랐다.

삶이 희망으로만 가득 차 있을 때 예고 없이 찾아오는 절망만큼 쓰린 건 없다. 김희진의 배구 인생이 그랬다. 고교 시절부터 국가대표로 선발됐고 센터와 아포짓을 오가는 만능 플레이어로 활약했다. 무릎 수술 두 달 만에 나섰던 도쿄 올림픽에서는 한국 여자배구 4강 신화를 일궜다. 모두가 김연경의 은퇴 후 여자배구를 이끌 스타로 김희진을 꼽았다.

하지만 도쿄 올림픽 이후 김희진을 기다리고 있던 건 끝이 보이지 않는 내리막길이었다. 올림픽 직후 시즌을 앞두고 또다시 무릎을 다친 김희진은 복귀를 서두르다 부상만 악화됐다. 결국 시즌 말미 다시 수술대에 올라야 했다. 2023~2024시즌 중 코트에 복귀했지만 몸은 여전히 말을 듣지 않았다.

"다들 희망적인 얘기를 많이 했을 텐데, 저는 많이 못 할 것 같은데 괜찮을까요?"

인터뷰집을 위해 처음 마주 앉았을 때 김희진은 이렇게 물었다. 김희진은 그렇게 좋아했던 배구를 관둬야 하나 고민했다. 자신에게 시간이 얼마나 남아 있는지도 모르겠다고 했다. 배구 선수로서 자신이 '시한부'임을 선언한 것이다.

시한부 선고를 받는 사람들은 대체로 처음에는 현실을 부정한
다. 왜 하필 나에게 이런 일이 벌어진 건지 화도 냈다가, 상황이
더 나아지길 바라다가, 이내 부질없다는 생각에 우울에 빠진다.
이 모든 과정을 거친 뒤에야 상황을 받아들인다. 김희진이 겪은
혼란도 크게 다르지 않았다.

다음 시즌을 앞둔 김희진은 이제는 홀가분하다고 했다. 모든 걸
쏟아보고, 안 되면 떠나도 괜찮다는 결론을 내려서다. 누군가는
'불명예 은퇴'라 손가락질 할지라도, 모든 걸 쏟아붓는 이상 스
스로에게는 명예로운 은퇴가 될 수 있다고.

아이러니하게도 배구 선수로서의 시간이 얼마 남지 않았다는
걸 깨달았을 때, 김희진은 배구의 재미를 다시 찾았다. 배구 선
수가 아닌 이들도 크게 다르지 않다. 삶이 영원하지 않다는 것
을 알 때, 삶의 의미는 더 또렷해진다.

살면서 모두 언젠가는 '산타클로스는 없다'는 것을 알게 된다.
하지만 그게 꼭 슬픈 일만은 아니다. 비로소 어른이 된다는 뜻
이기도 하다. 매일 햇살만 내리쬐는 땅은 사막이 되지 않던가.
비 온 뒤 땅이 굳고, 그래야 새싹이 틀 수 있다는 걸 알면, 지금
내리는 비도 기꺼이 웃으며 맞을 수 있다.

지난 시즌(2023~2024)은 '재활 중'이라는 얘기만 하다가 끝난 것 같아요. 서둘러 복귀했다가 다시 재활로 돌아가는 지겨운 시간의 반복이었어요.

김희진

답답하죠. 제가 이전까지 당했던 부상들은 근육이 찢어졌다거나, 조금 쉬기만 하면 나아지는 부상이었어요. 부상이 있어도 늘 극복할 만한 힘이 있다고 생각했고요.

이렇게 '선수를 그만둬야 하나' 하는 기로에 설 정도의 부상은 처음이었어요. 이런 부상을 어린 나이에 당했으면 뭣 모르고 계속했을 것 같아요. 지금은 나이도 나이인데 어린 선수들이 당해도 큰 부상이라 마음이 힘들긴 했어요. 이런 과정에서 마음도 많이 다치고.

도쿄 올림픽이 한 해 밀리면서 무릎 수술 직후 올림픽에 나섰던 게 결국 무리가 된 게 아닐까 걱정하신 분들도 많았을 것 같아요.

부상 없이 도쿄 올림픽을 치렀다면 제 개인 기록은 좋았을 수 있어요. 하지만 팀적으로 어떤 결과가 나왔을지는 또 모르잖아요.

대회가 한 해 밀렸기 때문에 한국이 4강까지 갈 수 있는 더 좋은 기회가 된 걸 수도 있어요.

부상이 없었을 때 올림픽에 나가서 그 후에 계속 잘했으면 어땠을까 하는 생각도 해봤어요. 하지만 오히려 부상인 채로 올림픽에 가서 저도, 팀도 더 주목받고 여자배구가 좀 더 알려진 면도 있다고 생각해요. 여자배구팀 선수들 투지가 그만큼 강했어요.

후회는 전혀 없어요?

올림픽에 나갔던 것에 후회는 없어요. 오히려 올림픽 이후 제가 욕심을 너무 많이 부렸어요. 원래 컨디션이 좋았다 나빴다 하잖아요. 그런데 그때는 제 몸 컨디션 그래프가 말도 안 되게 계속 올라갔어요. 그래서 저도, 감독님도, 주변에서도 다 기대하는 시즌이었죠. 그런데 시즌 앞두고 전지훈련 갔을 때부터 무릎이 조금 안 좋더니 개막 직전에 완전히 다쳤어요.

원래 컨디션이 최상일 때 다치는 경우가 많더라고요.

저도 몸이 너무 좋길래 운동 더 하면 다치겠다 싶어서 몸을 사렸거든요. 다칠 만한 몸무게도 근육량도 아니었어요. 그렇다고 제가 몸을 못 쓰는 선수도 아닌데 점프 올라가는 도중에 다쳐버렸어요. 그냥 다칠 때였구나, 운이 안 좋았구나 생각하기로 했어요.

지금이야 담담하게 얘기하지만 올림픽에서 배구 선수로 정점을 찍고, 가장 큰 기대를 받았을 때 다쳐서 허무했을 것 같아요.

무엇보다 팀원들에게 미안했어요. 제가 2021~2022시즌 저희 팀

(IBK기업은행)에서 아포짓[오른쪽(라이트) 사이드에서 공격을 담당하는 포지션]을 맡기로 하면서 외국인 선수를 레프트 포지션 선수로 뽑았거든요. 책임이 막중했죠. 그런 부담감 때문에 스스로를 더 몰아붙인 것도 있었어요.

그렇게 큰 퍼즐을 맞춰놓고 시즌을 구상했는데 제가 거기서 아예 빠져버린 거니까. 남은 퍼즐로 맞추려다 보면 잘 안 맞잖아요. 그러다 보니 팀도 무너지고, 그걸 보면서 저도 너무 괴로웠고요.

지난 시즌 도중 복귀해서 부상에서 다 회복한 줄 알았어요.

김희진

처음 수술하고 나서는 총 1년짜리 재활이라고 진단을 받았는데, 주변에서 빨리 복귀하길 바랐어요. 그래서 욕심 부려서 수술하고 6주 만에 보조기도 빼고 운동하면서 팀 훈련 따라가려고 했어요. 근데 자꾸 무릎에 물이 차면서 재활도 운동도 뚝뚝 끊겼어요. 저는 저대로, 감독님은 감독님대로 지친 상황이었어요. '운동을 정말 그만둬야 하나' 생각이 들더라고요. '한 팀에서 14년 동안 뛰면 뭐 하나'라는 서운한 생각도 들었고요. 지금은 덤덤하게 받아들일 수 있는 경지가 됐어요.

수술 후에 몸 상태에 대해 자세히 이야기한 적이 없었잖아요. 은퇴를 고민했을 정도로 심각했는지는 몰랐어요.

지금 생각해 보면 처음 다쳤을 때 바로 수술을 했다면 지난 시즌부터는 좀 움직일 수 있지 않았을까 싶기도 해요. 제가 2022년 10월에 다치고 병원에 갔더니 무릎 연골(반월상 후반부) 파열로 전치 5주가 나왔어요. 5주 동안 아무것도 하지 말고 휴식하면서 경과를 지켜보자고, 파열 부위가 점점 벌어지면 나중에는 수술로도 안 된다고 하셨거든요.

저에게는 시즌 초반 5주라는 시간을 누워서만 보낸다는 게 상상할 수 없는 일이었어요. '설마 더 벌어질까?' 싶었고요. 그런데 MRI를 찍을수록 파열된 부분이 점점 더 벌어지는 게 보이니까 그때부터는 아픈 것보다 무서웠어요. '수술도 안 되면 어떡하지?'라는 생각에요.

수술을 너무 늦게 한 게 재활이 더딘 이유 중에 하나라, 그게 아쉬워요. 수술 날짜를 잡고 네 번을 미뤘거든요. 감독님은 '선수 의지다'라는 주의셨어요. 저도 의지는 충만했지만 다리가 도저히 말을 안 들었어요.

사실 몸이 고장나는 건 그간 훈련, 경기 때 '영끌(영혼까지 끌어모아)'해 몸을 혹사시킨 여파잖아요. 하지만 부상 탓에 결장하거나 기량이 떨어지면 그런 상황과 관계없이 '못하는 선수', '팀에 피해를 주는 선수'처럼 평가돼요.

서운할 때도 있죠. 제가 놀다가 다쳤으면 할 말이 없지만 운동을 열심히 하다가 다친 건데. 그런 평가를 받는다는 게 선수로서 한 노력이 전부 부정당하는 느낌이어서요. 운동선수들은 목표를 위해서 정말 몸을 갈아서 쓰거든요. 보통 선수들 보고 '땀 흘리는 게 멋있다'고 하지만, 그렇게 멋진 모습으로 서기 전까지 보이지 않는 엄청난 치열함이 있어요. 선수들 부상에 공감해 달라는 건 아녜요. 하지만 선수는 나름대로 돌파구를 찾으려고 노력하고 있다는 걸 조금은 알아주셨으면 해요.

다른 직업들은 과거의 성과가 쌓여서 오늘내일의 성과로 연결될 수 있지만 선수는 올 시즌, 당장 우리 팀의 오늘 승리에 도움이 됐느냐 안 됐느냐로 매 순간 평가받아요. 당장 오늘 결과가 없으면 한순간에 무가치해지는 곳이 스포츠의 세계고요.

솔직히 부상 때문에 운동 그만두는 친구들 정말 많거든요. 제 친구들 중에도 많아요. 그런데 지금은 정말 행복해 보여요. 어릴 때는 막연하게 "운동 그만두면 뭐 하고 살아야 하나" 이런 얘기 하잖아요. 그런데 이번에 제가 자존감도 많이 떨어지고 힘들어하니까 친구들이 '넌 많은 걸 할 수 있는 사람이고, 충분히 행복할 자격이 있다'고 얘기해 주더라고요.

몸이 아픈 것보다 재활 생활이 더 힘들었나요?

몸만 지친 게 아니라 정신적으로도 지친 상태였어요. '내가 뭘 위해 이렇게까지 하지?' 생각하게 되더라고요. 이미 명예는 도쿄 올림픽 때 다 얻었다고 생각했고, 내가 연경 언니처럼 큰일을 할 수 있는 사람도 아닌 것 같고…. 목표 의식이 점점 옅어지더라고요. 영화 〈인사이드 아웃〉에 '빙봉'이라는 애가 나오잖아요. 나중엔 사라지고요. 선수로서 제가 가졌던 목표 의식이 그렇게 사라지는 것 같더라고요.

영화 속에서 '빙봉'은 가장 순수한 행복감을 주는 대상으로 나오잖아요.

그쵸. 제가 어릴 때부터 운동을 하면서 그런 성취감을 무척 많이 느꼈었는데, 그런 걸 점점 잊어가게 됐어요.

김희진의 무의식 속 '빙봉'은 어떤 모습일까요?

오로지 '배구를 어떻게 더 잘할 수 있을까?' 그 생각에만 빠져 있던 시절 같아요. 진짜 선수로서의 마음가짐이 있는, 열정적인 '빙봉'이요. 자기 직전까지 머릿속으로 '내일은 어떻게 때려보지?' 시뮬레이션을 돌려보던 선수였는데, 언젠가부터는 부상 때문에 '내일은 안 아프면 좋겠는데' 이런 생각만 하게 됐거든요.

빙봉이 또 동심 속에만 있는 거잖아요. 성장하면서 그간 함께해 온 빙봉 곁을 떠나서도 더 큰 세상에서 모험을 계속할 수 있다는 게 영화의 메시지이기도 하고요. 희진 선수도 그런 늦은 성장통 혹은 빙봉과의 이별을, 서른 즈음에 겪은 게 아닐까요.

생각해 보면 인생이 너무 탄탄대로였어요. 제가 학생치고도 피지컬이 좋았고, 다니던 고등학교도 배구를 잘하던 학교여서 눈에 띌 수밖에 없는 상황이었어요. 프로에 와서도 운이 좋게 신생 팀에 있던 덕분에 신입으로 경기에 뛸 수 있는 기회를 많이 얻었죠. 동시에 저는 스스로 '엄청 노력파'라고 생각해 왔거든요. 그런데 주변에서 "더 할 수 있는데 왜 안 하냐"는 얘기를 정말 많이 들었어요. 다들 내가 더 잘할 수 있다고 하는데, '내가 노력을 안 했나?' 싶더라고요. 그러기에는 내가 생각해도 하루하루 너무 열심히 살았는데, 남들은 그렇게 생각하지 않는 것 같으니 저조차 스스로에게 부정적인 인식을 가졌던 것 같아요.

자기 자신이 아니라 남들에게 어떻게 보여질지, 이렇게 바깥으로 시선이 옮겨지면서 배구가 힘들어진 걸까요?

사실 다른 사람들은 제가 더 잘하길 바라는 마음에 하는 말인데, 저는 그걸 '더 발전할 수 있으니 열심히 해'가 아니라 '왜 너는 더 열심히 하지 못하냐, 할 수 있는데 안 하는 거다' 이렇게 받아들이면서 저 자신에게 야박하게 굴었던 것 같아요.

멘털 코칭해 주시는 선생님이 최근에 "희진 선수는 그래서 열심히 하셨나요, 안 하셨나요?"라고 물어보시는 거예요. "저는 열심히 했다고 생각해요"라고 말씀드렸더니 "그러면 정말 열심히 한 거예요" 하시더라고요. 그런 말을 들으면서 저 자신을 믿고 다독여줄 필요가 있겠구나 싶었어요. 그동안 너무 스스로를 쪼면서 구석에 처박혀 있던 느낌이거든요.

선수들이 심리적 압박감, 부담감을 솔직하게 털어놓을 수 있는 분위기가 아니잖아요. 2021년 도쿄 올림픽에서 여자 기계체조 시몬 바일스(미국)가 "내 안전을 위해 올림픽 출전을 포기한다"고 말한 걸 보면서 공감도 많이 됐을 것 같아요. 스포츠에서 선수들의 몸뿐 아니라 마음을 돌보는 게 얼마나 중요한지를 보여주는 역사적 사건이 됐어요. (당시 전관왕을 노리던 바일스는 정신적 불안 때문에 훈련에서 기본적인 기술도 시도하지 못했다. 바일스는 이대로 전 종목 출전을 강행한다면 부상 위험이 너무 크다며 개인전 평균대 한 종목을 제외한 나머지 경기에서 모두 기권했다.)

선수면 컨디션이 안 좋아도, 멘털이 무너졌더라도 당연히 경기에 나가야 한다고 생각하잖아요. 아파도 힘들어도 말 안 했던 게 사실은 스스로를 조금 학대한 건 아닐까 싶더라고요. 결과적으로 그게 나에게도 팀에도 도움되는 게 아닐 수도 있거든요.

**도쿄 올림픽 때는 그런 비슷한 불안감을 팀원들과 이겨
낸 경험이 있기도 해요.**

그때도 사실 '(출전이) 안 될 것 같다'고 말씀은 드렸었어요. 제가
그 몸으로 100퍼센트를 한다고 해도 이전의 70퍼센트 정도밖에
안 될 텐데, 100퍼센트를 쏟을 수 있는 다른 선수가 있다면 그 선
수에게 기회를 주는 게 맞지 않을까 싶어서요. 그런데도 감독님
이 저를 뽑아주셨던 건 결국 저를 믿어주신 거거든요. 굉장히 고
마웠어요.

코트에서 함께 뛴 언니, 동생들도 제가 한 포인트라도 내면 저보
다 더 기뻐해 줬어요. 사실 다들 제가 올림픽 앞두고 수술한다고
했을 때는 하지 말라고 했거든요. 그런데 수술하고 나니까 다들
"돌아온다고 믿는다", "그래서 언제 오는데" 이렇게 응원을 많이
보내줬어요.

어렸을 때 대표팀에 가면 제가 많이 웃고 분위기 메이커였는데,
도쿄 올림픽 때는 정말 포인트 하나 내면 그제야 겨우 안도하고
그랬어요.

**올림픽 때 포인트를 내고 나서도 제대로 못 웃고, 얼굴
이 계속 사색이었던 기억이 나요.**

그때 선수촌 버스 정류장에 내려서 저희 숙소까지 가는 데 보통
걸음으로 10분 정도 걸리는 거리였거든요. 근데 저는 30분이 걸

렸어요. 시합이 끝나면 걷지를 못해서 코치님이 가방 들어주기
도 했어요.

매 게임 울었던 것 같아요. 코트에 서는 게 미안하고 무서웠어요.
저희가 이긴 8강 터키전은 공격이 진짜 안됐던 경기였거든요. 실
수도 정말 많이 했고. 그래서 '블로킹 하나만 잡자, 제발' 하면서
뛰었는데 듀스 상황에서 블로킹을 하나 딱 잡았어요. 그 전까지
팀원들에게 정말 미안했는데 조금이라도 도움이 된 것 같아서
정말 다행이었어요. 팀원들이 저를 믿어주니까 저도 오기로 임
한 것 같아요.

**올림픽 이후 두 시즌 부상이었어요. 몸 상태도 그렇고
경기 감각을 찾기 어려웠을 것 같아요. 지난 시즌 복귀 후에는 특히
스탯이 훅 떨어져서 자신감을 되찾기도 쉽지 않았을 것 같고요.** [김희
진은 2023년 2월 무릎 수술을 한 뒤 2023~2024시즌 도중 복귀했으나 14경
기에 출전해 19득점에 그쳤다. 공격 성공률(29.55%)도 커리어 최저에 그쳤다.]
올림픽 마친 직후 시즌 때는 아픈 상태로 계속 뛰면서 자신감을
잃었다면 직전 시즌은 아예 시즌 시작을 함께하지 못하면서 자
존감까지 떨어졌어요. 감독님이 "스타팅 들어갈래?" 물어보셨을
때 도저히 "네"라고 답을 못 하겠더라고요. 코트에 설 준비가 안
된 상태로 누군가 앞에 서기가 두려웠어요.

**일단 기본적으로 '내가 이 정도는 해야 한다'는 기준이
높긴 할 것 같아요.**
그게 너무 높아서 문제예요. 무조건 두 자릿수 이상 득점해야 하

고, 포인트, 블로킹 몇 개 이상 잡아야 하고, 서브 포인트도 내야 하고. 미들이지만 백 어택도 때려야 할 것 같고. 압박감이 많았죠. 그래도 아프기 전까지는 배구를 정말 신나게 했어요. 다 때릴 수 있다는 자신감도 있었고요. 부상 이후에는 '아, 내일 아프면 안 되는데, 어떡하지?' 이런 생각이 너무 컸고요.

비교적 이른 나이에 은퇴를 고민한 거잖아요. 보통 선수들은 최대한 현역으로 길게 뛰고 싶어 하는데요.

전 아니에요. 저는 올해도 그만둘 생각이었어요. 모두가 박수 치지는 않을 수 있고, 누군가는 '불명예 은퇴'라고 생각할 수도 있어요. 그런데 그건 그 사람들의 입장이고 감정이에요. 이런 무기력함이 계속 이어지면 은퇴 후 일상까지도 영향을 받겠다는 생각이 들었어요. 그래서 지금은 최대한 몸을 많이 움직이려고 해요.

은퇴 생각을 접고 다시 마음을 다잡은 계기가 있었나요?

아직까지도 흔들리는 중이에요. 하지만 '다시 배구를 하고 싶다'는 새로운 목표가 생겼어요.

다시 배구를 한다는 게 어떤 의미일까요?

이제는 배구만 생각하고 싶어요. 남은 시간이 1년이든 2년이든, 몇 개월이든지요. 솔직히 저는 이번 아니면 다음 시즌이 마지막인 은퇴를 앞둔 선수라고 생각해요. 그래서 그 누구보다 더 간절하고 즐겁게 움직일 수 있지 않을까 해요. 간절한 건 맞지만 조금만 더 바짝 해보고, 안 되면 나가자는 마음이고요. 희한한 감정으로 남은 시즌을 보내지 않을까 싶어요.

그렇다고 그간 훈련을 열심히 안 한 것도 아닌데, 이전에 했던 배구와 어떤 점이 달라질 것 같나요?
이번 비시즌에 정말 열심히, 한순간도 후회하지 않을 정도로 열심히 했어요. 비시즌의 김희진은 일단 열심히 굴려놨으니 시즌 때 김희진이 알아서 해야죠.

근 2년은 몸 걱정 때문에 배구만 생각할 수 없어서 힘들었다고 했잖아요. 한순간에 몸이 씻은 듯이 낫는 건 기적 같은 일일 테고, 이 부상을 안은 상태로 배구하는 법을 터득해야 할 텐데. 이제 대책이 좀 섰나요?
아뇨. (웃음) "몸아, 주인 잘못 만나서 불쌍하긴 한데 조금만 더 버텨봐" 이런 마음이에요.

아무리 긍정적으로 생각하려고 해도 일단 통증이 있으면 기분이 좋을 수가 없잖아요. 그런 상황에서 좋은 기분으로 운동하는 방법이 있어요?
기분이 좋을 수는 없어요. 다만 '오늘 점프가 조금 더 되는 거 같은데?', '어제보다는 낫다' 이 정도로 위안해 보는 거죠.

도쿄 올림픽 때 선수로서 '여한이 없다'고 느낄 만큼 성취감을 느꼈다고 했어요. 내가 선수로서 이미 절정을 찍었다는 사실을 알고도 계속 뛸 힘은 어디에서 찾았나요?

여전히 찾는 중이에요. 저는 (도쿄)올림픽 전까지는 배구를 정말 즐겼던 것 같아요. 제가 스물아홉에 갑자기 성장했을 때가 있는데, 나이로 따지면 한창 성장할 시기는 아니었거든요. 그땐 배구가 너무 재밌어서 '더 하고 싶다' 이런 느낌이었는데 다치고 나서는 '어떡하지, 해야 하는데, 보여줘야 하는데' 하는 욕심에 더 무리했어요. 막연히 '더 잘할 수 있겠지'라는 생각에서요. 그래도 이번을 계기로 스스로를 위로하고 다독이는 법을 좀 배운 것 같아요.

사람이 시련을 겪어야 강해진다고 하잖아요.

김
희
진

정말 죽으라는 법은 없는 것 같더라고요. 어떻게든 헤쳐나갈 방법이 생겨요. 그 방법을 얼마나 빨리 얻어내느냐에 따라 몸과 마음이 원래대로 돌아오는 시간이 달라지는 것 같아요.

은퇴를 고민하고 있을 때 김연경 선수의 국가대표 은퇴식이 있었어요. 느낀 감정이 남달랐을 것 같아요.

일단 연경 언니 국가대표팀 은퇴 기념 경기에 같이 못 뛴 게 너무 아쉽고 미안했어요. 그런 대단한 자리에 초청을 받았는데 가서 아무것도 못 하고 온 게 언니한테 너무 미안하더라고요. 저도 제가 너무 한심해 보이는 거예요. '이때쯤엔 내가 복귀해서 공 운동하고 있어야 하는데, 아직까지 뭐 하는 거지?' 하면서. 그래서 한동안 우울했어요.

많이 안 다쳐봤고 금방 복귀하는 게 당연했기 때문에 받아들이기가 더 힘들었을 것 같아요.

비시즌의 김희진은
일단 열심히 굴려놨으니
시즌 때 김희진이 알아서 해야죠.

언니 은퇴식에서 영상이 나왔어요. 언니가 국가대표로 보냈던 영광의 순간들이요. 그런데 그 영상에 제가 없던 순간이 없는 거예요. 대표팀 막내 때부터 세월이 스쳐 지나가면서….

제가 사실 런던 올림픽 때는 너무 어렸어요. 열 살 많은 경력이 출중한 언니들 사이에 제가 낄 자리가 아니었거든요. 그때 예선전 때 한 번 잘한 걸로 데려가 주셔서 계속 올림픽을 나가게 된 거예요. 언니들을 보면 하나하나 다 대단한 선수들인데 제가 그 사이에 있다는 게 아직도 믿기지 않아요.

우울감은 지금 얼마나 극복했어요?

운동이 재밌어진 것도 사실 진짜 최근이에요. 재활센터에 다니면서 멘털 코칭도 받고, 재활하면서 "저 이거 못해요" 했던 동작들이 점차 되니까 많이 좋아졌다는 걸 느껴요. 더 열심히 하고 싶다는 생각도 들고요. 일단 계속 몸을 움직였어요. 계속 운동하고 강아지들이랑 산책하면서 놀아주고요. 고요한 시간이 없도록 했어요.

강아지는 언제부터 키웠나요?

1년 7개월 정도 됐어요. 제가 한 4년 전부터 강아지를 키우고 싶었는데 집을 많이 비우니까 강아지한테 못할짓이라 참고 있었거든요. 그런데 다치고 나서는 때가 된 것 같아서 엄마한테 말했어요.

제가 수술하고 집에만 있던 때였거든요. 제가 원래 배구 경기 보는 걸 엄청 좋아해요. 해외 배구든 국내 배구든. 그날은 저희 팀 경기도 있던 날인데 제가 창밖만 계속 보고 있었나 봐요. 엄마가 '쟤 저러다 안 되겠다' 싶어서 바로 강아지를 데려오셨어요. 이름은 '하쿠'랑 '쿠쿠'예요.

어떻게 초보가 한 번에 두 마리 키울 생각을 했어요?

원래 한 마리는 부모님 계신 부산 본가에서, 한 마리는 제가 키우려고 했어요. 그런데 두 마리 다 제가 너무 정이 들어서 못 보내겠는 거예요. 제가 훈련이나 경기 있을 때는 부모님이 제 집에 자주 오세요.

재활 때 강아지랑 산책할 생각에 더 열심히 운동하게 된다던 인터뷰를 본 적이 있는데 농담이 아니라 진심이었네요.

최근에 무릎이 좋아지면서 애네랑 걸을 때도 불편하지 않고, 더 오래 뛸 수도 있어서 산책 나가면 제가 더 행복해요.

아예 수술하고 못 걸을 때 강아지가 온 거죠?

네, 다행히 강아지들도 예방접종 다 할 때까지 밖에 나갈 수가 없어서 타이밍이 딱 맞았어요. 제가 걸어야 할 시기에 예방접종이 딱 끝났어요.

정말 '테라피 독' 역할을 제대로 했네요. 월급 줘야겠어요.

맛있는 간식 많이 주고 있습니다. (웃음)

261

집에서 오빠보다 열 살 어린 막내라고요. 가족들이 막내딸 걱정이 엄청났겠어요.

부상도 부상인데 제가 스스로에게 실망을 많이 했잖아요. 운동은 늘 조금이라도 더 하려던 애였는데 몸 때문에 제대로 못 한다는 걸 부모님도 아시니까 속상해하시죠.

원래는 가족들이랑 연락을 잘 안 했어요. 아픈 데가 있어도 말도 안 하고요. 수술하는 것도 부모님은 기사를 보고 아셨어요. 제가 말 안 하고 있다가 기사로 소식 접하실 때마다 부모님이 섭섭하다고, "그런 일 있으면 말하지" 하시는데 제가 맨날 별거 아니라고만 했거든요. 근데 요새 강아지 때문에 가족끼리 왕래가 잦아졌어요.

긴 재활 동안 포기하고 싶었을 때도 많았을 텐데, 그 긴 터널에서 계속 걸을 수 있는 힘이 된 한 줄기 빛 같은 존재가 있었나요?

이번 시즌 앞두고 재활하면서 몸이 회복되는 게 느껴지면서 희망이 조금씩 보이는 것 같아요. 그전까지는 '몸이 조금이라도 좋아졌다', '무릎 상태가 괜찮아졌다'고 느낀 적이 없었어요. 그런데 최근 재활센터 다니면서 제가 못하고 무서워했던 동작들이 조금씩 되더라고요. 오른쪽 다리에 힘이 실리는 느낌도 들고요. 그러면서 자연스럽게 욕심도 생겼어요.

그럼 그전까지는 한줄기 빛도 없이 무작정 걸었어요?

멈춰 있는 것보단 계속 걸어나가는 게 출구로 향하는 길이라고

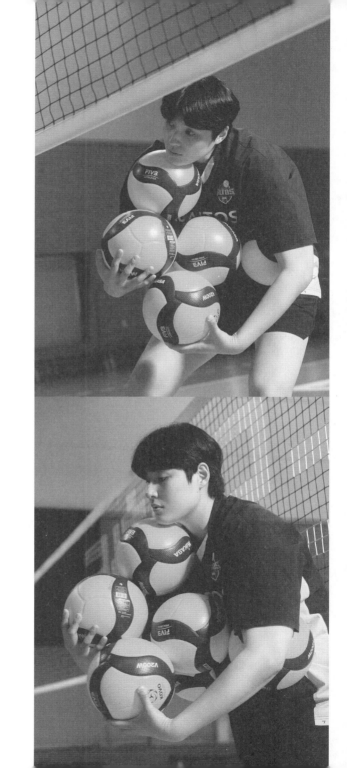

생각했어요.

　　부상을 겪은 나이대가 있는 선수들이 젊은 선수들보다 이점인 것 중 하나가 부상-회복을 겪으면서 자신의 몸에 대해 잘 아는 거라고 하더라고요. 이제 무릎은 완전히 박사님이 됐겠어요.

아직 박사는 아니더라도 석사 과정 정도는 되는 것 같아요.

　　부상 이전의 모습으로 100퍼센트 돌아오긴 어려울 텐데, 연습 때부터 다른 시도를 좀 하고 있나요?

그럼요. 예전에 제 스타일이 높고 강하게 때리는 스타일이었다면 이제는 요목조목 얄밉게 때리는 스타일로 바꿔야죠.

　　영화 〈인사이드 아웃〉 속 캐릭터에 비교하자면 희진 선수가 어렸을 때는 영화 속 기쁨이랑 비슷했던 것 같은데. 지금은 누구랑 비슷한 것 같아요?

잘 모르겠어요. 지금 불안이 같기도 한데 그 불안을 이성이 잘 막고 있고요. 제 안에 수많은 감정이 있는 것 같아요.

　　사실 운동선수라는 직업이 힘들지만 또 좋아하는 운동 하면서 돈도 벌 수 있는, 세상에 몇 안 되는 축복받은 일이기도 해요. 여러 감정이 들 수밖에 없을 것 같아요.

좀 더 전문적인 직업이 되면 마냥 즐길 수만은 없긴 해요. 운동하면서 스트레스를 받지만 동시에 또 경기를 하면서 순간적으로 스트레스가 날아가기도 하고요.

배구선수

하긴, 어느 회사에서 일 2시간 하면서 포효했다가 울었다가 웃었다가 하겠어요.

저한테 배구야말로 정말 감정이 복잡한 〈인사이드 아웃〉 그 자체인 것 같아요.

혹시 제가 물어봐야 하는데 안 물어본 게 있을까요?

하고 싶은 말은 다 했어요. 원래 제가 다치고 나서 인터뷰 요청이 들어왔을 때는 "지금 인터뷰 할 멘털이 되지 않는다"고 거절했었어요. 회복하는 데 진짜 많은 시간이 필요했어요. 이전 상태로는 인터뷰를 했더라도 진솔한 대답을 못 했을 거예요.

김희진

힘든 걸 누군가한테 털어놓는 것만으로도 심리적으로는 큰 도움이 된다더라고요.

저도 멘털 코칭을 팀에서 단체로만 받다가 개인적으로는 이번에 처음 받았는데 너무 좋았어요. 뭔가 얘기를 하면 그 안에 있던 감정들도 꺼낼 수 있는 것 같아요.

다음 시즌 시작까지 딱 100일 정도 남았어요. 모든 걸 쏟아보겠다는 남다른 마음으로 준비하는 시즌인데. 쑥과 마늘을 먹으며 인간이 되길 기도하는 곰의 마음과 비슷하려나요?

딱 그 감정이에요. 그래서 시즌이 빨리 왔으면 좋겠지만 동시에 좀 천천히 흘렀으면 싶기도 해요. 하루가 천천히 간다는 게 제가 하루를 얼마나 쪼개서 열심히 사느냐에 따라 달라지잖아요. 지금은 그래도 하루가 길게 느껴질 정도로 열심히 잘 살고 있어요.

멈춰 있는 것보단
계속 걸어나가는 게
출구로 향하는 길이라고
생각했어요.

08

한수진

아이스하키 선수

이프 온리 ～～～～～～～～

한국 여자아이스하키 국가대표팀 공격수. 2018년 평창 올림픽 여자 아이스하키 남북단일팀 주장을 지낸 국가대표 에이스다. 일반적인 선수들과 달리 피아노를 전공한 독특한 이력으로도 주목받았다. 평창 올림픽 이후 국내 유일의 여자아이스하키 실업팀으로 창단된 수원시청의 주장도 맡고 있다. 2023년 국제아이스하키연맹(IIHF) 세계선수권 디비전 1그룹 B(3부 리그) 한국 대표팀의 6경기에서 4골 2도움으로 활약했다. 이 대회에서 우승하면서 한국은 디비전 1그룹 A(2부 리그)로 승격했다.

20년 전 개봉한 〈이프 온리〉라는 영화가 있다. 직장 생활에 치이며 살던 남자는 어느 날 자신과 다툰 여자친구를 교통사고로 잃는다. 일 핑계로 늘 무심했던 남자는 형용할 수 없는 죄책감에 빠진다. 그런데 다음 날 여자가 죽기 전 과거로 돌아간다. 하지만 사고는 다시 일어난다. 다음 날에도 여자가 살아 있는 과거로 돌아가고 남자는 사고를 피할 온갖 방법을 궁리한다. 하지만 무슨 수를 써도 여자는 같은 사고로 죽는다. 결국 벌어질 일은 벌어진다는 사실을 깨달은 남자는 여자에게 최고의 하루를 선물한 뒤 사고가 날 차에 함께 타 여자를 자신의 몸으로 감싼다. 영화의 시작은 여자의 죽음에 우는 남자였지만 엔딩은 남자의 죽음에 슬퍼하는 여자다.

한수진에게 아이스하키는 영화 속 남자가 현실을 핑계로 미루다 뒤늦게 깨달은 사랑의 소중함이다. 학창시절 내내 '피아노 입시생'으로 살아온 한수진은 재수 시절 우연히 문을 연 빙상장에서 새로운 떨림을 느낀다. 다섯 살 때 시작해 사실상 '평생'을 피아노만 쳐왔다는 사실은 더 이상 중요하지 않았다. 그날 빙상장 문을 열지 않았다면, 아니 애초에 입시에 한 번에 성공해 재수를 하지 않았다면. 수많은 다른 경우의 수를 가정한다 해도 한수진은 "또 다른 계기로 아이스하키를 시작했을 것"이라고 말한다.

그간 피아노를 위해 얼마의 시간과 노력을 쏟았든, 아이스하키
는 한수진의 인생에서 '결국은 벌어질 일'이었다. 보장된 성공이
아니라 이 순간 가슴 떨리는 일에 최선을 다하는 것. 계산 없이
뛰어든 아이스하키는 한수진에게 놓지 못할 초심을 선물했다.
다시 링크장 문을 열었던 그 순간부터, 한수진은 매 순간 계산
없이 아이스하키를 사랑했다.

한수진이라는 영화의 시작은 차마 도망치지 못해 피아노 경연
을 준비하던 음대 입시생이었다. 하지만 그 영화의 엔딩은, 아니
지금 이 순간은 "너무 행복해서 이 시간이 멈췄으면 좋겠다"고
말하는 아이스하키 선수다.

음대에 피아노 전공으로 입학해 아이스하키 국가대표로 졸업한, 굉장히 독특한 이력을 가지고 있어요.

어렸을 때부터 이모가 운영하던 피아노 학원에 다녔고 자연스럽게 중고등학교 때 예고, 음대 입시를 준비했어요. 피아노 입시를 시작했으니 엄마는 당연히 대학교까지 보내려고 하셨죠. '뭘 해도 대학만 가라'는 생각이 크셨던 것 같아요. 당시만 해도 한국에서 그런 인식이 컸어요. 저도 늘 해오던 거니 자연스럽게 대학 입시가 삶의 목표였고요.

그런데 아이러니하게도 입시의 절정인 재수생 시절 아이스하키에 빠지게 됐어요.

대학교는 당연히 합격할 줄 알았는데 합격자 조회를 해보니 안 된 거예요. 집안이 난리가 났죠. 바로 노량진 재수학원에 등록했고 3월부터는 피아노 레슨을 시작했어요. 레슨 선생님이 서울 목동에 계셔서 노량진에서 목동까지 지하철을 타고 다녔거든요. 목동에 빙상장이 있잖아요. 어느날 레슨까지 시간이 약간 떠서 구경이나 할 겸 들어갔는데 아이스하키를 하고 있더라고요. '아,

한수진

나 옛날에 아이스하키했었지' 생각이 났어요.

그 링크장 문을 열었던 순간의 기억을 되돌려보면요?

너무 멋있었어요. 고등학교 남자애들이 타고 있었는데, 얼음 날리고 퍽(아이스하키에서 쓰는 공) 움직이는 소리가 너무 좋았어요.

어렸을 때 잠깐 배웠던 아이스하키가 그렇게 좋은 기억으로 남아 있었나요?

초등학교 때 친구 따라 배웠던 거라 특별히 아이스하키를 좋아했던 건 아니었어요. 운동을 워낙 좋아했어서 축구, 수영, 스키 이것저것 다 했거든요. 아이스하키도 그중 하나인 정도였어요. (피아노로) 중학교 입시를 준비하다 보니 아이스하키는 1년쯤 배우다 자연스럽게 그만뒀고요.

그날 우연히 링크장에 간 이후로 레슨 갈 때마다 들리게 되더라고요. 그땐 (아이스하키를) 직접 타지는 못하니 엄마 몰래 장비를 하나씩 사 모으기 시작했어요. 버스 탈 거 안 타고, 먹을 거 안 먹고 그렇게 씀씀이를 줄이다 보니까 스틱 하나, 스케이트 하나씩 살 수 있더라고요. 레슨 가기 전 장비 가게에 들러서 사놓은 장비들 보고 있으면 기분이 좋았어요.

하지도 못하는데 사서 보기만 한 거예요?

네. 그러다 어느 날 자고 있는데 방에 불이 딱 켜지더니 엄마가 "이거 뭐냐" 하시더라고요. 제가 스틱 영수증은 찢어서 책상에 있는 휴지통에 버렸는데, 스케이트 영수증은 침대 밑에 숨겼거든

요. 지금 생각해 보면 애초에 영수증을 버렸으면 되는데 왜 집에 가져왔는지. (웃음)

그때 처음으로 '피아노 안 하고 운동하고 싶다'고 얘기했어요.

엄마도 황당하셨겠어요.

막막하셨겠죠. 피아노 시켜서 키워놓은 딸이 이제 와서 전혀 관련 없는 운동을 하겠다니. 솔직히 대책도 없잖아요. 고3 때 시작해서 뭘 얼마나 하겠어요. 엄마도 처음엔 화도 내고 난리가 났죠. 그런데 엄마도 일단 저를 설득해야 하니 "대학만 가면 네 마음대로 해라" 하셨어요. 그러고 나니 저도 이전에는 없던 목표 의식이 생기더라고요. 대학에 가야 내가 하고 싶은 걸 할 수 있으니까요.

한수진

피아노 입시도 운동만큼이나 좁은 길이에요. 그 고생을 해서 나름 명문이라는 연세대학교에 들어갔는데 어떻게 입학하자마자 아이스하키로 미련 없이 돌아섰어요?

피아노에 별로 의욕이 없었던 상황인지라 앉아서 피아노 치는 거랑은 정반대로 역동적인 아이스하키가 더 크게 와닿았던 것 같아요.

재수를 안 했다면, 그래서 레슨장 가는 길에 링크장에 우연히 갈 일이 없었어도 아이스하키를 했을까요?

그래도 학교에 (아이스하키) 동아리가 있었으니 아마 또 다른 계기로 시작할 수 있지 않았을까요?

어느 정도 나이를 먹으면 우리가 선택해야 하는 문제에는 머리와 가슴이 싸우는 일이 많아요. 그런데 거기서 가슴이 뛰는 선택을 했잖아요. 먹고사는 문제에 걱정이 없는 상황이 아닌 이상 이렇게 살기가 쉽지 않은데요.

피아니스트든 운동선수든 회사원이든 뭘 한다고 해서 꼭 출세한다는 보장이 없는 건 똑같잖아요. 애초에 하고 싶은 일을 일찌감치 포기하고 먹고 살기 위해 다른 길로 가는 친구들도 있고, 다른 쪽에서 돈을 벌면서도 하고 싶은 일을 하면서 사는 친구들도 있고요. 피아노를 계속하는 친구들도 연주만 하는 게 아니라 반주나 레슨을 병행하기도 했어요.

한
수
진

'진짜 좋아하는 일'을 업으로 삼는 건, 누구나 꿈꾸지만 말처럼 쉬운 일이 아니에요. 자기가 정말 좋아하는 게 뭔지 찾아야 하는데, 동시에 그 흥미가 돈을 받고 할 수 있을 직업적 기반이 있는 영역이어야 하고, 그러면서 내가 돈을 받고 일할 만큼의 재능도 있어야 가능하니까요.

지금처럼 실업팀이 생긴 것도 5년밖에 안 됐어요. 그 전까지는 대표팀 수당으로만 생활했고요. 최근에 수당이 좀 오르긴 했지만 그래도 한 달 꽉 채워야 100만 원 정도 받았어요. 2008년부터 대표팀 생활을 시작해 거진 10년을 그렇게 아르바이트비 정도의 돈을 벌고 살았죠. 물론 친구들은 원하든 원치 않든, 회사에 취직해서 돈을 벌었고요.

'친구들은 이만큼 버는데 나는…' 뭐 이런 생각은 안 했어요. 가령 한 달에 60만 원을 벌었다, 그러면 그 안에서 (생활을) 해결했어요.

281

월급에 따라서 씀씀이가 달라져요. 한 달에 60만 원으로 살면서도 5~10만 원은 저금했거든요. 수당이 오르고 한 달에 받는 돈이 7~80만 원이 됐을 땐 2~30만 원은 저금을 해야 하는데, 그건 또 아니더라고요. (웃음)

대학 입학하자마자 아이스하키 동아리에 들어갔죠.

제가 들어갈 때 여자는 한 명이었거든요. 당시 동아리 회비가 여자는 2만 원, 남자는 5만 원이었어요. 요즘 기준으로 보면 이상한데 당시에는 그랬어요. 그런데 제가 좀 (아이스하키를) 많이 타고 활동량도 있다 보니 "똑같이 내야되는 거 아니냐" 하고 나름 논란이 있었어요. (웃음)

동아리에서는 아이스하키를 원 없이 탔나요?

동아리에서도 타고 다른 동호회에도 게스트로 타러 갔어요. 많이 타야 느는데 대관 시간이 제한적이어서요. 동호인 중에도 잘하고 싶어 하는 사람들은 일주일에 여덟 번도 타요. 한번 아이스하키에 발을 들이고 아이스하키에 미친 사람들은 그렇게 해요. 저도 '미친 애'로 통했죠.

대학 생활이 곧 아이스하키였던 것 같은데.

그때만 해도 여자아이스하키 국가대표팀이 상대할 여자 팀이 없으니 남자 클럽 팀, 동아리 팀이랑도 경기를 했어요. 마침 저희 학교 동아리(타이탄스)랑도 연습 경기가 있었고요. 그 안에 제가 있으니 대표팀에서 저보고 "쟤 누구냐" 하셨어요. 여자가 아이스하키를 하는 것만으로도 대표팀 눈에 띄던 시절이었거든요.

1학년 2학기 때부터 대표팀 생활을 병행했어요. 학교 끝나면 신촌에서 (당시 국가대표 훈련지였던 태릉 선수촌이 있는) 화랑대까지 지하철 타고 가서 오후 8~10시 훈련하고 다시 인천 집에 오면 12시가 넘었어요.

기초 체력을 지하철로 다졌네요.

그때는 피곤한 줄도 몰랐어요.

음대 수업은 어떻게 하고요?

한수진

듣기는 했죠. 교수님 찾아가서 아이스하키 대표팀이라고 말씀드리면 양해를 많이 해주셨어요. 그래도 다른 친구들은 학교 끝나면 연습실 가는데 저는 운동을 하다 보니까 (피아노) 연습량이 많이 뒤처졌죠. 사실 피아노도 한 번 보고 칠 수 있는 게 아니라 연습량으로 승부해야 하거든요. 그래서 일주일에 한 번 교수님한테 레슨을 받으러 갈 때마다 엄청 쫓기는 마음이었어요. 잘 못치고 있으면 교수님들이 답답해하시거든요. 운동하다 다쳐서 레슨 못 간 적도 있고요.

교수님들 반응이 어떻던가요?

일단 놀라시죠. "여자애가 뭐 그런 걸 하니" 하시는 분도 계시고, "멋있다"고 하시는 분도 계시고, 적극적으로 밀어주신 분도 계셨어요.

엄마는 대학 성적은 신경 안 쓰셨나요? 대학 입학만으로 정말 만족하셨던 건지.

학고(학사경고)는 안 먹었어요. 친구들은 (학점) B를 받으면 재수강을 해서 성적을 올리려고 했는데, 저는 F 안 맞은 게 다행이었고 B라도 나오면 '완전 잘 나왔다' 했죠.

아이스하키하는 음대생으로서 혼란은 없었나요?

2학년 때까지 억지로 버티면서 다니다가 휴학하겠다고 했는데, 엄마가 (졸업까지) 2년이나 남으면 돌아오기 힘들 수도 있으니 안 된다고 했어요. 음대는 4학년 2학기가 졸업 연주 준비 기간이거든요. 4학년 1학기까지는 다니고 휴학하라고 했어요.

그래서 졸업 연주만 남겨두고 휴학한 다음 일본 유학을 갔어요. 2011년 알마티 동계아시안게임에서 일본 선수들이랑 처음 뛰었는데 너무 잘하는 거예요, 같은 아시아인인데. 왜 잘하는지 궁금했어요. 나라마다 스타일이라는 게 있잖아요.

연고도 없이 간 거예요?

아시안게임에서 만났던 삿포로 사는 친구가 도움을 줬어요. 일단 그 친구가 있는 팀을 갔고요. 클럽 팀이었는데 그룹이 굉장히 세분화되어 있었어요. 대표팀도 거기서 선발되고, 체계가 잘 잡혀 있더라고요.

'아이스하키' 하면 캐나다나 미국이 가장 선진국인데 일본을 택한 이유가 있나요?

바로 캐나다나 미국 같은 나라로 유학을 가기에는 겁이 났어요. 너무 멀고 영어도 못하고. 일본어도 모르긴 했는데 어순이 같다고 하더라고요. (웃음)

그런데 그해 3월에 동일본대지진이 났었어요. 저는 4월 말 티켓을 끊고 기다리고 있었거든요. 다행히 삿포로 쪽은 괜찮다더라고요. 사실 저만 괜찮은 거였죠. 다른 사람들은 다 만류했으니까. 나중에 대학 졸업하고 가면 되지 않느냐는 얘기도 많이 들었는데 그 시기가 지나면 못 갈 것 같았어요. 하루라도 어렸을 때 배우는 게 낫겠다 싶었어요.

한수진

유학비는 어떻게 마련했어요?

아르바이트비랑 대표팀 수당 받은 걸 모아보니 200만 원쯤 됐어요. 초반 생활비는 그걸로 썼어요. 그런데 일본은 방세 1년 치를 미리 내야 해요. 그게 1,300만 원이었거든요. 그런 큰 돈은 없어서 이모가 대출을 받아줬어요. 갚는 데 몇 년 걸렸을 거예요.

당시 엔화 환율이 1,300원 후반대였어요. 지금 일본 가면 덮밥 하나가 600엔, 한국 돈으로 5,000원 정도인데, 당시에는 이게 8~9,000원 했거든요. 그때 저한테는 최고의 외식이 그 덮밥이었어요. 카레 한 번 만들어놓고 며칠 먹고, 마트 마감 시간 전에 30~40퍼센트 할인하는 음식 득템하는 거 정말 좋아했고요.

순수 동호인 팀은 대관비를 포함해서 다 돈을 내고 운동을 해요. 저는 그래도 한국 여자대표팀에서 적은 금액이지만 돈을 받고 운동을 해왔잖아요. 매일 운동을 할 수 있었던 환경 자체도 감사하게 생각하게 되더라고요. (대표팀은 1년 중 11개월 소집 훈련을 했고, 한

285

수진이 대학생이었던 시절에는 하루 약 3만 원의 훈련 수당을 받았다. 한 달 평균 20일 정도 훈련했으니 월급 약 60만 원을 받고 선수로 뛰었던 셈이다.)

인생에서 가장 치열했던 시기가 일본 유학 시절이었 나요?

딱히 그런 것 같지는 않아요. 너무 힘들어서 돌아가고 싶지 않은 시절을 떠올리면 피아노 쳤을 때였어요. 저희 또래들이 다들 중고등학교 시절로 돌아가고 싶다고 입버릇처럼 말하잖아요. 근데 저는 다시 그 시절을 겪고 싶지 않아요.

저는 시간이 멈췄으면 좋겠어요. 아이스하키 선수로 뛰면서 돈을 벌 수 있었던 근 5년이 너무 좋아서요. 멈춰서 한 20년만 더 했으면 좋겠어요. (웃음)

특히 한국에서 아이스하키는 평생 한 번도 해보지 못한 사람이 훨씬 더 많을 텐데, 그런 아이스하키를 어떻게 업으로 만났을까요?

오히려 어렸을 때부터 운동을 작정하고 했으면 이렇게까지는 못 했을 것 같다는 생각도 해요. 뭔가 정말 목이 마를 때 맥주 마시면 시원하고 맛있잖아요. 그런 느낌 아닐까요?

직업으로서의 아이스하키에 필요한 흥미와 재능, 그 둘의 균형은 잘 맞았어요? 대학교 때 시작해서 국가대표 에이스가 됐으면 어느 정도 재능이 있었다는 뜻 아닌가요?

운동신경이 없는 편은 아니었던 것 같아요. 그래도 어려서부터 해온 친구들과는 유연함이나 스킬에서 확실히 차이가 있긴 했어요. 제가 뻣뻣하기도 했고요. 후회스러웠을 때도 있었어요. '좀 더 일찍 시작했으면 더 잘할 수 있었을 텐데' 하는 생각도 해보고. 그런데 뭐 돌이킬 수 없고 돌아갈 수 없으니 그저 운동을 더 한 것 같아요. 안되던 게 연습해서 되면 그렇게 기분이 좋았어요. 보통 이름에 있는 '수'는 '빼어날 수'가 많은데 제 이름에 있는 '수'는 '닦을 수'라고 하더라고요. (웃음) 이름대로 산 것 같아요.

아이스하키를 처음 시작할 때는 없었던 '여자아이스하키 선수'라는 직업이 이제는 생겼어요. 생기게 된 계기도 드라마틱

한수진

했고요. (평창은 세 번째 지원 만에 올림픽 개최지로 선정됐다. 마침 문재인 정권 때 남북 관계가 순풍을 타 단일팀을 추진했다. 이후 단일팀 결성으로 올림픽 출전이 무산된 기존 국내 선수들에 대한 형평성 문제가 제기되자 정부는 여자 아이스하키 실업팀 창단을 약속했다.)

제가 대표팀 처음 들어갔을 때도 대학팀이 생긴다는 얘기가 있었는데 10년이 지나도 안 생겼어요. 단일팀 논란 때 실업팀 만들어주겠다는 말을 들었을 때도 사실 '그러다 말겠지' 하는 생각이 더 컸어요. 그런데 정말 생겨서 깜짝 놀랐어요.

이런 (실업팀 생활) 환경에서 4, 5년 아이스하키를 하다 보니 조금 불안하기도 해요. 정치적인 이유로 생긴 팀이다 보니 반대로 정치적인 일에 휘말려 없어질 수도 있으니까요. 사실 창단 첫 해부터 팀이 없어진다는 말이 있어서 선수들도, 감독님도 계속 살얼음판이었어요. 매년 성과를 못 내면 어떻게 될지 모르는.

그렇게 한 해 한 해 연명하는 느낌이에요. '이런 생활이 지속되겠

287

구나' 하는 편안함은 없긴 해요. 그래도 실업팀 선수로 뛰면서 이전에 느끼지 못했던 행복감이 정말 커요. 그래서 시간이 멈췄으면 좋겠다는 생각을 하게 돼요.

평창 올림픽 남북단일팀 결성은 일부 선수들에게는 평생 꿈꿔온 올림픽 무대를 포기해야 했던 일이었어요. 동시에 그 덕에 선수들이 '직업으로서의 아이스하키 선수'를 얻을 길이 열리기도 했고요. 굉장히 양가적인 감정이 들었을 듯해요.

올림픽 못 뛴 친구들은 정말 억울했을 거예요. 저도 당시에는 말도 안 된다고 생각을 했고. 애초에 북한이 오고 이런 건 상상도 할 수 없는 일이었으니까요. 단일팀부터가 불가능할 거라고 생각했어요. 정치적인 배경은 잘 모르지만 단일팀 합동 훈련 얘기가 나오고 한 3주 있다가 정말 북한 선수들이 내려왔어요.

올림픽 엔트리는 서른두 명이었고. 당시에는 저도 '나부터 살아야 한다'는 생각에 다른 선수들 생각을 못 했지만, 저희는 짧게는 5년, 길게는 10년 이상 같이 고생한 선수들과 올림픽에 나가야 한다고 생각했어요. 그런데 또 북한 선수들의 입장에서 보면, 그 선수들도 오고 싶어서 온 건 아닐 테니까…. 북한 선수들도 총 열두 명이 와서 올림픽에는 다섯 명밖에 못 뛰었어요.

그래도 올림픽에 못 간 선수들도 운동은 같이 했고, 올림픽 때도 관중석에서 함께 경기를 봤어요. 대외적인 이슈와는 별개로 선수들끼리는 굉장히 친하게 지냈어요. 물론 단일팀이 아닌, 함께 오래 준비한 저희 선수들끼리 올림픽에 나갔다면 스코어는 조금 더 잘 나왔을 것 같아요. 단일팀이 함께 훈련한 시간이 너무 짧기

시간이 멈췄으면 좋겠어요.
아이스하키 선수로 뛰면서
돈을 벌 수 있었던 근 5년이 너무 좋아서요.
멈춰서 한 20년만 더 했으면 좋겠어요.

도 했고요. 정말 남북이 하나가 돼서 체계적으로 경기를 치르려면 준비할 시간이 더 필요했던 건 사실이에요. 하지만 끝나고 보니 좋은 경험이었던 것 같아요. 살면서 언제 북한 선수랑 대화를 해보겠어요.

살면서 내가 올림픽에 나갈 수 있으리라는 생각은 했어요?

올림픽 종목에 아이스하키가 있는 줄도 몰랐어요. 원래는 2014년 올림픽 때 평창이 유치 신청했는데 소치가 돼서 아쉬워했던 기억이 있거든요. 근데 지금 돌이켜보면 2014년에 덜컥 평창에서 올림픽을 하게 됐다면 그때는 제가 아이스하키를 본격적으로 한지 얼마 안 됐을 때니까 못 나갔을 수도 있을 것 같아요.

그렇게 생각도 못했던 올림픽 무대에서 골까지 넣었어요. (한수진은 2018년 평창 올림픽 남북단일팀과 스웨덴의 7, 8위 결정전에서 대한민국 여자아이스하키 올림픽 역사상 2호 골을 터뜨렸다.)

저희는 5대 5, 상대랑 똑같은 수적 상황에서는 득점이 어렵다고 봤어요. 그래서 상대 반칙으로 저희가 5대 4로 수적 우위가 있을 상황에 대비한 훈련을 집중적으로 했어요. 그런 세트플레이는 상대가 알게 되면 더 이상은 안 되는 거라 딱 한 번만 할 수 있거든요.

그런데 다행히 모든 게 잘 맞아떨어졌어요. 수적 우위 상황이 나오더라도 제가 포함된 조가 경기하는 상황이 아니면 못 하는 거잖아요. (체력 소모가 극심한 아이스하키에서는 골키퍼인 골리를 제외하고 공격수 세 명과 수비수 두 명으로 이뤄진 한 조를 '라인'이라고 부른다. 보통 한 팀은 4라인으로 구성되는데 한 라인이 빙판 위에서 경기하는 시간은 약 50초다. 한 라인 선수들은 모든 체력을 쏟아내고 교체되면 나머지 2~4라인의 선수가 뛸 동안 체력을 보충하고 다시 빙판에 나선다.)

연습했던 게 실전에서 몇 퍼센트나 구현됐어요?

100퍼센트요. 사실 저뿐 아니라 그 상황에서 저희 동료가 그대로 안 움직여주면, 또 그 선수를 수비하는 상대 선수가 미끼로 나선 우리 선수를 따라붙지 않으면 저한테 기회도 안 생기거든요. 동료 선수가 미끼가 돼서 수비가 쏠려야 저한테 기회가 나는데 그게 100퍼센트 맞아떨어졌어요.

생각한 대로 모든 게 움직여지면 정말 짜릿할 것 같아요.

정말 '아~ 조금 아쉽다' 이런 것도 전혀 없었어요. 완벽했어요.

평창 올림픽 때는 사실 개최국 자격으로 출전권을 얻었잖아요. 다시 올림픽 무대를 꿈꾸나요?

평창 올림픽 전까지도 아이스하키는 개최국 자동 출전권도 없었다고 하더라고요. 평창 때 IIHF에 요청해서 어렵게 따냈다고 알고 있어요.

일본은 2010년 벤쿠버 올림픽 출전권을 중국에 뺏긴 다음 2014년 소치 올림픽 출전권을 자력으로 땄고, 2018년 평창 때 세계 랭킹을 올려서 자동 출전권을 딴 뒤에 계속 자력으로 나가고 있어요. 길게 보면 10년 넘게 걸린 거예요. 배울 건 배워야 한다고 생각해

요. 저희도 올림픽을 자력으로 출전하려면 20년은 필요할 거예요. 앞으로 20년은 나가기 어렵다는 거죠. 게다가 평창 올림픽 이후 아이스하키에 대한 지원이나 환경은 더 후퇴하고 있는 상황이에요. 남자아이스하키팀만 봐도 우수수 없어졌고요.

그래도 한국 여자아이스하키가 밑바닥부터 톱 디비전 바로 밑 리그까지 올라오는 데 결정적인 역할을 했어요.[한국 여자아이스하키 대표팀은 2023년 한국에서 열린 세계선수권 디비전 1그룹 B에서 우승해 디비전 1그룹 A(2부 리그)로 승격했다. 디비전 1그룹 A는 캐나다, 미국 등 세계 톱10 국가들이 있는 톱 디비전(1부) 바로 아래 리그다. 한수진은 디비전 Ⅰ그룹 B 6경기에서 4골 2도움을 기록했다.]
세계선수권, 올림픽 같은 큰 대회가 자국에서 열리면 더 떨리는 건 맞아요. 하지만 저희는 그걸 넘어서 (팀의) 생존의 문제가 달려 있었기 때문에 더 간절했어요. 결국은 증명을 해야 하니까.

한 단계씩 올라설 때마다 그 다음에 대한 욕심이나 간절함도 커질 테지만 더 높은 단계로 갈수록 다음으로 올라가기는 더 어려워지는 게 현실이에요. 보통 이럴 때 슬럼프에 빠진다고 하던데, 어떻게 버티고 또 이겨내요?
예전에 올림픽 끝나고 강연에 간 적이 있는데, 어떤 학생분이 '매너리즘에 빠지면 어떻게 하냐'고 물어보셨어요. 그때 한 대답이 '그런 생각이 들수록 그런 생각, 기분에서 빨리 벗어나려고 운동을 더 했다'였어요.
제가 하키를 좋아하는 이유가 뭔가 짜증이 나거나 우울하거나 기분이 좋지 않을 때 아이스하키를 하면 기분이 다시 좋아지기 때문이에요. 저는 아무 생각 없이 하키만 할 수 있을 때가 가장 좋아요.

아까 지금 이 순간이 멈췄으면 좋겠다고 하셨던 말이 어떤 뜻이었는지 좀 알 것 같네요.

오히려 저는 고민이 없는데 남들이 고민을 해요. '너도 나이가 있으니 미래도 생각하라'고요. 그런 얘기 들으면 고민이 안 되는 건 아니더라고요. 현실적으로 지금도 선수로서 꽤 많은 나이기도 하니까요. 그래서 더욱 이 시간이 멈췄으면 좋겠어요.

아이스하키가 체력 소모가 극심한 운동이라고 들었는데, 해를 거듭할수록 체력이 달리는 건 안 느껴져요?

사실 선수가 여건이 다 되더라도 본인 몸을 다치면 아무것도 못 하잖아요. 관리가 정말 중요하다는 걸 깨달았어요. 예전에는 '선수니까 아파도 억지로 하는 거지' 이런 생각을 했는데 이제는 조금이라도 아프면 신경 써서 늘 최상의 컨디션에서 운동을 하려고 해요. 선수 생활을 하려면 일단 엄청난 관리가 필요하다고 늘 느껴요.

국가대표팀과 수원시청팀에서 모두 주장인데 어떤 '언니'이자 '선배'로 후배들에게 길을 비춰주고 싶나요?

그저 제 할 일 잘하고 팀에 피해 끼치는 행동 안 하는 거죠. 그냥 솔선수범을 하려고 해요. 굳이 말하기보다 그 전에 알아서 행동하는 성격이기도 하고요.

이 시간이 멈추면 좋겠다고 하셨지만, 사실 운동선수라는 업은 다른 업에 비해 뛸 수 있는 '유효기간'이 태생적으로 짧을 수밖에 없잖아요. 늘 '얼마 남지 않았다'는 일종의 위기감이 역설적으로 선수 생활을 더 잘할 수 있게 만들어줄 것 같아요.

현실적으로 얼마 남지 않았다는 걸 아니까 '유종의 미를 거두자'고 생각하면서도 내가 좋아하는 운동을 그만두는 날이 다가온다는 생각에 한없이 우울해지고 걱정될 때도 있어요. 그러다 보면 잡생각도 많아지고 축 처져요.

그럴 때면 그런 기분에서 빨리 벗어나려고 '내일 어떤 운동할까?' 이런 생각을 하면서 몸을 더 움직여요. 그냥 이렇게 하루를 별 탈 없이 운동하는 거 있잖아요. 있는 걸 다 쏟고 샤워하고 쉴 때, 뿌듯함과 뭔지 모를 홀가분함을 느낄 수 있음에 감사하고요. 내일도 부상 없이 운동할 수 있음에 감사하자고 생각하는 편이에요.

보통의 유효기간은 미리 정해져 있지만, 제게 남은 선수의 유효기간은 제가 그만둘 때까지라고 생각해요. 재미있는 날도, 재미없는 날도 있겠죠. 그래도 확실한 건 하루하루 열심히 살 때 행복한 마무리를 할 수 있다는 거 아닐까요?

아
이
스
하
키

선
수

제게 남은 선수의 유효기간은
제가 그만둘 때까지라고 생각해요.

재미있는 날도, 재미없는 날도 있겠죠.
그래도 확실한 건 하루하루 열심히 살 때
가장 행복한 마무리를 할 수 있다는 거 아닐까요?

09

김은별

씨름 선수

늦게
피는 꽃

Profile

매화급(60kg 이하) 씨름 선수. 2017년 한국 최초의 여자씨름 실업팀 콜핑에서 연습생 생활을 시작했다. 2018년에 정식 선수가 됐지만 실업팀 생활에 적응하지 못하고 1년 만에 선수를 그만뒀다. 이후 헬스 트레이너로 일하다 2020년 안산시청 여자씨름단에 입단했다. 씨름을 다시 시작하고도 1년 넘게 한 판도 이기지 못하는 긴 슬럼프를 보내다 2021년 전국시도대항장사씨름대회에서 처음 우승했다. 2023년 천하장사씨름대축제에서는 자신의 체급보다 한 단계 올린 국화급 (70kg 이하)에서 첫 장사 타이틀을 따냈다. 모든 체급의 선수들이 함께 겨루는 천하장사대회에서 매화급 선수로는 최초로 두 차례 4강 무대를 밟았다.

마른 몸과 예쁘장한 얼굴은 보통 여자로 살기에는 괜찮은 조건이었을지 몰라도 '씨름 선수'가 되기에 당당한 조건은 아니었다. '다른 일 찾아보라'는 얘기가 듣기 싫었지만 반박도 못 했다. 정말 씨름을 못했으니까.

김은별에게 모래판은 모래주머니를 차고 걷는 길 같았다. 응원받지 못한 길이었다. 씨름대회라도 나가려면 아빠에게 '엄마에게 잘 말해달라'며 미리 작전을 짜야 했다. 성인이 되고 실업 씨름팀에 입단하고 나서도 마찬가지였다. 응원보다는 만류가 컸다. 결국 첫 실업팀은 1년 만에 도망치듯 나왔다.

두 번째 팀에서 다시 뛸 기회를 얻었을 때, 김은별은 스스로를 벼랑까지 몰아붙였다. 두 번 다시 실패하고 싶지 않았다. 하지만 그 후로도 김은별은 1년 넘게 한 판도 따내지 못하는 긴 슬럼프에 빠졌다. 스스로도 이렇게까지 했는데 안 되면 그만해야겠다는 생각이 들 정도였다. 하지만 희한하게 '이번에도 안 되면 정말 내 길이 아니다'라고 마음을 먹고 대회에 나설 때마다 거짓말처럼 대회에서 입상했다.

이제 김은별은 가장 큰 환호 속 모래판에 나서는 선수다. 보통 사람들은 경기가 열리는 것도 잘 모르는 씨름판에서 팬클럽까지 보유한 선수는 김은별이 처음이다. 팬클럽이 생긴 뒤 김은별은 지난해 씨름 인생 처음 '장사' 타이틀도 땄다. 스스로도 확신이 없었던, 약한 바람에도 형체 없이 무너졌던, 김은별이 쌓아온 모래 위의 성은 이제 웬만한 비바람에도 끄떡하지 않는다.

씨름을 반대했던 엄마는 이제 딸이 팬들에게서 받은 선물을 카카오톡 메신저 프로필 사진으로 쓴다. 전국 팔도에서 열리는 대회마다 산 넘고 물 건너 찾아오는 팬들을 볼 때면 김은별은 "제가 죄인"이라며 난처한 미소를 짓는다.

팬클럽을 보유한 첫 씨름 선수예요. 그런데 처음 운동을 시작했을 땐 엄마의 응원도 받지 못했다고요.

사실 씨름을 시작한 건 엄마 때문이었어요. 제가 중학생 때였는데 엄마가 동네에서 씨름을 배우다 대회에 나가서 우승을 해왔더라고요. "너도 한번 와볼래?" 해서 구경을 갔어요. 씨름이라고하면 체격이 크고 힘이 엄청 세야 할 것 같잖아요. 그런데 막상해보니 생각보다 어렵지 않고 재밌었어요.

근데 고등학교에 가서 본격적으로 전국대회에 나가려고 하니 엄마가 반대했어요. 시·도 대회는 멀지 않은 데서 열리는데 전국대회는 멀리서 열리니 대회에 나가려면 학교를 빠져야 했거든요. 또 그맘때 저처럼 어린 선수가 씨름하다가 쇄골이 부러지는 걸봤대요. 제가 크게 다칠까 걱정이 되셨나 봐요.

아빠도 같은 반응이셨나요?

다행히 아빠는 그때부터 제가 씨름하는 걸 워낙 좋아하셨어요. 엄마가 저한테 뭐라고 할 때면 아빠도 엄마 눈치 보느라 아무 말은 안 하셨지만. (웃음) 그래도 대회가 잡히면 아빠한테 '언제 언제 대회니까 엄마한테 말 좀 잘해달라'고 하고 갔어요. 물론 얼마 못 가 들켰죠. 애가 (대회 나가서) 집에 안 들어오니까.

그래도 엄마가 먼저 씨름을 직접 하셨고 또 권하셨잖아요. 이런 엄마, 흔치는 않은 것 같아요.

엄마가 어렸을 때 공부도 운동도 잘했는데 집에서 안 시켜줘서 못했대요. 공장 다니면서 이모 뒷바라지해야 해서.

엄마가 또 1종 대형 버스 운전면허가 있어요. 처음 면허 딸 때도 "여자는 무조건 1종 보통"이라더니 어느 날 버스 면허까지 따겠다는 거예요. 면허증에 '1종 대형' 뜨는 게 자존심이라나. 엄마가 "여자도 못 할 게 뭐냐"면서 따시더라고요. 저도 자존심이 센 편인데 다 엄마한테서 온 것 같아요.

초등학생 때는 남자는 태권도, 여자는 피아노 다니는게 '국룰'이잖아요.

어렸을 때 부모님이 함께 가게를 하셔서 놀이터에서 해질 때까지 놀다가 집에 가도 아무도 없었어요. 그러다가 저녁에 태권도장 간다는 애들이 너무 부러워서 저도 졸라서 다녔어요. 그 후로는 아예 태권도장에서 살았죠. 도복 입고 등교했고요. 얼마나 멋있어요. (웃음) 대회 나가서 상 타면 전교생 보는 앞에서 시상하잖아요. 도복 입은 남자애들 사이에서 늘 저 혼자 머리 묶은 여자애였어요. 씨름하기 전부터 동네에서 '운동하는 애'였죠.

중고등학교 때면 사춘기도 오고 한창 꾸미는 걸 좋아했을 나이인데, 씨름을 한다고 하면 친구들 반응이 어땠어요?

그때만 해도 씨름이라고 하면 뭔가 웃긴 이미지였거든요. 고등학교 때 엄청 친했던 친구가 "내 친구가 운동선수인 건 정말 멋진데 씨름 선수라고 하면 좀 이상하지 않냐?" 했던 기억이 나요. 저도 동감했었고요. 처음엔 씨름 선수라는 걸 숨기고 싶기도 했어요. 그런데 시간이 지나면서 운동선수가 정말 멋진 직업인데 그중에서도 특히 완전히 생소한 여자씨름이라는 게 멋있게 느껴지더라고요. 그러다 고등학교 체육대회 때 씨름 경기가 생겼는데, 덕분에 학교에서 완전 대스타가 됐어요. 작은 사람이 큰 사람도 막 이기니까요.

특히 씨름의 어떤 점이 가장 멋졌어요?

저도 처음에는 다른 사람들이 흔히 '씨름' 하면 생각하는 편견이 있었어요. 씨름 선수는 '느리고 둔하다', '뚱뚱하다'는 이미지요. 그런데 씨름은 순발력, 민첩성이 필요한 운동이에요. 체급도 경량급부터 중량급까지 다양하게 있고요. 또 체급 상관없이 하는 천하장사전은 정말 작은 사람이 큰 사람도 이기는 경기거든요. 시원시원해서 더 멋있어요.

씨름을 하면서 그런 멋에 가장 도취되는 순간은 언제예요?

제가 큰 선수랑 시합을 한다면 당연히 제가 이길 가능성이 더 적잖아요. 그 희박한 확률을 뚫고 이겼을 때 쾌감이 있죠. 저보다

김은별

체급이 높은 상대랑 시합 치르면 힘이 많이 들고 저도 같이 느려지는데요. 정확한 기술을 써서 그런 상대를 넘길 때 정말 기분 좋아요.

기술을 성공시키고 나서 가장 뿌듯했던 기억이 있다면요?

제가 최근에 구례에서 천하장사전을 치렀거든요. 천하장사전은 모든 체급 선수들이 체급 상관없이 하는 시합이에요.[여자씨름에는 매화급(60kg 이하), 국화급(70kg 이하), 무궁화급(80kg 이하) 총 세 체급이 있다.]

매화급 선수가 천하장사전에서 4강에 오른 게 딱 세 번 있었는데, 그중 최근 두 번을 제가 했어요. 특히 이번 시합은 16강에서 이번 대회 천하장사 후보였던 최중량급 언니를 이겼어요.

체급에 상관없이 하는 경기는 서로 다른 체급의 선수끼리 붙는 묘미가 굉장히 크더라고요.

제가 이긴 그 언니가 구례 지역 선수였거든요. 저희는 지역을 돌아다니면서 시합을 치르는데, 아무래도 안방 선수가 나오면 응원이 쏠려요. 그런데 제가 두 체급 위인 언니를 넘기니까 구례 구민 분들도 오히려 저한테 환호해 주시더라고요.

같은 체급(매화급) 선수끼리 할 때랑 접근법이 달라요?

매화급끼리 붙으면 아무래도 체격이나 힘이 서로 비슷해요. 기술로 승부를 보거나 미세하게나마 힘의 차이로 승부가 갈려요.

김은별

그런데 상대가 나보다 높은 체급 선수라면 제가 힘으로 이기는 건 절대 불가능해요. 다만 체급이 올라갈수록 선수들 움직임이 느리거든요. 그러면 스텝을 활용해서 빠른 움직임으로 상대방 기술을 역이용하는 게 중요해요.

씨름단 1호 연습생 생활을 했다고요.

대학 가고부터는 씨름을 거의 안 했어요. 고등학교 때까지도 가끔 시합만 나가던 정도였지, 전문적으로 한 건 아니었는데 대학도 멀리 가면서 자연스럽게 그렇게 됐어요. 대학 졸업반이 돼서 취업할 곳을 알아보던 중에 예전에 같이 씨름을 했던 언니한테 연락이 왔어요. 콜핑이라는 실업팀에서 9~12월 운동해 보고 성적이 잘 나오면 (정식) 계약을 해주겠다는 거예요.

처음부터 씨름 선수를 직업으로 삼을 생각을 하진 않았나 봐요.

그전까지 씨름은 동호회에서 한 수준이었어요. 팀에서 정식으로 운동할 기회는 처음이었거든요. 저는 제가 제대로 운동을 하면 엄청 잘할 줄 알았어요. 그런데 첫 두 대회에서 연속으로 예선에서 탈락했어요. 그것도 한참 예전에 이겼던 어린애들한테요. (분해서) 미치겠는 거예요. 그래서 머리도 짧게 자르고 '이번에도 지면 팀 나가겠다'고 했어요. 그다음 대회는 연속 1등 하고 바로 계약했어요.

불타는 마음으로 제대로 운동을 해보려고 했어요. 그런데 막상 팀에 들어가니 생각했던 거랑 너무 달랐어요. 어렸을 땐 씨름이 생각보다 쉽고 재밌었는데 정작 실업팀에 와서는 마음처럼 안됐어요. 합숙 생활도 적응을 못했고요. 제가 막내였는데 빠릿빠릿하지 못하다고 많이 혼나기도 했어요.

주변에서도 늘 "넌 씨름하지 마" 그랬어요. 씨름 선수들 기준에는 마르고 예쁘게 생겼는데 씨름을 특출나게 잘하지도 못하니까 다른 일 하라는 거였죠. 그런 말을 듣는 게 정말 싫었는데 할 말이 없었어요. 진짜 씨름을 못했으니까.

계약하고 나서는 계속 부진했어요?

그때 코치님도 개인적으로 정말 좋아하는 분이긴 했지만 다들 워낙 씨름을 잘했던 분들이셨어요. 너무 쉽게 "땡겨! 이게 안 돼?" 하면서 답답해하셨어요. 그리고 매일 아침 일찍부터 밤 늦게까지 하는 운동은 너무 지겹게 느껴지고…. 그 전만큼 운동이 눈에 들어오지 않았던 것 같아요.

씨름단은 그해 12월 31일자로 그만뒀어요. 엄마도 제가 워낙 힘들어하니까 "그냥 집에 와서 먹고 놀고 쉬어. 돈은 엄마가 벌어오면 되는데 뭐 하러 그런 고민 하냐"고 되게 멋있게 말하더라고요. 얼마 안 있다가 "일 안 구해?" 하시긴 했지만. (웃음) 다행히 집 앞에 헬스장이 있었는데 체인이 여러 개 생기면서 바로 트레이너로 취업이 됐어요.

그러다 어떻게 다시 씨름을 하게 됐나요?

그해 10월쯤 안산시청 코치님한테 전화가 왔어요. 저희 집 근처로 선수들이랑 훈련하러 왔다고 밥 먹자고요. 사실 제가 콜핑팀을 나올 때도 안산시청에서 '한 번만 더 해 보자'고 연락이 왔었거든요. 근데 제가 운동에 질려버려서 안 한다고 했죠. 다시 전화가 왔을 때도 하기 싫었고요.

그런데 매일같이 부르셔서 "씨름하는 거 봐라, 하고 싶지 않냐?" 하시는데 정말로 몇 판 해보니 재밌는 거예요. 운동하는 분위기가 완전히 달랐어요.

안 하겠다던 확고한 마음이 어떻게 변했어요? 어려서 뭣 모르고 했을 때와 두 번째 도전은 달랐을 텐데.

제가 팔에 'Never give up just keep going(포기 말고 그냥 계속해)'라는 타투가 있거든요. 트레이너로 일할 때 누가 무슨 뜻이냐고, 언제 했냐고 물어본 적이 있어요. 씨름할 때 한 타투라고 하니까 "어, 근데 결국 포기했네?" 그러시더라고요.

순간 머리가 띵했어요. 콜핑 때 나름대로 열심히 한다고는 했는데 돌이켜보면 열심히 한 것도 아니더라고요. 그때는 뭐든 쉽게 만족했어요. 계속 저도 '언니들이 잘하니까', '나는 어리니까 다시 할 수 있어' 이런 마음이었어요.

새 팀(안산시청)에 오면서는 '물러설 곳은 없다'는 마음이었어요. 또 실패하고 싶지 않았어요. 이번엔 정말 보여주고 싶었어요. 나를 다시 불러준 사람들의 믿음에 보답하고 싶은 마음도 컸고요.

사실 최근까지도 콜핑 시절을 인생에서 지워버리고 싶은 과거, 흑역사라고만 생각했거든요. 그런데 요새는 그 시절이 있어서 내가 지금 이렇게까지 열심히 할 수 있지 않나 생각해요.

평생 남는 문신을 새길 때 다들 나름 많은 의미를 담잖아요. 그때 그 문구를 새겼던 이유가 뭐였을까요?

운동이 너무 힘들고 매일 도망가고 싶었을 때거든요. '그냥 계속해' 이 말이 운동할 때 항상 핑계 대고 변명했던 나에게 해주고 싶은 말이었던 것 같아요.

그렇게 벼랑 끝에 선 마음으로 다시 시작했는데도 만족스러운 결과가 나오지 않았어요.

팀에 선수가 처음 오면 코치, 감독님이 보통 '무슨 시합 때 장사하겠다' 이렇게 말씀하시는데 저한테는 "네가 가장 빠를 거다. 6개월도 안 걸릴 거야" 하셨어요. 그렇게 믿어주시니까 저도 불타올랐죠. 휴가도 반납하고 운동만 했어요.

그런데 첫 설날 경기에서 시작하자마자 무너져버렸어요. 몸에 힘이 너무 들어가서 넘어져 버린 거예요. 스스로도 기대했고 주변에서 기대도 많이 받았는데 아무것도 못 해보고 졌어요.

그 뒤로 단오 대회까지 (운동을) 더 미친 듯이 했는데 그 대회에서 3등을 했어요. 그때부터 '쉬면 안 되겠구나' 하는 강박이 생기기 시작했어요. 그 후로도 씨름장에서 힘을 빼는 데 정말 오래 걸렸어요. 긴장이 너무 돼서.

죽을 만큼 해도 결과로 이어지지 않는 노력이라면 더 이상 하소연할 곳도 없잖아요.

저는 죽어라 연습만 했는데 슬럼프가 1년을 넘어가니까 자신감이 너무 떨어졌어요. 코치님께 "내년에도 안 되면 그만두는 게 맞

김은별

는 것 같아요. 저랑 인연이 안 맞나봐요. 더 이상 용기가 없어요”
이렇게 말씀드렸어요.

다시 자신감을 찾은 계기는 역시 1등인가요?

네. 이전과는 비교가 안 될 정도로 열심히 하고 나간 시합에서 그렇게 한 발자국도 못 움직이고 졌잖아요. 제가 이적하고 단체전 말고는 개인전 우승이 하나도 없었어요. 그러다 2021년 돼서 뜨문뜨문 성적이 났어요. 만족할 만한 경기 내용은 아니고 제가 보기엔 운이 좋아서, 약간 어부지리로 한 우승이라고 생각했었거든요.
그런데 아무리 운이라고 해도 1등을 하려면 상대보다 계속 더 많은 판을 이겼다는 뜻이잖아요. 그렇게 생각하면서 점차 자신감을 찾았어요.

계속 노력한 건 똑같은데 안정적인 결과가 나오는 궤도에 오르는 시점은 언제인 것 같아요?

웬만해서는 그만두고 싶다는 말을 못 꺼내는데도 계속 결과가 나오지 않았을 때는 ‘아, 나는 정말 안 되는구나’, ‘이렇게까지 하고도 안 되면 그만둬야지’ 이런 생각이 들 때가 있어요. 그런데 꼭 그럴 때 성적이 나더라고요. 마음을 비우고 나갔을 때 성적이 좋은 걸 보면 심리적인 부분이 정말 중요한 것 같아요.

반대로 정말 의욕적으로 하면서도 결과가 잘 나온 건 언제부터였어요?

또 실패하고 싶지 않았어요.
이번엔 정말 보여주고 싶었어요.

나를 다시 불러준 사람들의 믿음에
보답하고 싶은 마음도 컸고요.

2023년부터요. 2022년 마지막 대회를 3등으로 마쳤어요. 그리고 바로 동계 훈련에 갔거든요. 마지막 시합에서 입상하고 나서 동계 훈련에 가니 더 자신감이 생기더라고요. '내년에는 나 반드시 장사 한다' 하면서요. 2023년부터 계속 성적이 잘 나왔어요. 두 개 대회 빼고는 다 입상했고요.

훈련은 어떤 식으로 해요? 씨름이 결국 상대와 겨뤄 이겨야 하는 스포츠잖아요. 혼자 체력, 기술 훈련을 해도 상대에 맞춰 이를 적용하는 건 또 별개의 일일 것 같아요. 격투 종목은 보통 파트너 선수랑 훈련하는 개념이 있더라고요.

씨름 훈련을 시작할 땐 '익히기'라고, 씨름을 하면서 서로 몸 풀어주고 기술 동작을 연습하는 시간이 있어요. 그걸 같이 하는 파트너는 팀 내에서 짝처럼 정해져 있고요. 익히기를 1시간 정도 한 뒤에 연습 시합을 1시간 정도 해요. 연습 시합은 남자 학생 선수들이랑 많이 해요. 저희 팀 (훈련장) 근처에 중학생 선수들이 모인 씨름팀이 있어요.

상대와 겨루는 종목은 훈련 때 다양한 파트너를 만나는 게 중요하다고 들었는데, 계속 같은 학생들과 하면 익숙해지진 않아요?

애들이라 그런지 성장 속도가 엄청나요. 1월이랑 6월, 10월에 잡는 느낌이 완전 달라요. 그럴 때 조금 열받아요. (웃음) 나는 정말 죽어라, 이 친구들보다 운동을 훨씬 많이 하는데 애네는 잠만 자도 힘 세지고 키 커지고 그래서.

씨름선수

특히 여자씨름이 선수층이 두터운 종목은 아니잖아요. 그래서 데뷔하고 장사까지 금방 하는 경우도 있다고 들었어요. 내가 정말 열심히 했는데 갑자기 나온 선수가 장사 타이틀을 땄을 때 허탈감도 컸을 것 같아요.

제가 장사를 몇 명이나 만들어줬는지 몰라요. 연습 시합 하면 제가 열 판 중 한 판도 안 질 정도로 자신이 있는 선수한테도 시합장만 가면 지니까 허탈하더라고요. 저는 운동량이 많아서 주변에서도 알아주는 편인데 운동 열심히 안 한다고 소문난 선수들한테 지면 더 그렇고요.

그런데 사실 '열심히'의 기준은 사람마다 다르잖아요. 그래서 제 기준으로 열심히 하는 데 집중하려고 해요.

내 노력과 결과가 너무 비례하지 않으면 내 능력에 대해 의심할 수도 있잖아요.

가끔 혼자 너무 심각해진다 싶으면 코치님에게 면담 요청을 했어요. 자신감이 떨어지고 마음이 약해져서 힘들다고 말씀드리면 코치님은 그때마다 "너만큼 운동 열심히 하고, 많이 하는 사람 없다"고 자신감을 채워주셨어요.

또 제가 결과적으로는 시합에서 잘 안됐어도 내용적으로 발전된 모습들을 말해주셨고요. 씨름 1, 2년 하다 그만두지 않을 거 아니냐고, "포기하지 않아야 승자"라는 말을 해주셨어요. 늦게 필수록 오래 한다는 말도 많이 들었고요.

그렇게 '안 되면 그만두겠다'고 배수의 진을 치고 시작한 시즌이었던 지난해 팬클럽이 생겼고 처음 장사(국화장사)가 됐어요. 선수들은 응원을 받을 때 '기'가 전달된다는 말을 자주 하던데. 장사 경기 때 팬들의 기운을 느꼈나요?

슬럼프가 꽤 길었는데 한 번 우승을 하고 꾸준히 입상하면서 자신감이 생기기 시작했어요. 그리고 팬들이 생기면서 시너지 효과가 난 것 같아요. 꽉 막혔던 속이 한 번에 뻥 뚫린 것처럼요. 처음에는 '진짜 웃긴다. 나 관종인가?' 이런 생각도 했어요. (웃음) 장사가 누구보다 간절했는데 팬이 생기니까 더 간절해졌어요. 팬들까지 욕보일 수는 없으니까. 신기하게 정말 포기하려고 했을 때, 못 견뎌서 도망가려고 했을 때 팬들이 생겼고 우승도 했어요. 이제는 도망가지도 못해요, 운명이 참.

말은 그렇게 해도 결국 씨름을 포기하지 않은 건 본인의 의지잖아요.

그만하고 싶다는 마음이 생겨도 '이번 대회까지만' 또 '다음 대회까지만' 했던 것 같아요. '더 하면 되겠지' 싶다가도 '그런데 왜 안되지?' 하면서요. 심각하게 고민에 빠졌다가도, 그래도 해야 한다고, 더 하면 될 거라고 계속 물고 늘어졌어요.

어느 순간부터는 새로운 루틴을 하나씩 추가해 나갔어요. 30분 일찍 나가보고, 1시간 일찍 나가보고, 30분 더 늦게 들어왔다가, 1시간 늦게 들어왔다가, 매일 스스로 노력할 만한 거리를 추가했어요. 그동안 주말에 쉬었으면 토요일은 운동을 한다든가, 일요일까지 해본다던가. '이게 부족한 건 아니었을까' 하면서요.

씨름장에서 처음 응원받았던 날, 기억나요?

원래 씨름장에 젊은 분들이 없었거든요. 그런데 어느 날 유독 어떤 여성분들이 정말 설레는 표정으로 저를 보는 거예요. 어디서 "김은별" 하는 소리도 들리는 것 같고. '에이, 설마' 했어요. 뭔가 반짝거려서 보는데 스케치북에 '김은별 파이팅' 이렇게 써 있었어요. 정말 빵 터졌어요. 그날 몇 분이 오셨는지도 다 기억해요.

이전까지 씨름대회는 누가 보는 무대였나요?

거의 할아버님들이 많았죠. 주변 어르신 중에도 씨름 싫어하시는 분들 못 봤거든요. 동네에 씨름대회가 있다고 하면 보러들 오신 것 같아요.

처음 만난 사람들이 은별 선수 직업을 맞춘 적이 있나요?

절대 없어요. 보통 평범한 옷 입고 있으면 '태권도 하냐'고 물어보세요. 예전에 안산시청 태권도팀 감독님도 저 보고 "쟤는 딱 태권도 할 몸"이라고 하셨대요.

어렸을 때 태권도한 게 묻어나나 봐요.

뒷모습만 봐도 티가 난다고 하는 분들도 있더라고요. 또 저희가 운동할 때 타이즈를 신으니까 사이클 타냐고 많이 물어보시더라고요. 맞춰보라고 힌트를 주면 유도까지는 나오는데 씨름은 안 나오더라고요.

그게 여러 의미를 갖는 것 같아요. 그만큼 '여자씨름 선수'가 흔치 않은 직업이고, 일반적인 사람들의 눈에 드러나지 않는다는 의미이기도 하니까요. 남들이 '신기하게' 바라보는 것에 대해선 어때요?

아직도 여자씨름 선수가 있다는 걸 아는 사람이 드물긴 해요. 요즘 TV에 나오면서 조금 달라지긴 했지만. 그래서 운동하냐고 묻는 분들한테 제가 무슨 운동할 것 같냐고 역으로 많이 물어봐요. 씨름한다고 하면 하나같이 반응이 다 똑같아요. "에?" 하면서 놀라시거나 "이런 몸으로 어떻게 해요?" 하세요.

옛날에는 그런 반응이 싫을 때도 있었거든요? 그런데 요새는 '내가 이런 작은 몸으로도 격한 운동을 해낸다'는 자부심이 있어요. 또 우리나라 고유의 민족 스포츠를 이어간다는 자긍심도 생기고요.

씨름을 즐기는 분들 사이에서는 여자씨름 인기가 남자씨름에 뒤지지 않는다고 들었어요. 그런데 인기가 늘어난 것에 비해 실업팀 수나 선수 수, 연봉이나 저변만 보면 큰 변화가 없잖아요. 선수들은 어떻게 생각하는지 궁금해요.

남자 선수들은 기본적으로 유소년부터 엘리트 체육 코스를 밟아요. 그래서 상대적으로 선수층도 두텁고 학교 팀이나 실업팀도 갖춰졌고요. 여자 선수들은 아무래도 어렸을 땐 학교 팀이 없으니 빨라야 고등학교, 대부분은 성인이 된 후에 씨름을 제대로 배우거든요. 또 정식으로 씨름 훈련을 하는 건 실업팀부터고요. 그러니 남자씨름에 비해 환경이나 처우가 부족한 건 어쩌면 당연

김은별

하다고 생각해요. 다만 앞으로 여자 지도자부터 학교 팀까지 여자씨름도 좀 더 체계적으로 갖춰지다 보면 남자씨름 수준과 비슷해지지 않을까 해요.

일반 팬들이 좀 늘어나면서 여자씨름이 하나의 스포츠로 자리 잡아간다는 느낌이 좀 들어요?

그렇죠. 예전에는 관중석에 빈자리가 워낙 많았고 다들 씨름을 보러 왔다기보단 그냥 나온 김에 보는 느낌이었어요. 그래도 요새는 관중분들이 많이 늘어나서 '스포츠'라는 느낌이 좀 들어요. 팬분들이 더 많이 생겼으면 좋겠다는 생각은 있지만 일단 '나부터 잘하자'는 마음이에요.

아무리 '내 팬'이지만 처음 보는 사람들이잖아요. 익명의 대중이랑은 다른 뭔가가 느껴지나요?

네, 확실히요. 스치는 호기심으로 바라보는 게 아닌, 날 응원하는 진심이 담긴 눈빛이 있어요. 무슨 대화를 나누지 않아도 그 눈빛으로 '넌 할 수 있어, 반드시 잘할 거야'라는 믿음을 줄 때도 있고, 제가 시합을 잘 풀어가지 못했을 땐 '괜찮아, 최선을 다했으니까 충분해'라며 위로해 주는 걸 느낄 때도 있고요.

다른 대회에서는 우승도 꽤 했는데 유독 장사가 걸린 대회는 결승에 다섯 번 올라 다섯 번 다 졌어요. 사실 타이틀만 달린 거지 출전 선수도, 대회 수준도 거의 같잖아요.

타이틀이라는 게 결국 '인정'이잖아요. 처음 장사 결승 갔을 때는

'꼭 이겨야 돼, 나한테 온 기회야' 했는데 졌어요. 그다음에는 아득바득 이기려 했는데 졌고요. '질 수도 있지만 지면 안 돼' 마음 먹기도 했고 그래도 안 되니 '하던 대로 하자'고 했는데도 졌어요. 그렇게 되니까 멘털이 나가더라고요. 누구보다 열심히 했다고 자부했던 저 스스로도 부족하다는 걸 느껴버려서요. 그런 경험을 하고 나니까 어떤 마음과 어떤 생각을 가져야 하는지가 조금씩 보였어요.

시행착오를 겪으면서 가장 크게 깨달은 게 뭔가요?

우선 승부에 집착해 조급하게 이기려고만 했어요. 그런 마음가짐에 약간의 변화가 생겼어요. 물론 운동선수라면 승부욕을 가지고 승리를 위해 달려야 하죠. 그런데 저 같은 경우엔 그 승리에 너무 과도하게 집착하다 보니 집중해야 될 것을 놓치는 경우가 있더라고요. 또 '열심히' 한다고 무식하게 몰아붙이기만 할 게 아니라 좀 영리하고 차분하게 해야겠더라고요. 그래야 운동을 즐길 수 있고 즐기다 보면 승리도 자연스럽게 가져오게 되는 거고요.

결국 첫 장사는 주력 체급(매화급)이 아닌 처음 도전한 체급(국화급)에서 땄어요.

국화장사를 딴 대회가 지난 시즌 마지막 대회였어요. 시즌 내내 체급 때문에 살을 빼다가 처음으로 저에게 자유를 줬어요. 이번 엔 살 안 빼고 그냥 나가보기로요. 평소 몸무게가 61, 62킬로그램 인데 대회 전에 조절하니 70킬로그램이 되더라고요. 그래서 정말 마음 편하게 할 수 있지 않았나 싶어요.

김은별

사실 원래 제 체급이 아니니까 눈치 보이는 게 좀 있었어요. 더욱이 준결승, 결승을 다 저희 팀(안산시청) 선수들이랑 했거든요. 평소 연습도 많이 해본 선수들인데 엄청 긴장한 게 느껴지더라고요. 저도 그 간절함을 아니까, 괜히 내가 다른 선수들 밥그릇을 뺏는 것 같아서 멘털이 약간 흔들렸는데 코치님이 정신 차리라고 하셨어요. 원래 같은 팀 선수끼리 붙으면 코치님이 특정 선수한테 그런 말씀 안 하는 게 매너인데 코치님도 제가 그동안 열심히 했다는 걸 아셔서 말씀해 주신 것 같아요.

드디어 장사가 된 기분은 어땠어요?

사실 장사를 하면 너무 기쁘고 좋을 줄 알았는데 그때 경기 영상을 보면 "와" 하고 그냥 넘겨요. 오히려 국화장사 하고 되게 힘들었어요. 기쁘지가 않은 거예요. '그렇게 매화장사를 원했는데 원할 땐 안 되고, 왜 다 포기하고 나온 국화급에서 장사를 했을까?' 이런 생각이 들더라고요. 그때 감기 몸살도 너무 심해서 기권하려고까지 했거든요. 아침에 링거도 맞아서 (경기장) 올라갔다가 내려오기만 하자, 했는데 장사가 된 거였어요.

스스로도 '내가 될 만했다'고 자신 있게 말할 수 있는 장사가 아니었다는 걸까요?

열과 성을 다했을 때는 안 되고 이런 상황에서 되니까 혼란이 오더라고요. 그때 장사 한 게 우연이 아니라는 걸 증명하고 싶어요. 매화에서 장사를 하면 그땐 정말 기뻐서 뛰어다닐 수 있을 것 같아요.

**2021년도부터 단체전도 뛰기 시작했는데 '단체전 요
정'이라고 불릴 만큼 단체전에서는 활약했다고요.**

제가 단체전은 무패였어요. 정말 다 이겨요. 근데 개인전만 하면
지니까 이게 부담감의 차이도 있었던 것 같고요. 항상 개인전을
하고 나서 단체전을 하니까 단체전마저 질 순 없다는 투지가 더
생긴 것 같아요.

코치님이 "네 가장 큰 적은 너"라면서 "너만 뛰어넘으면 돼" 이 말
을 정말 많이 하셨어요. 그렇게 긴장하는 건 조금씩 줄이려고 노
력했어요. (관련된) 책도 정말 많이 읽어봤고요.

**장사 타이틀이 걸린 대회에서 긴장 푸는 법, 이제는 어
느 정도 익힌 것 같나요?**

아직도 해결되지 않은 숙제예요. 몸에 힘이 들어간다는 건 스스
로를 묶는 것과 같거든요. '이긴다'는 자신감, '이기고 싶다'는 불
안감 사이에서 한끗 차이로 몸이 자연스럽게 움직이기도 하고
반대로 몸이 굳기도 해요. 아직도 한 시합, 또 그 안에서도 한 판
한 판마다 몸이 제멋대로 달라져요.

**운동선수라는 직업이 다른 직업에 비해 수명이 짧잖아
요. 남들보다 이르게 '끝'을 인식하고 살 수밖에 없을 것 같아요.**

그래도 여자씨름이 다른 종목에 비해 선수층이 굉장히 다양해
요. 전설로 통하는 임수정 언니가 1985년생이라 저랑 열 살 차이
가 나는데 언니도 아직 은퇴 안 했어요. 다만 나이 들어 그만두는
게 아니라 '어디가 다쳐서 못 할 수도 있겠구나' 하는 생각은 들더

라고요. 당장 내일 못 뛸 수도 있으니까 오늘 뛰어야 한다는 생각도 들어요. (운동을 못 하게 되는) 그때가 오기 전까지 할 수 있는 최선을 다하려고요.

요즘 내가 가장 '씨름'하고 있는 게 있다면.

다이어트요. 예전에는 살 찌우는 걸 힘들어했는데 이젠 모든 음식의 맛을 알아버렸어요. (국화급 준비하면서) 증량할 때는 밥 두 그릇 먹었나 검사받고, 반대편에서 안 보이는 밥 공기 사각지대에 밥을 막 밀어 넣었거든요. 이제는 제가 막 밥 먹고 있으면 옆에서 정신 차리라고 해요. 특히 요즘에는 계체 측정도 굉장히 엄격해서 대회 앞두고는 밥을 주먹보다 작게 먹어요. 집에 체중계만 세 대예요. 시합 앞두고 코치님이 매일 몸무게를 체크하시거든요. 그런데 제가 거짓말을 잘 못해서 조금 찐 것 같다 싶을 때는 아예 안 재기도 해요. (웃음)

그래서 전 일반인들이 다이어트하시는 거 정말 대단하다고 생각해요. 저희는 살을 못 빼면 끝장이니까 빼는데 그분들은 그런 건 아니잖아요.

씨름대회 일정을 보다가 궁금했던 게 직장인들에게는 설, 추석 같은 큰 명절이 가장 기다려지는 연휴인데 씨름 선수에게는 가장 일이 힘든 때잖아요. '명절 스트레스'가 장난 아닐 것 같아요.

명절 때 가족들 못 보는 것보다 슬픈 게 명절 음식 못 먹는 거예요. 명절 음식은 딱 그때 먹어야 제맛인데 저희는 명절이 다 대회잖아요. 지난해 추석에 한이 맺혀서 송편을 새해가 될 때까지 먹

김은별

었어요. 한 팩에 3,000원인데 제가 하도 많이 가니까 2,500원에 주시더라고요. (웃음)

씨름 선수가 맛있는 걸 마음껏 못 먹는다고 하면 남들 이 놀랄 것 같아요. '계체'가 있는 종목인데 사실 많은 사람은 그 고 충을 모르지 않나요?

저도 씨름을 처음 접했을 때 계체가 있는 줄 몰랐어요. 식당에 가면 간혹 '씨름 선수냐'면서 많이 주시는 사장님들이 계셨는데 정말 감사하고 좋았지만 체급에 맞춰 살을 빼야 하다 보니 마음껏 먹지 못할 때가 많아요. '내가 이걸 다 못 먹어서 남기는 게 아닌데' 죄송하고, 또 '씨름 선수'라는 뭔가 씩씩한 모습을 못 보여드리는 것 같아 죄송스러운 마음이 들 때가 종종 있었어요. (웃음)

씨름하길 정말 잘했다고 느꼈을 때는 언제였나요?

저를 보며 기뻐하고 행복해하는 사람들을 볼 때요. 제가 잘해도 못해도 묵묵히 절 믿어주고 기다려주고 응원을 해주는 사람들이 있기에 '아, 더 이상 못 하겠다' 포기하고 싶다가도 무너지지 않고 해낼 수 있어요. 제가 얼마나 애썼는지, 진심을 다했는지 말하지 않아도 알아주거든요. 기쁜 일이 있으면 정말 아낌없이 축하해 주고 또 슬픈 일이 있으면 저보다 더 마음 써서 같이 슬퍼해 주고요.

당장 내일 못 뛸 수도 있으니까
오늘 뛰어야 한다는 생각도 들어요.

그때가 오기 전까지
할 수 있는 최선을 다하려고요.

10

김자인

스포츠클라이밍 선수

좋은 엄마,
유능한 선수 〰〰〰〰〰

Profile

국제스포츠클라이밍연맹(IFSC) 월드컵 리드 종목에서만 서른 번을 우승한 여자 리드 월드컵 최다 금메달리스트. 2004년 국제 무대에 데뷔해 20년간 클라이밍 선수로 뛰고 있다. 2021년 3월, 출산 후 1년 7개월 만인 2022년 10월 월드컵 무대에 복귀했다. 2023 IFSC 9차 월드컵 여자부 리드 금메달로 통산 서른 번째 금메달을 목에 걸었다. 클라이밍은 2021년 도쿄 올림픽부터 올림픽 정식 종목으로 채택됐는데 김자인은 아직 올림픽 무대와는 연이 닿지 않았다.

"죄송해요. 제가 지금 딸을 재우고 있어서요. 조금만 있다가 전화 드려도 될까요?"

인터뷰를 하기로 한 시간에 전화를 받지 못한 김자인은 이렇게 문자를 보냈다. 친구, 선후배 엄마들을 보며 익히 알고 있었다. 어린아이가 제시간에 낮잠을 못 자면 어떤 지옥이 펼쳐지는지.

김자인이 말끝마다 붙인 눈물 흘리는 이모티콘을 보며 부디 이런 일로 미안해하지 않았으면 하는 마음이 들었다. 근무 중 어린이집, 유치원에서 오는 전화를 난처한 표정으로 받던 선배들 얼굴이 스쳤다. '저건 미안한 일이 아닌데'라는 생각을 미혼인, 자녀가 없는 나는 쉽게 하곤 했다.

하지만 당사자가 되면 다르다. 나부터도 근무에 집중하기 어려운 집안 사정이 생겼을 때, '이런 일로 양해를 구해도 되나', '민폐 되는 건 아닌가' 하며 자기검열을 하고, 대체로 입을 닫는 쪽을 택하는데 '애 때문에…'라며 입을 떼야 하는 엄마들이 과연 당당할 수 있을까.

출산 후 선수로 복귀한 김자인의 삶은 우리 주변 '워킹맘'의 삶과 다르지 않았다. 좋은 엄마와 유능한 직업인, 그 사이를 위태

롭게 걷는 엄마들은 어느 하나도 제대로 해내지 못하는 자신을 자책하곤 한다. 김자인도 그랬다. '좋은 선수도, 좋은 엄마도 아닌 것 같은데 결국 내 욕심인가' 싶을 때가 있다고.

김자인은 스포츠클라이밍이 처음 올림픽 정식 종목으로 채택된 2021년 도쿄 올림픽 출전권을 따지 못했다. 부상으로 훈련을 쉬던 사이 딸 규아가 태어났다. 전성기가 지난 나이, 올림픽 탈락, 어린 딸. 모든 상황은 '선수를 그만하는 게 맞지 않나' 의심하게 했다. 하지만 동시에 딸은 도전을 이어갈 수 있는 가장 큰 힘이기도 했다.

"엄마는 왜 은퇴했어?"

나중에 딸이 물었을 때 그 답이 '너 때문에'가 되도록 둘 수는 없었다. 다시 도전장을 냈다. 열두 명을 뽑는 2024년 파리 올림픽 자격 예선을 김자인은 13위로 마쳤다. 다음 올림픽은 4년 뒤. 하지만 김자인은 쉽게 은퇴라는 말을 입에 올리지 않기로 했다. 두 번이나 거절당한 무대지만 여전히 쿨해지지가 않는다. 김자인은 여전히 질척이고 있다. 그 마음을 가장 잘 아는 건 '딸 김자인'을 둔 그의 엄마다. 파리 출전권을 놓치고 돌아온 딸에게 엄마는 이렇게 말했다.

"만약에, 나중에 또 하고 싶으면 해."

귀국을 지난달 25일(인터뷰 날짜는 8월 17일이었다)**에 했 는데 싱가포르 출국이 20일이라고요. 그래도 근래 들어 한국에 가 장 오래 있었던 거죠?**(김자인은 파리 올림픽 출전권 획득을 위해 월드컵, 파 리 올림픽 자격 예선 대회를 모두 뛰며 한 달에 2~3주 가량 외국에 머무는 일정 을 소화했다.)

파리 올림픽 준비 때문에 (주 종목인) 리드만 한 게 아니라 볼더링 대회까지 다 나갔어야 해서 외국에 있던 시간이 평소보다 더 많 았던 것 같아요. (스포츠 클라이밍에는 △리드 △볼더링 △스피드 세 가 지 종목이 있는데, 올림픽에서는 스피드를 별개의 종목으로 분류하고 리드- 볼더링은 한 종목으로 합쳐 치른다.)

올림픽 자격 예선 시리즈 1, 2차 대회를 합계 13위로 마치면서 12위까지 주어지는 파리 티켓을 놓쳤어요. 출산 후 올림 픽에 도전한 만큼 의지가 남달랐을 텐데요. 모든 걸 쏟았는데도 결 과가 내 마음대로 안 됐을 때, 더 이상 할 수 있는 게 없다는 걸 알아 도 사람인지라 아쉬운 마음을 털어내기가 쉽지 않잖아요.

1차 대회는 안정적으로 마쳤고, 2차 대회에서는 극적으로 준결선에 진출했어요. 그래서 진짜 티켓을 딸 수 있을 거라는 확신이 있었거든요. 티켓을 못 땄다는 사실을 안 직후에는 속상함보다는 당혹스러움이 더 컸어요.

그런데 신기한 게 눈물이 안 나더라고요. 울고 싶지 않았어요. 이걸 위해 얼마나 간절하게 노력했는지를 제가 알잖아요. 울면서 슬퍼하기에는 지난 시간 노력했던 저 자신에게 미안할 것 같더라고요. 그래서 슬퍼하지 않으려 했어요. 물론 한국에 와서도 이따금 속상하긴 했지만 (딸) 규아랑 있다 보면 그런 생각할 겨를이 없기도 해요.

규아는 엄마가 선수라는 거 이제 좀 아나요?

작년까지는 잘 모르는 것 같았는데 지금은 확실히 알아요. 규아가 이번에 처음으로 아빠랑 (프랑스) 샤모니 월드컵 때 구경하러 왔거든요. 이번에 제가 만약 파리 올림픽에 출전하면 가족들이랑 같이 가고 싶었어요. 그런데 파리에 못 가게 되면서 대신 프랑스 샤모니 월드컵에 와달라고 남편에게 부탁했어요. 저한테는 샤모니도 의미가 있는 곳이니 와줬으면 좋겠다고요.

규아가 벌써 말도 잘해서 응원도 하고요. (웃음) 샤모니 대회 때 제가 예선에서 두 번 다 완등을 했는데 사람들이 환호하니까 자기도 그걸 느꼈는지 굉장히 좋아하더라고요.

파리 올림픽 출전이 좌절된 뒤에도 바로 귀국하지 않고 다른 월드컵을 계속 뛴다고 해서 놀랐는데, 그 대회가 샤모니라는 걸 들으니 이해가 되더라고요. 2004년 스포츠클라이밍월드컵(리

드) 데뷔전을 치른 곳이잖아요. 또 지난해 대회 때는 출산 후에 통산 서른 번째 월드컵 우승을 했던 곳이기도 하고요. 그런 곳에서, 또 가족이 보는 앞에서 대회를 마쳤으니 지난 세월이 주마등처럼 스쳤을 것 같아요.

대회 결과만 보면 아쉽긴 했지만, 그 공간에 제가 가장 사랑하는 두 사람이랑 같이 있다는 게 비현실적으로 좋았어요.

조금 욕심이 있다면 결선까지 가서 규아한테 멋있게 등반하는 모습을 보여주고 싶었는데. (결선에 못 가서) 그게 유일하게 아쉬웠어요.

김
자
인 스포츠클라이밍이 대중에게 익숙하지 않았던 시절부터 한국에 클라이밍을 알린 독보적인 선수였어요. 다만 그때는 올림픽 종목이 아니었잖아요. 대부분 선수가 올림픽, 아니면 앞서 성공한 누군가를 보고 꿈을 좇는 경우가 많은데요. 자인 선수의 경우에는 누구도 가지 않은 길을 걸었어요. 막연한 불안감은 없었나요?

이게 좋은 건지 안 좋은 건지 모르겠는데 저는 지금도 '미래에 뭘 하고, 어떻게 해야지' 이런 큰 목표를 정하고 다가가는 성격이 아니에요. 지금 제가 할 수 있는 것들을 하루하루 충실히 하는 걸 좋아해요.

당시에도 클라이밍을 좋아하다 보니 클라이밍을 열심히 하는 게 제가 가장, 또 유일하게 잘할 수 있는 일이라고 생각했어요. 열심히 하다 보니 감사하게도 좋은 성적도 났고 종목을 좀 더 알릴 수도 있었고요.

늘 목표를 정해놓고 쫓아가기보단 제가 오늘 할 수 있는 일에 최선을 다했어요. 대회에 나갈 때도 '몇 등 해야지'가 아니라 '이 대회를 위해서 오늘 하루는 이렇게 운동해야겠다' 하는 성격이었어요. 그런 제 신조가 처음 깨졌던 게 올림픽이었어요. 처음으로 뚜렷하고 간절한 목표가 생겼던 거죠.

자인 선수가 클라이밍 선수로 지낸 시간 대부분은 본인과 올림픽이 상관없는 일이었잖아요. 도쿄 올림픽 때 클라이밍이 올림픽 종목에 포함됐다는 소식을 듣고 나서부터 올림픽에 대한 열망이 그렇게 강하게 일었던 걸까요?
도쿄 올림픽 때 처음 포함됐을 때는 컴바인 종목으로 치러서 리드, 볼더링, 스피드를 한 번에 다 해야 했어요. 그래서 엄청 힘들겠다는 생각이 들었던 건 맞아요. 하지만 선수로서는 모든 걸 다 쏟아부어서 올림픽에 가야겠다는 생각이 컸어요.

커리어를 돌아볼 때 클라이밍에서 '최초'의 길을 개척했다는 자부심, 동시에 전성기에는 클라이밍이 올림픽 종목에 포함되지 않은 시절이었다는 아쉬움이 공존할 듯 해요.
맞아요, 딱 그런 마음이에요.

'퍼스트 펭귄'으로 사는 것과 '올림피언' 시대에 사는 것, 둘 중 하나를 고를 수 있다면, 조금 늦게 태어나서 올림픽 시대에 클라이머가 되는 걸 택했을까요?
당연히 올림픽 때 선수로서 뛰고 싶지 않을까요. 그렇다고 제 지난 클라이밍 24년 인생에 대한 아쉬움은 하나도 없어요. 그 시간

스포츠클라이밍 선수

덕분에 너무나 큰 걸 얻었거든요. 아쉬움은 없는데 기왕 운동을 할 거면 당연히 더 좋은 환경에서 하고 싶죠.

아무래도 올림픽 종목이 되고 나서 운동 환경이 많이 좋아졌나요?

선수 생활을 할 수 있는 환경 자체도 좋아졌고요. 학생들 사이에서도 대학 진학의 길이 열리고, 선수 생활을 하면서 최소한 밥벌이는 할 수 있다는 인식이 생겼으니 예전이랑은 비교도 못하게 좋아졌죠.

그런데 그 시절에 대학, 대학원까지 가서 클라이밍으로 석사 논문까지 썼더라고요.

다시 하라고 하면 못할 것 같아요. 체육 특기생으로 고려대학교에 갔지만 대학 생활을 정말 열심히 했어요. 제가 주어진 게 있으면 열심히 해야 하는 성격이라 대회 참가로 외국 나갔을 때 말고는 수업을 빠진 적도 없고요. 열심히 하다 보니 좋은 기회로 대학원에 갈 기회를 얻었어요. 일단 갔으니까 대학원 생활도 열심히 해야 됐고요.

업이 공부인 전업 대학원생에게도 논문 쓰는 건 쉽지 않은 일이에요. 오죽하면 석사생들이 '세상에서 가장 불쌍한 사람'이라는 우스갯소리도 있잖아요. 그런데 선수 생활을 하면서 어떻게 논문까지 쓴 거예요? 운동 시간을 줄일 수도 없었을 텐데요.

잠을 줄였죠. 일단 그게 시간을 낼 수 있는 유일한 방법이었으니

김자인

345

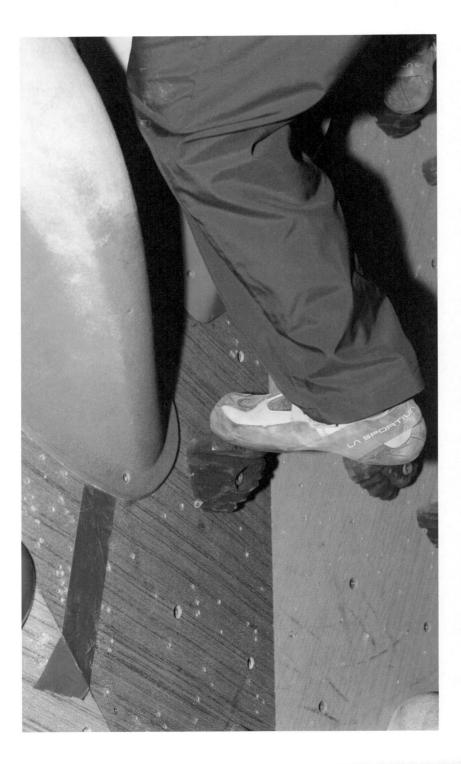

까요. 물론 대학원을 2년 만에 졸업하지는 못했고 3~4년 걸렸어요.

선수에게는 잠을 줄인다는 것도 쉬운 선택은 아니잖아요. 잠이 곧 회복 운동이기도 하고. 그렇게까지 무리하면서 석사까지 한 이유가 있을까요?

그때는 젊어서 괜찮았나 봐요. 힘들었던 기억이 남아 있긴 한데. (웃음) 석사를 한 건 부모님의 바람도 있었고요. 클라이밍 선수지만 선수 생활을 마치고 클라이밍으로 좀 더 영향력 있는 일을 하려고 했을 때 하나라도 더 준비돼 있는 게 좋겠다고 생각했어요.

사실 매스컴에 '김자인'이라는 이름이 등장할 때부터 이미 독보적인 커리어를 쌓아놔서 대중들의 눈에는 '당연히 잘하는 선수'라는 인식이 컸어요. 하지만 우리가 모르는 좌절의 시간이 클라이머 김자인에게도 있었겠죠?

물론 우승할 때마다 '당연했던' 적은 한 번도 없었어요. 다만 운동하는 게 힘들진 않았어요. 어쨌든 제가 좋아하는 거니까. '이렇게 재미있는 운동에 사람들은 왜 관심이 없을까?' 이게 더 힘들었어요. 클라이밍이라는 종목이 사람들의 관심 밖이었으니까요.

클라이밍 선수로 뛰면 외국 월드컵 투어를 다녀야 하니 비용 부담도 컸을 텐데요.

그런 게 힘들었죠. 월드컵 개최지가 거의 유럽에 몰려 있는데 유럽 한 번 다녀오면 드는 돈이 우승 상금이랑 비슷했어요. 제가

2004년에 처음 월드컵에 나갔는데 첫 우승을 2009년에 했거든 요. 그때는 부모님이 대출을 받아서, 정말 빚을 지면서까지 지원 해 주셨어요. 그래도 다행히 성적이 잘 나오면서 좋은 스폰서가 생겼어요.

잘 알려져 있지 않은 종목을 하는 선수들의 경우, 보통 개인의 성공이 종목 자체의 흥망성쇠를 좌우하는 경우가 많잖아요. 자인 선수도 비슷한 고충과 부담을 느꼈을 것 같아요.
그렇게까지 생각은 못 했어요. 그냥 클라이밍하는 게 좋고 열심 히 하다 보니 좋은 성적이 난거지, '내가 클라이밍을 어떻게 알려 야겠다'는 책임감 때문에 열심히 한 건 아니었어요. 그건 지금도 그래요.

김
자
인

큰 부담감 없이 즐기면서 선수 생활을 한 편인가요?
'내가 잘해야 이 종목을 알릴 수 있을 텐데' 이런 마음보다는 선수 로서 당연히 좋은 성적 내고 싶고, 대회 나가면 더 좋은 등반을 하고 싶은, 그런 욕심에서 나오는 부담감은 있었죠.

그런 승부욕은 타고난 거예요?
제가 운동신경이나 신체 조건 중에는 타고난 게 없다고 생각하 는데 유일하게 타고났다고 느끼는 건 뭔가 하고자 하는 게 있으 면 악착같이 하는 거예요.

부모님이 클라이밍을 하셨고 자녀 세 분이 다 선수가

울면서 슬퍼하기에는
지난 시간 노력했던 저 자신에게
미안할 것 같더라고요.

그래서 슬퍼하지 않으려 했어요.

됐다고 들어서 재능도 좀 물려주신 줄 알았어요.

부모님은 예전에 취미로만 하셨어요. 저도 오빠들이 클라이밍을 했으니까 클라이밍이라는 게 있다는 건 어려서부터 알았는데 하고 싶은 마음은 전혀 없었어요. 오빠들이 클라이밍할 때 저는 옆에서 모래놀이 하고 그랬어요. 겁이 워낙 많았어요.

본격적으로 시작한 건 초등학교 6학년 때였어요. 여름방학 때 무슨 클라이밍 청소년 캠프가 있었는데 오빠들이 가니까 따라갔거든요. 처음에는 클라이밍이 재밌다는 느낌보다는 친구들보다 잘하고 싶어서 열심히 한 게 더 컸어요.

부모님은 제가 처음 선수 되고 싶다고 했을 때는 반대하셨어요. 제 위로 오빠가 두 명 있고 제가 막내딸인데, 오빠 둘 다 선수였거든요. 오빠들한테도 선수를 하길 바라는 마음은 없으셨어요. 저도 사실 규아랑 취미로 클라이밍을 즐기고 싶긴 한데 선수를 먼저 권하고 싶진 않아요. 자기가 하고 싶다고 하면 말리진 않겠지만.

클라이밍 선수들을 보면 이도현, 서채현 선수처럼 '2세' 가 많잖아요. 부모가 먼저 해봤던 직업을 자녀가 이어받는다는 건 자녀에게 적극적으로 권할 만큼 만족도가 높아서인 줄 알았는데 그건 아닌가 봐요.

채현, 도현이도 부모님이 선수를 시키시려는 마음보다는 클라이밍을 재미 삼아 같이 다니는 게 좋아서 시작했다가 선수가 된 게 아닐까 싶어요. 채현, 도현이 부모님은 저랑 같이 대회를 나가셨던 선배님이기도 해요. 제가 그분들과 선수 생활을 했을 당시에는 선수를 업으로 삼을 수 있는 수준의 종목이 아니기도 했고요.

본인이 선수로서의 만족감이 굉장히 크고, 예전과 비교하면 운동 환경이 많이 나아졌는데도 딸에게 먼저 선수를 권하지 않는 이유는 뭐예요?

저는 클라이밍을 하면서 얻은 게 제가 가진 능력보다 훨씬 컸어요. 사실 운동이라는 것 자체가 쉬운 길은 아니잖아요. 자녀는 조금 더 편한 걸 했으면 하는 게 부모 마음이죠.

도쿄 대회 때 처음 올림픽에 도전했을 때도 이미 서른셋, 적은 나이는 아니었어요.

그때 올림픽 선발전에서 (손가락 부상으로) 티켓을 못 따고 마지막 아시안챔피언십 대회에서 우승하면 남은 티켓 하나를 딸 수 있는 상황이었어요. 대회를 준비해야 하나, 말아야 하나 고민했어요. 이미 선발전을 위해 정말 힘들게 노력했었는데 내가 이 정신적, 신체적으로 힘든 과정을 또 이겨낼 수 있을까 싶더라고요.

일단 도전을 시작했으니 티켓을 따든 못 따든 마무리는 해야겠다고 마음먹고 아시안챔피언십을 준비했어요. 그런데 대회가 코로나19로 결국 취소됐어요. 마지막까지 제 의지로 달려가고자 했는데 기회 자체를 잃어버리게 된 거죠. 그렇게 도쿄 올림픽 도전을 아쉽게 마무리했어요.

모든 수를 다 써보고 떨어져도 아쉬운데 그렇게 도전을 '강제 종료' 당했을 때의 허탈감은 어떻게 털어냈나요?

그런데 그때 계획에 없었던 (딸) 규아가 생겼어요. 전 제가 임신을 할 수 있는 몸이라고 생각조차 못 했어요. 생리를 1년에 한두 번 할까 말까 했거든요. 임신 소식을 듣고 너무 좋아서 심장이 떨어져 나가는 듯한 느낌이 들었던 기억이 나요.

생리를 1년에 한두 번만 하셨으면 진작 병원에 가보셔야 했던 거 아니에요?

김자인

예전에 산부인과를 가보긴 했는데 다낭성 난소 증후군이라고 완치가 없다고 하더라고요. 피임약 같은 걸 먹으면서 호르몬 조절을 해야 한다고 했어요. 저는 어쨌든 운동하는 데 생리를 안 하는 게 편하기 하니까 신경 안 쓰고 있었거든요.

그때 생리를 하게 된 이유도 다리를 다쳐서 한 달 넘게 클라이밍을 쉬었던 게 컸어요. 제가 시즌 때는 늘 저체중이거든요. 그러다 쉬면 정상 체중으로 올라와요. 그럴 때 1년에 한두 번 생리를 한 거였어요. 그때도 쉬면서 체중이 돌아왔거든요. 그러다가 또 안 하길래 '늘 그랬으니까' 하고 있었는데 그게 임신이었던 거예요.

가장 허탈감이 컸던 순간에 딸이 생기면서 효도를 제대로 했네요. 엄마의 '워라밸 지킴이'라고 할까요.

제가 클라이밍 선수로서는 한 번도 '완벽한 타이밍'이 맞았다거나 '의도치 않았던 행운' 이런 게 찾아온 적이 없었거든요.

도쿄 올림픽 때 해설을 하면서 그런 생각이 들더라고요. '올림픽에 선수로 못 나가는 걸 너무 힘들어하지 말라고 하늘이 나에게 규아를 주신 거구나.' 그때 결심이 섰던 것 같아요. 파리 올림픽을

353

위해서 다시 한번 도전하고 싶다는.

도쿄 올림픽 때 이미 '마지막 도전'이라고 했잖아요. 또 3년을 기다려 파리까지 도전을 이어간다는 게 정신적으로나 육체적으로나 쉽지 않았을 텐데요.

파리 올림픽은 도쿄 대회와 달리 스피드 종목이 별도로 빠졌어요. 그래서 용기가 생겼어요. 물론 (주 종목 리드가 아닌) 볼더링도 힘들긴 하지만 도쿄 때는 저에게는 가장 힘든 스피드까지 세 종목을 해야 했거든요.

또 제가 (출전권을 따지 못했던) 도쿄 올림픽 때 올림픽 해설 방송을 마치고 집에 와서 잠든 규아 얼굴 보면서 엄청 운 적이 있어요. 당시에는 제가 선수 생활을 더 이어갈지 말지 아무것도 모르는 때였는데 제가 임신, 출산이라는 이유만으로 은퇴를 하는 건 규아에게도 미안한 일이라는 생각이 들었어요.

이미 클라이머로서 이룰 만한 모든 걸 다 이룬 뒤 도전을 계속한 가장 큰 이유도 딸이었다고 들었어요.

규아가 '엄마는 왜 은퇴했어?'라고 물었을 때 그 이유가 규아가 되면 안 되겠다는 생각이 들었어요. 내가 파리 올림픽에 갈 수 있건 없건 할 수 있는 데까지 최선을 다하고 은퇴했을 때 더 자랑스러운 엄마가 될 수 있을 거라고 생각했어요.

여자 선수가 현역으로 뛰면서 결혼이나 출산하는 경우는 흔치 않아요. 선수 생활을 하는 데 신체적으로나 시간적으로나

큰 영향을 끼치는 일이기도 하고요. 엘리트 선수라는 게 본질적으로 모든 시간과 노력을 '나를 위해' 써야 하는 직업이잖아요.

그렇죠. 아무래도 자기 생활이 주가 되어야 선수 생활을 할 수 있으니까. 그런데 전 결혼으로 선수 생활에 도움을 받은 부분이 더 컸어요. 안정감을 주는 남편을 만나서 결혼을 미룰 이유는 없다고 생각했어요. 저도 아이는 당연히 선수 은퇴하고 나서 갖는 게 맞다는 생각을 하긴 했어요.

육아를 하면서도 선수 생활을 이어갈 수 있었던 건 제 의지만으로는 절대 불가능한 일이었죠. 저희 부모님, 시부모님까지 모두 너무나 희생적으로 도와주셨기 때문에 가능했어요. 그런 거 생각하면 전 정말 복 받은 거예요.

김자인

아이 키우면서 회사 다니는 선후배, 친구들한테 "난 내 몸 하나 거두는 것도 힘든데 대체 어디서 아이까지 다 돌보고 일할 힘이 나냐"고 자주 물어보거든요. 그런데 다들 "낳아보면 힘이 생긴다"고 하더라고요. 자인 선수는 어땠는지 궁금해요.

출산이라는 게 정말 제 인생에 있어서 가장 큰 터닝 포인트 중 하나이지 않을까 싶어요. 사실 육아라는 게 저에게도 매일매일 힘들고 쉽지 않은 일이죠.

지금도 훈련보다 육아가 힘들어요. 운동하는 건 어쨌든 내 계획에 따라 할 수 있는데 육아는 예상할 수 있는 게 아무것도 없고 계획대로 되지 않는 게 너무나 많아요. 그런데 그만큼 또 너무나 큰, 상상 이상의 행복을 주기도 하고요.

선수라서 체력적으로 고된 것도 부담스러울 것 같아요.

당연히 있죠. 일단 예전에는 제가 운동을 하고 싶을 때까지 하고서 집에 와서 쉬었다면 지금은 다른 워킹맘들하고 비슷해요. 밖에서 일을 하고 와서 집에서도 육아라는 일을 해야 하는. (웃음)

'육퇴'의 기쁨은 어떻게 누리시는 편인가요?

맥주 한 캔 마시는 게 유일한 낙이었어요.

갑자기 굉장히 친근감이 드네요.

대회가 있으면 그것도 못 하니까 그럴 땐 논알콜 맥주 마시고 그랬죠.

출산 이후 엄마로서의 삶과 선수로서의 삶을 병행하면서 어떤 차이를 느꼈나요? 모든 일이 그렇듯 장단점이 있을 듯 해요.

출산하고 한 달 정도는 취미로 하듯 (클라이밍을) 가볍게 했거든요. 많은 분이 '산후 조리할 시간도 없이 어떻게 운동하냐'고 많이 물어보셨는데 저는 운동하니 오히려 힘이 좀 생기면서 (육아 때 자주 아픈) 손목도 덜 아프고 그렇더라고요. 신체적으로 유일하게 힘들었던 건 늘었던 체중을 다시 빼는 거였어요.

애초에 마른 체질인 줄 알았는데 그동안 체중 조절을 했던 건가요?

제가 어렸을 때부터 (클라이밍을 위해) 체중 조절을 해서 그렇지, 먹으면 바로 쪄요. 저는 먹는 걸로 살찌우는 게 세상에서 가장 쉬

김
자
인

운 사람이에요. 물론 선수 생활도 즐겁게 했지만 제 인생에서 정말 행복했던 '황금기'라고 하면 임신했을 때였어요. 먹고 싶은 걸 다 먹고 운동도 딱 하고 싶은 만큼만 해서. (웃음)

키가 153센티미터인데 임신 때 정상 체중이었으면 몇 킬로그램까지 쪘던 거예요?

47킬로그램까지요. 제가 비시즌 때는 원래 그 정도 나가고 시즌 때 42킬로그램까지 빠졌어요.

생리를 안 한 게, 마른 것도 마른 거지만 몸에 근육 비율이 높고 체지방이 없어서 더 호르몬에 영향이 컸을 것 같기도 해요. 관리할 땐 체지방이 어느 정도였어요?

8퍼센트 정도요. (웃음)

좀 전에도 규아가 계속 "엄마 뭐 해?" 하면서 찾던데 세 살이면 한창 엄마 찾을 나이잖아요. 엄마 선수나 워킹맘들이 공통적으로 한창 어린아이를 떼어놓고 나갈 때가 가장 힘들다던데. 그건 괜찮았어요?

규아가 워낙 아기 때부터 할머니랑 보낸 시간이 많으니까 막상 저랑 헤어질 때 쿨하게 보내주는 편이었어요. 그런데 한번 제가 외국 가고 없을 때 규아가 낮잠 자고 일어나서 저를 엄청 찾은 적이 있었대요. '엄마 대회 나가서 없다'고 하니까 무지 울었대요. 그런데 그렇게 울고 나서 자기도 소용없다는 걸 깨달았는지 그 뒤로는 크게 운 적이 없었대요. 그걸 시즌 다 끝나고도 한참 뒤에

시부모님이 말씀해 주셨어요. 그 얘기 들었을 때 마음이 너무 아프더라고요.

엄마 선수로 지내면서 한 번씩 힘든 게 뭐냐면요. 제가 선수로서 정말 예전의 전성기만큼 최고의 실력을 낼 수 있는 상황도 아닌 것 같고, 그렇다고 '내가 좋은 엄마인가?' 하면 그것도 아닌 것 같은 거예요. '좋은 선수도, 엄마도 아닌 것 같다'는 마음이 들 때가 있어요. 결국 내 욕심인가 싶어서 의심이 드는데, 그럴 때 규아에게 미안한 감정이 생겨요.

김자인

2023시즌을 마치면서 SNS에 "엄마로서 도전하는 시간 자체가 감사하고 소중하면서도 전성기 때처럼 멋지게 해내고 싶은 마음, 감사와 욕심 사이를 헤매고 있다"고 쓴 걸 봤어요.

출산하고 2022년에는 국가대표 선발전에서 리드 2등 안에 못 들어서 국가대표가 못 됐다가 2023년에 다시 국가대표를 달았어요. 그리고 나서 (서른 번째) 월드컵 우승도 하고, 세계선수권에서 결선도 가고, 너무나도 행복한 일들도 많았어요. 한편으로 또 어떤 대회에서는 아예 결선에 못 올라가기도 했고요. 행복감과 동시에 '나 여기서 조금 더 잘하고 싶은데, 나이 때문에 안 되나? 출산해서 안 되나?' 이런 불안감도 들더라고요.

자기 의심이 들기 시작하면 한도 끝도 없잖아요. 그건 어떻게 이겨냈어요?

아무리 그런 의심이 들더라도 내가 할 수 있는 유일한 건 그만큼 더 열심히 운동하는 것밖에 없었어요.

선수 생활을 하면서 발목 인대, 어깨 연골, 십자인대, 손가락 인대 등 여러 부상이 있었어요.

부상이야 운동하면 어쩔 수 없는 거긴 해요. 다만 유일하게 아쉬웠던 건 도쿄 올림픽을 준비하던 시즌에 당했던 손가락 부상이었어요. 열심히 준비해서 자신도 있었는데 그해 첫 리드 월드컵에서 손가락을 다쳤어요. 그리고 바로 다음 달에 세계선수권이었거든요. 만약 그때 다치지 않았다면, 세계선수권에서 좋은 등반을 할 수 있었을 거고, 그랬다면 출전권을 딸 수도 있었다는 생각에 아쉽긴 해요.

최근까지도 트라우마 극복 훈련을 하는 걸 보면서 베테랑에게도 부상을 이겨내는 게 쉬운 일이 아니구나 느꼈어요.

제가 겁이 너무 많다 보니 볼더링에서 다이나믹한 동작을 소화할 때 두려움이 너무 컸어요. 제가 클라이밍을 처음 시작했을 때는 지금 볼더링에서 굉장히 흔한 파쿠르(장애물을 활용한 이동기술)적 요소가 필요한 문제는 있지도 않았어요. 물론 처음 배울 때보다 좋아지긴 했지만 아직도 무서워요. 그런 걸 극복하기 위해서 파쿠르 동작을 따로 배웠어요.

요즘에는 볼더링 동작이 점점 더 다이나믹해져서 리드 선수들이 (볼더링과 리드를 함께 치러야 하는) 올림픽을 준비할 때 어려움을 많이 겪더라고요.

네, 제가 해왔던 순수한 클라이밍이랑은 거리가 멀어요. 다이나믹한 동작들이 2017, 2018년부터 한 동작씩 나오기 시작했어요.

도쿄 올림픽 때도 조금씩 있었고요. 그런데 파리 올림픽을 기점으로 볼더링 전반이 파쿠르 동작까지 포함돼 다이나믹해졌어요.

최근 클라이밍의 스타일이, 특히 볼더링의 경우 역동적인 동작 위주로 크게 바뀌었잖아요. 세월이 야속하기도 했을 것 같아요. 적응은 빨리 해야 하고.
연습밖에 방법이 없었죠. 안 하고 싶다고 안 할 수 있는 환경이 아니니까요. 가장 도움이 되는 건 그런 문제를 피하지 않고 맞서는 것밖에 없어요.

김자인

2023시즌에는 출산 후에 처음으로 리드 월드컵에서 다시 우승하면서 통산 서른 번째 우승을 했어요. 올림픽까지 준비하는 데 큰 자신감을 줬을 것 같아요.
행복한 감정보다 정말 많이 놀랐어요. 나중에 며칠 시간이 지나고 나서야, 그게 제 클라이밍에 있어서 가장 큰 자산으로 남을 거라는 생각이 들었던 것 같아요.

올림픽 준비만으로도 바빴을 텐데 그 와중에 개인 암장(락랜드)까지 차렸더라고요.
그건 저 혼자만의 힘으로 한 게 아니라 가능했어요. 훈련할 때 아무 눈치 안 보고 마음 놓고 훈련할 수 있는 '내 암장'이 있었으면 좋겠다는 생각을 항상 했거든요. 늘 상상만 했는데 마침 수유동에 좋은 자리가 생겼어요.
제가 2010년쯤 한창 세계 랭킹 1위를 했을 때 노스페이스 지원으로 수유동 암장에서 훈련했거든요. 그러면서 수유동에 몇 년 살 았고요. 추억이 많은 곳이었는데 노스페이스에서 운영하던 암장 이 없어져서 아쉬워하고 있었거든요. 마침 클라이밍 붐이 일기 도 했고요. 나도 이번 기회에 암장을 해보면 재밌겠다 싶었어요.

해설가로 이번 파리 올림픽은 어떤 마음으로 봤나요? 도쿄 때는 다시 올림픽 무대에 서고 싶다는 마음이 커졌다고 했잖 아요.

이번에는 도쿄 대회 해설할 때보다 걱정이 많이 됐어요. 심적으 로 너무 힘들까 봐서요. 첫날 해설하러 가는데 가기 너무 싫은 거 예요. 그런데 막상 해설을 하니 선수 입장으로 계속 몰입하게 되 더라고요. 결선 때는 '해설 말아먹었다' 싶을 정도로 몰입해서, 선 수들 보면서 저도 울고 그랬어요. 제가 마치 경기를 뛰고 온 느낌 이었어요. 결선 중계 끝나고 나오는데 다리가 막 후덜거리더라 고요.

파리 올림픽을 준비하면서 '성공하든 못하든 제가 갈 수 있는 과정 끝까지 해보겠다'고 했어요. 우리가 뭔가에 절박하게 도전할 때 마음이 그렇잖아요. 할 수 있는 건 다 했고 그래서 결과가 어떻게 나오든 후회는 없겠다 싶을 때요. 그런데 막상 원하는 결과 가 나오지 않으면 머리로는 어쩔 수 없다는 걸 알면서도 마음을 정 리하기가 쉽지 않을 것 같아요.

저도 내가 이걸 안 하고도 후회 안 할 자신이 있으면 안 하는 게 맞고, 조금이라도 후회가 될 것 같으면 하는 게 맞다고 생각했어요. 파리 올림픽은 그런 마음으로 도전했어요. 나는 여기까지 도전하고 은퇴하는 게 맞겠다.

그런데 티켓을 못 땄잖아요. 이후 일정을 다 마치고 한국에 와서 부모님이랑 밥을 먹는데 엄마가 이렇게 말씀을 하시더라고요. "만약에 나중에 또 하고 싶으면 해." 그 말이 저한테는 엄청난 힘이 됐어요.

제 의지로 선수를 다시 준비한다고 한들 제 의지만으로 되는 상황이 아니잖아요. 양가 부모님의 희생이 있어서 가능했던 터라 늘 죄송한 마음을 가지고 있거든요. 엄마는 저도 돕고, 규아까지 케어하느라 힘드셨을 텐데 또 하라고 말씀해 주시는 게 죄송스럽기도 하면서 힘이 되더라고요. 엄마의 그 한마디로 생각을 바꾸게 됐어요. 내가 만약에 선수 생활을 더 하지 않더라도 '은퇴한다'는 말을 당장 하면 안 되겠다고요.

원래는 파리 올림픽만 끝나면 딱 은퇴하려고 했어요?

네. 아무런 아쉬움이 안 남을 거라고 생각했어요. 제가 파리 올림픽에 갈 거라는 믿음도 워낙 확고했고요. 다른 올림픽 종목의 경우에는 올림픽 자격 예비 1번 선수(선발전에서 쿼터 제한 인원 바로 다음 등수를 한 선수)는 대회장에서 대기하는 경우도 있더라고요. 제가 한 명이 빠지면 다음 1순위로 출전할 수 있는 상황이었거든요. '그렇게라도 갔으면 좋겠다'는 생각이 들 정도로 올림픽 무대에 서고픈 마음이 컸어요. 아직도 그런 마음이 남아 있는 것 같아요.

그렇다고 제가 곧바로 '내년부터 다시 선수로 뛰겠다' 이런 마음

김자인

을 먹은 건 아니에요. 다만 LA 올림픽에서 클라이밍 종목이 더 세분화된다면 리드만 단독 종목이 될 수도 있잖아요. 그때가 되면 제가 또 도전하고 싶은 열망이 생길 수도 있고요.

이 시점에서 리드 종목으로만 봤을 때 저는 예전만큼은 아니지만 엄청나게 뒤처진다는 생각은 하지 않거든요. 이번 파리 올림픽 선발전에서도 리드 종목만큼은 1등을 했고요. 나중에 혹시나 다시 도전해 보고 싶은 마음이 들 수도 있는데 지금 당장 은퇴한다는 말로 그런 가능성을 제한하지는 않으려고요.

지금 시점에서 클라이머 김자인에게 남은 도전이 있다면요?

솔직히 잘 모르겠어요. 다만 전 계속 클라이밍을 할 거니까, 선수로서 당장 대회에 나가지 않는다면 그동안 해보지 못했던 자연 바위를 등반 해보고 싶은 마음도 있고요. 후배 선수들을 육성하고 싶은 생각도 있어요.

스포츠클라이밍 선수

다시 도전해 보고 싶은 마음이 들 수도 있는데
지금 당장 은퇴한다는 말로
그런 가능성을 제한하지는 않으려고요.

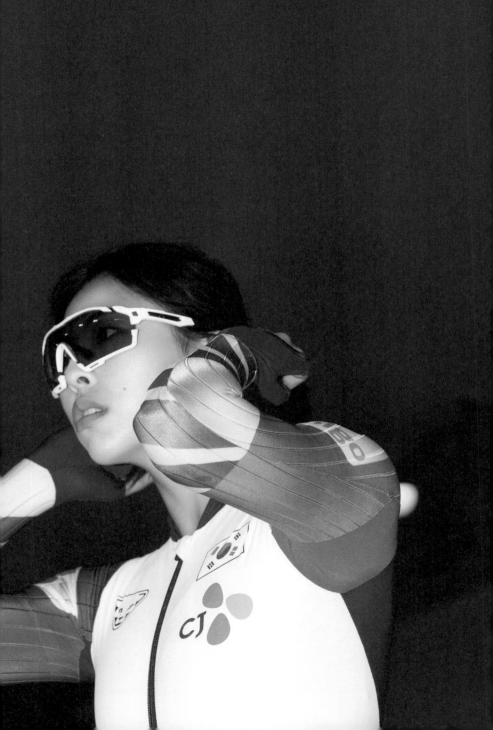

11

이나현

스피드스케이팅 선수

깨끗한
기대로만 ～～～～～～～～

스피드스케이팅 여자 500m 주니어 세계기록(37초34) 보유자. 고등
학교 1학년이었던 2021~2022시즌 국가대표에 뽑혔으나 2015년 12
월생으로 만 15세라 성인 국제 대회는 뛰지 못했다. 2022~2023시
즌 시니어 무대에 데뷔해 2년 차였던 2023~2024시즌 국제빙상경
기연맹(ISU) 5차 월드컵 여자 500m에서 주니어 세계기록을 갈아 치
우며 자신의 역대 월드컵 최고 성적인 5위에 올랐다. 한국 선수의 이
종목 주니어 세계기록 경신은 이상화, 김민선 이후 이나현이 세 번째
다. 시니어 무대에서 뛰는 현역 중 최연소 선수였던 이나현은 시니어
무대에서도 상위 20위 내 선수들이 뛰는 디비전 A 무대에서 뛰고 있
다. 지난 시즌 월드컵 500m, 1,000m에서 모두 자신의 최고 성적(5위)
을 기록했다.

올해 갓 대학에 입학한 이 새내기는 고등학교 3학년 시절 이미 한국 스피드스케이팅 여자 500m 주니어 한국기록과 세계기록을 모두 갈아 치웠다. '대학교 입학'이 인생의 1차 목표였던 대부분의 또래 친구들은 뒤늦게 이 사실을 알게 되면 "너 그런 애였어?" 하고 놀란다.

이나현이 이제껏 걸어온 길은 뻥 뚫린 고속도로였다. 살면서 목표를 잡고 노력해 달성하지 못한 적이 없다. 걱정이 없는 게 걱정일 정도. 물론 언제까지 이 길이 뻥 뚫려 있으리라는 보장은 없다.

주니어 무대에서 정상을 찍었던 실력이 시니어 무대 정상으로 이어지기까지 얼마의 시간이 걸릴지, 과연 이어지기는 할지 확실한 건 아무것도 없다. 하지만 그렇다고 이나현은 지금 걷는 길을 노심초사 바라보지 않는다. 이제 시니어 두 번째 시즌을 마친 이나현은 "시니어 무대에 가면 제가 제일 어리다. 못 타도 안 이상하고 잘 타면 잘된 것"이라고 말한다.

주니어 기록이긴 하지만 세계기록을 갈아 치운 유망주에게는 관심과 기대의 시선이 쏠린다. 이미 이나현에게는 '네가 해야 한다', '이걸 버티고 무조건 메달 따야 한다' 같은 주변의 격려 겸 압박이 쏟아진다. 이나현도 욕심이 없는 건 아니다. 하지만 이나현은 욕심과 집착은 다르다는 걸 일찌감치 깨쳤다. 일단 노력은 하되 되면 얻는 것이고 아니면 마는 것. 보이지도 않는 '나의 기록'과 싸워야 하는 이나현이 매번 새로운 기분으로 빙판에 설 수 있는 힘은 이런 '쿨함'에 있다.

기록에만 매달리면 스트레스만 받고 결국 자신에게도 득 될 게 없다는 이나현은 말한다.

"부담이 클 때는 오히려 더 생각을 비워요. '어떻게든 되겠지' 하면서 모든 건 '미래의 저'에게 미뤄요."

이나현은 '시간을 되돌릴 수 있다면 돌아가고 싶은 순간이 있느냐'는 질문에도 단칼에 "없어요"라고 답한다. 매 순간 전력을 쏟았기에 후회되는 순간도 없다고. 동시에 불확실한 미래 때문에 '지금의 나'를 괴롭히지 않는 이나현은 그렇게 '지금 이 순간'을 살고 있다.

2005년생, 이 인터뷰집을 위해 마주 앉은 선수 중 최연소예요. 유일한 10대고요. 올해 한체대(한국체육대학교)에 막 입학했다고요. 새내기 생활은 어때요?

이
나
현

시합하느라 입학식에는 못 갔어요. 시합 마치고 와서 바로 수업 듣고 운동하고 있어요. 아직은 새내기 생활이랄 게 없어요.

대학 친구들은 보통 무슨 운동을 하나요?

빙상은 체육학과에 있는데요. 근대5종, 조정, 빙상, 수구, 펜싱하는 친구들이 있고 동계 종목은 빙상이랑 스키, 썰매가 있어요.

스피드스케이팅 500미터에서 주니어 한국기록, 세계기록을 세웠어요. 남들은 대학 입학만 해도 '큰일 해냈다'고 칭찬받을 나이에 이미 많은 것들을 이뤘어요.

학교 친구들도 처음에는 제가 무슨 종목 하는지도 모르다가 나중에 알고 "너 그런 애였어?" 하고 놀라요. 학교에는 그냥 체대 들어오는 게 목표였던 친구들이 더 많아요. 자기 종목 국가대표가 돼서 온 친구도 많은데 저는 국가대표에 또 뭔가를 이루고 온 거니까 신기해하고요.

주니어 세계기록 세운 시합 때는 좋은 기록을 기대하고 갔었나요?

그 시합 한 주 전에 같은 링크에서 4대륙선수권을 치렀었어요. 그때 좋은 기록이 나와서 한국기록을 깼고요. 조금만 당기면 세계기록이니까 '되겠는데' 싶더라고요. 주변에서도 할 수 있을 것 같다는 말을 많이 해줬어요. 자신감을 가지고 탔더니 잘됐어요.

지금까지 나현 선수 인생은 노력하고 그만큼 발전한, 아름다운 그림밖에 없었던 것 같은데. 본인한테도 인생이 잿빛이었던 시기가 있었나요?

운동할 때 힘든 건 당연한 거니까. 그 외에는 딱히 없었어요.

요즘 걱정은 뭐예요?

운동하다가 가끔 의심할 때는 있죠. '내가 할 수 있을까' 하고요.

아직 뭔가 잘 안된 적이 한 번도 없었는데도요?

그래서 언젠가 한 번 고꾸라질까 봐요. (웃음) 훈련 방식에 대한 걱정 정도? 가끔은 훈련 과정을 완전히 이해 못 할 때도 있거든요. (그래도) 믿고 하는 거죠.

대학교 와서 훈련 방식이 바뀌었나요?

방식도 방식인데 환경이 많이 바뀌었어요. 고등학교 때까지는 계속 (국가)대표팀에서 운동했거든요. 대표팀에 있을 땐 (고등)학교를 안 가서 훈련을 오전 9시부터 했어요. 한체대에 오고부터는 새벽 운동을 하고 오전 수업한 다음에 오후 2시부터 다시 운동해요.

운동을 7시에 마치면 저녁밥 먹고, 숙소 청소도 저희가 하고. 고등학교 때보다 하는 게 많다 보니 쉴 수 있는 절대 시간이 줄었어요. 잠도 원래는 7~8시간은 잤는데 이제 5~6시간밖에 못 자서 회복할 시간도 부족하고요.

대학교 때부터는 국가대표팀에서 훈련하지 않기로 한 이유가 있어요?

학교에서 해보는 것도 좋을 것 같아서요. '환경을 바꿔봐야지' 한 건 아닌데 빨리 경험해 보고 더 맞는 걸 찾아보려고요.

이미 국가대표 훈련을 받아봤는데도 한체대 훈련에 놀란 거예요?

훈련으로 놀란 건 없어요. 다 해본 건 맞는데 힘들다기보단 피곤한 거예요. 중간에 학교 수업을 듣는데 앉아서 듣는 수업만 있는 게 아니라, 체대니까 수영도 배우는데 전 물 들어가는 게 너무 싫거든요. (웃음)

스포츠를 두루두루 즐기는 편은 아닌가요?

일단 제 운동을 해야 하니까요. 훈련이 아닌 데에 에너지를 쓰면 막상 훈련 때 힘든 걸 아니까 (가능한) 비축해 두고픈 마음이에요.

훈련하면서 매너리즘에 빠져본 적은 없어요?

너무 느끼죠. 대학 생활이 단체 생활이기도 하고 교수님들이 선
수들을 집중적으로 보시는 시기라 정말 딱딱 짜여진 생활을 하
고 있거든요. 새벽 훈련도 수요일만 빼고는 매일 하고요. 제가 같
이 훈련하는 훈련 조가 남자 조라 남자애들 하는 거 따라 하면 약
간 벅차기도 해요.

**스케이트 선수들은 겨울이 시즌이잖아요. 비시즌인 여
름은 늘 체력훈련으로 한창 힘들 때인데 어떤 생각 하면서 힘을 내요?**

운동할 때는 그냥 '해야지' 하고 하죠. '열심히 해야겠다', '파이팅'
이런 느낌은 아니고 '버틴다'가 맞는 것 같아요. 여름이 일단 덥잖
아요. 특히 밖에서 훈련할 땐 미치겠어요. 러닝 인터벌을 많이 하
거든요. 올림픽 공원에 '나홀로 나무'가 유명하잖아요. 그 뒤에 언
덕이 있어요. 거길 제한 시간을 두고 뛰는 거예요. 일곱 번씩 뛰
어요.

**거길 배경으로 결혼사진 찍는 분들도 많은데, 한체대
선수들은 다들 미워하겠어요.**

가끔 애들이 나홀로 나무 가자고 할 때가 있는데 저는 너무 싫어
요. (웃음) 오늘 새벽에도 뛰고 왔어요.

올림픽 공원이 산책 성지로 유명하잖아요.

굳이 찾아서 안 갑니다. 안 가요. (웃음)

스피드스케이팅 선수

한국 엘리트 운동선수 중에는 이례적으로 '조기 유학'을 다녀온 경험이 있어요. 조기 유학은 부모가 교육에 관심이 많거나, 자녀 의지가 세거나 둘 중 하나인 것 같은데 나현 선수는 어느 쪽이었어요?

초등학교 4학년 때 가서 6학년 때 돌아왔어요. 엄마 아빠가 갑자기 호주를 가자고 했어요. 호주라는 나라가 있는지도 모를 때였는데, 엄마가 뭘 하더라도 언어 장벽이 없어야 한다고 어렸을 때부터 영어 유치원도 보내고 초등학교도 영어 수업이 있는 학교로 보내주셨어요.

그때도 제가 스케이트를 꽤 잘하고 있었는데 엄마는 유학을 다녀올 수 있는 시기가 지금일 것 같다고 하셨어요. 그때 마침 제가 무릎이 아팠거든요. 지금 생각해 보면 당연히 아플 수 있는 정도의 통증이었는데 저는 처음 느껴보는 거니까 엄마한테 말했어요. 그랬더니 바로 "그만둬!" 하셨어요. 그만둘 정도로 아픈 건 아니었는데. (웃음)

유학 가서 '뭐는 해야겠다' 이런 목표가 있었나요?

엄마가 늘 '스케이트 말고 다른 거 하고 싶은 거 없냐'고 물어보셨어요. 그럴 때마다 없다고 했고요. 엄마는 제가 어린 나이에 처음 해보고 무작정 '이거 아니면 안 된다'고 할까 봐 여러 가지를 경험시켜 주려고 하셨어요. '네가 원하면 뭐든 다 할 수 있다'면서요.

호주는 겨울이 없는 나라잖아요. 스케이트는 생각 안 났어요?

돌아올 때까지도 생각이 나진 않았어요. 잠깐 스케이트가 하기 싫었던 때였어요. 코치님도 무섭고. '다시 돌아가면 또 하긴 싫다' 이런 마음이긴 했는데 공부는 더 싫었어요.

그래도 어린 나이에 더 넓은 세상 보고 온 경험이 큰 자산이 됐을 것 같아요.

지금 돌이켜보면 굉장히 좋았다 싶어요. 영어는 조금 알아듣는 상태로 갔는데 한국에서는 단어 철자 틀리면 안 되잖아요. 그런 건 제가 현지 애들보다 잘할 때도 있었어요. 일단 알아듣고 말하는 거, 말이 튼 게 큰 거 같아요. 한국에서 말을 배우긴 힘드니까.

덕분에 영어 쓸 때 불편함은 없겠어요. 선수들 중에 나중에 국제 대회 나가다 보면 뒤늦게 '영어 공부 좀 열심히 할걸' 후회하는 경우도 많거든요.

영어를 안 쓰다가 갑자기 쓸 때 로딩이 걸리기는 하는데, 한번 하기 시작하면 괜찮아요. 대표팀에서도 제가 막내이기도 해서 어차피 많이 시키세요. 면세점 가실 때 저 데리고 다니시죠. (웃음)

스케이트도 초등학교 수업에서 처음 배웠다고 들었어요.

1학년 겨울에 고려대학교 아이스링크에서 스케이트를 처음 배웠어요. 선수반도 아니고 취미반이라 1시간이면 끝나는데 늘 더 타겠다고 때를 써서 3시간을 탔어요. 거기에는 잘 타는 선수반 애들도 있었거든요. 잘 타는 애들이 막 급정거 하는 거 보고 구석에서 혼자 연습하고 그랬어요.

운동할 때는 그냥 '해야지' 하고 하죠.

'열심히 해야겠다', '파이팅'
이런 느낌은 아니고
'버틴다'가 맞는 것 같아요.

2학년까지 여름, 겨울 특강식으로만 배우다 3학년 시작할 때쯤부터 선생님 권유로 선수반 등록해서 매일 배우기 시작했어요. 오민지 코치님이라고 국가대표 출신으로 밴쿠버 올림픽 나가셨던 분이었거든요. 그 선생님 밑에서 배워서 국가대표까지 됐어요. 갓 선수 은퇴하시고 받은 첫 제자가 저였어요.

어머니 교육열이 아니었다면 스케이트를 못 배웠을 뻔했네요. 영어 때문에 보냈던 학교에서 스케이트를 배웠잖아요.

엄마가 예체능이 살면서 도움이 될 거라고 이것저것 많이 시키셨어요. 바이올린, 트럼펫, 피아노에 미술학원도 다녔고, 학교에서 운동회 하면 늘 달리기 선수로 나갔고요. 다 조금씩 배우는 재미는 있었는데 대체로 3주 만에 싫증내는 스타일이었어요. '이걸 하고 싶다' 이런 건 딱히 없었어요. 지금도 스케이트 말고 다른 쪽은 포기가 빨라요.

그런데 왜 스케이트에는 딱 꽂힌 거예요?

스케이트도 사실 전문적으로 하고 싶었다기보단 어쩌다 보니 선수반 시간에 타라고 해서 탔고, 시합도 나가라고 해서 나갔는데 메달을 따고, 어느새 전국대회 나가고, 합숙하고 있고…. 모든 게 자연스럽게 이어졌어요. 스케이트 하면서도 힘들 때마다 엄마는 '하기 싫으면 안 해도 된다'고 했고요. 그런데 저도 가끔 안 하고 싶은 것 같다가도, 돌아서면 생각이 나니까 하고 싶은 거라 생각했어요.

호주에서 돌아와서 엄마가 기간을 정했어요. 스케이트 타기 싫으면 지금 그만두고, 더 해볼 거면 중3까지 해보자고요. 고등학교 갈 때도 스케이트로 대학까지 갈 거면 하고, 아니면 지금까지 최선을 다했으니까 그만해도 된다고 했어요. 하지만 한다고 약속해 놓고 중간에 그만두는 건 하지 말자고 했어요. 운동이 힘드니까 그만두고 싶은 순간들도 있었는데 엄마가 진짜 그만하라고 할까 봐 쉽게 못 덤비겠더라고요.

스케이트는 본격적으로 배울 때부터 잘 탔어요?

3학년 때 처음 시합에 나갔는데 바로 1등을 했어요. 그때 '나도 잘 타는 것 같다'고 좀 느꼈어요.

보통 빙상장 가면 쇼트트랙, 스피드 다 배울 수 있잖아요. 그중에 스피드스케이팅을 선택한 이유는 뭐였어요?

쇼트트랙도 훈련 때 같이 하기는 했어요. 그런데 제가 (상대 선수한테) 깔리면서 넘어진 적이 있어서 좀 무서웠나 봐요.

쇼트트랙 훈련은 지금도 해요. 코너링 훈련이 되기도 하고, 일단 국내에 국제 스피드스케이팅 규격 빙상장이 많지 않아서 뭐가 됐든 얼음에 계속 발 대고 있으려고 쇼트트랙을 자주 타요.

쇼트트랙 선수로 뛰다가 스피드스케이팅 선수로 종목 전환하는 선수들도 꽤 많잖아요.

그 친구들은 스피드스케이팅이 훨씬 힘들다고 해요. 쇼트트랙은 경기할 때 머리를 쓰면서 플레이하니까 힘을 분배하거든요. 그런데 스피드는 처음부터 끝까지 자기 힘으로만 전력으로 가야

해요. 누굴 따라갈 수도 없고요. 결이 다르게 힘들다고 하더라고요. 시합 끝나고 힘 빠지는 느낌도 다르대요.

스피드스케이팅이 다른 종목과 비교해서 기술적 요소보다는 정말 체력으로 승부하는 면이 많잖아요. 특히 단거리는 작전이랄 것도 없이 그냥 '계속 빨리 달리는 거'니까요. 선수 입장에서는 아무리 노력을 쏟아도 신체적인 면에서 한계를 느끼는 부분도 있을 것 같아요.

믿을 게 내 몸뚱아리밖에 없는 종목이에요. 그래서 좋기도 하고요. 못 탔다고 남 탓 할 수도 없잖아요. 핑곗거리가 없어요. 스피드스케이팅이 그런 것 같아요. (결과가 안 좋으면) 어쨌든 제가 못한 거니까 영상 보고 생각해 보기도 하고. '몸 풀 때 뭐가 문제가 있었나?' 잘 생각해 본 뒤에 다음 시합 나가면 좀 나아지기도 해요.

시니어 대회에는 고2 때 데뷔했죠?

1학년 때는 국가대표 선발은 됐는데 나이 제한 때문에 ISU 월드컵은 못 나갔어요. 그래서 1학년 때는 (시니어가 아닌) 주니어 월드컵에 나갔어요. 고2 때부터는 시니어로 월드컵에 갔고요. 주니어 월드컵도 고1 때부터 나갈 수 있어서 주니어 대표 때나 성인 대표 때나 국제 대회 나가면 늘 막내였어요.

외국 선수들이 나현 선수 나이 보고 놀라지 않아요?

그렇죠. 보통 20대 중후반 선수들이 많아요. 대회 시작할 때 선수 소개해 주잖아요. 그때 사회자가 항상 강조해 주시더라고요. "가

장 어린 선수"라면서요. (웃음)

주니어에서 거의 데뷔하자마자 바로 시니어 무대에 갔잖아요.

주니어는 잠깐 '퐁당' 얼굴만 비추고 넘어갔어요. 재밌기는 주니어 때가 좀 더 재밌었던 것 같아요. 거긴 나이가 많아봤자 만 19세거든요. 시합 전후로 눈썰매 타는 친구들도 있었고요. 그런데 시니어 대회는 일단 노는 사람이 한 명도 없고 엄청 진지하죠. 창밖을 보면 주니어 때는 애들이 눈썰매 타고 있는데 시니어는 다들 러닝 뛰고 있고…. 확실히 차이가 나더라고요.

시니어 대회에서 주니어 세계기록 세웠을 때 주변 선수들 반응이 궁금하네요.

선수들보다는 외국 코치님들이 많이 놀라셨어요. 어린데 잘 탄다고요.

기록 세웠을 당시 전략도 처음부터 끝까지 전력 질주였나요?

정말 처음부터 끝까지 전력 질주예요. 쌩힘 100퍼센트를 쏟아야 해요.

어느 구간에서 최고 속도를 찍어야 한다, 이런 것도 없고요?

보통은 100미터쯤에서 속도가 가장 빨라요. 첫 100미터가 가장 집중도 있게 힘을 쓰는 구간이에요. 속도를 계속 올릴 수는 없고 마지막까지 안 떨어지게 최대한 유지하는 거예요. 장거리 선수들은 속도를 천천히 끌어올려서 유지한다면, 저희는 초반에 확 올린 속도가 떨어지지 않도록 버텨요. 이미 한번 전력을 쏟아서 속도를 끌어올리면 거기서 더 속도를 더 내는 건 불가능해요.

500미터 경기를 뛰는 36초 남짓의 시간이 선수에겐 짧아요, 길어요?

저희도 눈 깜짝할 사이에 끝났다고 느낄 때가 있고, 집중이 잘돼서 차분한 마음으로 임하면 시합 모든 내용이 생생히 기억날 때도 있어요. 그래도 대체로 금방 끝난다고 느껴요. 마지막 순간이 좀 고통스러울 뿐.

스피드스케이팅 해설 위원들도 마지막 구간에서 페이스가 떨어지면 안 된다고 강조하면서 선수들이 마지막 코너에서 스텝할 때마다 '하나둘, 하나둘' 구호를 맞춰주잖아요.

거기가 한 200미터쯤 남은 구간인데. 거의 2,000미터 타듯이 슬로모션처럼 길게 느껴져요. 힘은 다 빠졌는데 (몸을) 억지로 끌고 와야 하는 느낌이에요. 3, 4코너부터 마지막 직선 구간은 버티기예요. 끝까지 어떻게든 들어오려고 힘을 다 써요.

스피드스케이팅의 특이한 점이, 기록 경기인데 차례차례 한 명씩 타는 것도 아니고, 참가 선수 여러 명이 동시에 경쟁하는 것도 아닌 랜덤으로 같은 조에 배정된 선수 두 명씩 타잖아요.

이
나
현

옆에 한 명이 있긴 한데 상대가 내 앞에 있다고 마음이 급해져서 '더 빨리 가야지' 하면 더 느려지더라고요. 오히려 편안하게 갖다 댄다는 마음으로 하면 속도가 나요. 급해지면 안 되고 무조건 자기 페이스가 중요해요.

그런데 일단 눈앞에 보이잖아요.

잠깐 보고 따라갈 수는 있지만 그렇게 보이는 구간도 사실 그렇게 길지 않아요. 또 인, 아웃 코스를 한 번씩 바꿔 타는 거라 어차피 공평하고요.

출발할 때 인, 아웃 코스 중 어딜 먼저 타는 걸 선호하나요?

저랑 비슷하거나 저보다 기록이 안 좋은 선수라면 제가 아웃코스에서 출발하는 게 나은 것 같아요. 인코스를 먼저 빠져나온 상대 선수가 조금 보일 때 제가 갖다 댈 수 있는 정도면요. 아웃에서 인으로 속도를 내면서 들어갈 때 어느 정도 도움을 받거든요. 저보다 월등히 잘하는 선수랑 탈 때는 상관없어요. 제가 아웃코스에서 출발하면 이미 그 선수는 인코스 나와서 사라져 있으니까. 어차피 혼자 타는 거라.

처음 100미터 승부가 중요하니 출발 총성에 반응하는 속도도 굉장히 중요할 것 같은데. 그런 반응속도 훈련은 어떻게 하나요?

육상처럼 지상에서 반응 훈련을 해요. 소리 듣고 움직이는 거요.

할리갈리 엄청 잘하겠어요. 그 재능으로 잘할 수 있는 게 또 뭐 있어요?

잘해요. (웃음) 평소에 뭔가 떨어질 거 같을 때 잘 잡고요. 러닝 훈련 때 길에 가끔 튀어나온 게 있으면 단거리 선수들은 확실히 아무도 안 넘어져요. 장거리 선수들은 다 넘어져 있고. (웃음)

시니어로 세 번째 시즌 준비 중이잖아요. 앞선 두 차례 시니어 무대에서 뭘 배웠나요?

월드컵 시리즈에는 디비전 A랑 B가 있어요. 디비전 A가 결승 느낌이에요. 방송에 나오거나 공식 랭킹이 뜨는 건 다 A인데 상위 랭킹 20위 이내 선수들이 나와요. 디비전 B는 그 외 선수들이 타는데 여기서 1~2등을 해야 A로 올라갈 수 있어요. A 하위권 선수가 B로 내려오고요. 일종의 승강제예요.

저는 처음 갔을 때 그 룰도 몰랐어요. (뭣도 모르고) 나갔더니 저는 디비전 B에서 뛴대요. 그래서 '디비전 A에 한 번은 올라가 봐야지' 했는데 1차 대회 때 500미터 디비전 B에서 1등 하고 바로 A로 올라갔어요. 첫 목표를 이뤘으니 그다음 목표는 'A에 남아보자'가 됐고요. 2차 대회부터 마지막 6차 대회까지 A에서 탔어요.

세계선수권까지 나간 뒤에는 두 번째 시즌에 1,000미터에서도 디비전 A에 올라가는 거랑 500미터에서도 꾸준히 15등 안에 드는 게 목표가 됐고요. (이나현은 이 목표를 다 이뤘다.)

처음부터 너무 큰물에 가서 주눅들 수도 있을 것 같은데 어때요?

주눅 들고 그런 건 없었어요. 저 사람들은 저 사람들이고 나는 이제 2년 차잖아요. 제일 어리기도 해서 아직은 큰 부담도 없고요. 못 타도 안 이상하고 잘 타면 잘된 거고요. 저도 계속 잘 타는 게 아니라 가끔 못 탈 때도 있어요. 아직은 기복이 있는 편이에요. 선생님들도 '그냥 넘기라'고 해요, '네가 뭘 계속 잘 타냐'고 하시면서요.

월드컵 투어를 치르다 보면 계속 다른 나라에 가니까 환경도 일주일마다 달라지거든요. 일단 지금은 열심히 최선만 다하라고 하세요. 오히려 부담감 없이 타니 기록도 좋게 나온 것 같아요.

좀 더 욕심을 냈다면 결과가 더 안 좋았을 것 같아요?

욕심보다는 재밌게 임해서 기록이 더 잘 나왔던 것 같아요. 한두 대회 정도는 약간 욕심이 들어간 때가 있었거든요. 직전 시즌 6차 월드컵 500미터는 욕심이 있었어요. 시즌 마지막 월드컵이기도 하고 5차 때 너무 잘 타고 왔으니까요. 그런데 욕심이 들어가니까 안 되더라고요. 그 대회 1,000미터는 내려놓고 타니까 기록이 너무 잘 나왔어요. 심리에 따라 경기력 차이가 이렇게 크다는 것도 새삼 느꼈어요.

기복을 줄일 수 있는 건 감각의 영역인가요?

아무래도 오래 탈수록 그런 걸 느끼는 게 좀 더 발달하더라고요. 선배들 말로는 어렸을 땐 기복이 있는 게 당연하대요. 커가면서 그걸 맞출 줄 알게 된대요. 실력이 느는 것도 있겠지만 컨디션을 맞출 줄 알게 되면서 계속 안정적으로 잘 타게 된다고요. 컨디션

을 비슷한 수준으로 맞추기까지 꽤 오래 걸린다고 하더라고요. 잘 탔을 때의 나, 못 탔을 때의 나도 다 나예요. 다 잊어버리고 매번 '지금 여기'에서 어떻게 탈지만 생각해야 해요. 어차피 여운이 길게 가지도 않아요. 하나 끝나면 얼른 다음 주에 할 거 생각하고요. 저는 한 주 잘하고 그다음 주에 좀 못해도 '괜찮아' 하고 넘겨요. 어쨌든 잘 탄 것도 나니까 좀 더 나를 믿으려고 해요. 선배들한테도 불안할 때 물어보면 '뭐 어떻냐, 그냥 타라'고 해요.

운동선수 하기 딱 좋은 성격인 것 같아요.

네, 좀 단순해요. 지난 주는 지난 주 일로 넘기고 이번 주는 새롭게 맞아요.

500미터, 1000미터 같은 단거리를 주 종목으로 삼은 건 어떻게 결정한 거예요?

어렸을 때부터 순발력 같은 게 조금 보였대요. 코치님도 단거리 성향이 있는 것 같다고 하셨어요. 뛰는 것도 장거리 러닝보다는 한 번에 스피드를 확 올리는 단거리에서 빨랐고, 시합 때도 스타트가 가장 빨랐어요. 그래도 중학교 때까지는 다 타보라고 해서 이것저것 타봤는데 국가대표팀 선발은 500미터로 됐어요.

단거리 선수들과 장거리 선수는 웨이트 훈련도 다르잖아요.

완전히 달라요. 단거리는 파워를 많이 내기 위해 무게 위주로 웨이트를 한다면, 장거리는 근지구력을 위해서 개수 위주로 해요.

스쿼트 무게는 몇 킬로그램 정도 쳐요?

120킬로그램 정도요. 데드리프트도 110킬로그램. 하체 쪽은 100킬로그램은 무조건 넘겨요.

무게는 얼마나 늘리려고 하고 있나요?

이번에 140킬로그램까지 늘리려고 노력 중이에요. 저는 웨이트를 좀 늦게 시작한 편이에요. 저희 코치님이 제가 성장이 거의 끝났을 때 웨이트 하기를 원하셔서 제대로 한 건 고2 때부터 였어요.

아직 제대로 하지 않았는데도 결과가 만족스럽게 나왔으니 스스로에 대해 아직 더 발전할 거라는 기대감이 클 것 같아요.

좀 있어요. 제 기준으로는 아직 특별하게 뭘 더 한 건 없는데, 원래 하던 거에서 힘 좀 키우고 대표팀에서 선배들이랑 같이 운동하니 많이 좋아져서 기대가 돼요.

2018년 평창 올림픽 때는 뭐 하고 있었어요?

초등학교 6학년, 중학교 가기 직전이었어요. 제가 호주 다녀와서 스피드스케이팅을 다시 시작했을 때였어요. 엄청 열심히 한 건 아니고 취미로 천천히 해보자는 마음이었어요. 그때까지는 국가대표를 할 거란 생각도 없었으니까 거의 노는 수준이었죠.

사실 이전에 평창 올림픽 열렸던 스케이트 경기장에서도 스케이트를 타봤어요. 올림픽 직전 년도에 제가 훈련하던 팀에서 경기장 테스트 겸 한번 타봤거든요. 저희는 그냥 전지훈련인 줄 알았고 아무것도 몰랐던 시절이었는데 알고 보니 올림픽 경기장이었던 거죠. 경기장은 명품인데 그땐 제가 정말 아무것도 몰랐어요. (웃음) 이제는 빙질이 좋은 경기장 가면 차이를 좀 느끼죠.

올림픽 보면서는 무슨 생각 했어요?

확실히 멋있긴 하더라고요. 저도 제가 타는 속도를 아니까 선수들 타는 걸 보면서 '어떻게 저 속도로 타지? 나도 5, 6년 뒤에 저렇게 할 수 있나? 해보고 싶다' 이런 생각 했어요.

주니어 세계기록을 세우고 '유망주' 이런 타이틀이 달리면 많은 사람이 기대하고, 또 증명해야 하잖아요. 부담도 없진 않을 거 같은데 그런 것보다는 자신감이 훨씬 큰가요?

주변에서도 맨날 엄청 얘기하세요. '네가 해야 한다', '이걸 버티고 무조건 메달 따야 한다'고요. 그런데 속으로는 '일단 운동 열심히 해보고 나중에 생각하자', '나는 아쉬울 게 없다'고 생각하면서 스트레스를 크게 안 받으려 해요. 그렇다고 제가 욕심이 없는 건 아닌데 그렇게까지 매달리듯 하면 스트레스만 받고 저한테도 마이너스만 될 걸 알아요. 그래서 오히려 더 생각을 비우고 '어떻게든 되겠지' 하면서 모든 건 미래의 저에게 미뤄요.

한 시즌 중에서 지금이 가장 힘들 때인가요?

시즌, 비시즌에 힘든 게 조금 달라요. 비시즌은 훈련을 엄청 하는 시기라 몸이 '못 하겠다'는 느낌이에요. 시즌 때는 매주 경기에 나가 결과를 받으니 시합할 때 체력적으로 힘들고, 스트레스도 있어서 몸과 마음이 힘들고요. 저는 그래도 시합하는 게 좋아요. 여름에는 스피드스케이트를 많이 못 타거든요. 또 시즌이 없으면 여름 훈련하는 의미도 없잖아요.

보는 것도 스피드가 제일 재밌어요?

일반적인 '보는 재미'는 쇼트트랙이 더 있죠. 그런데 저는 스피드 스케이팅이 제 종목이다 보니까, 저 선수가 지금 어떻게 타는지 를 생각하면서 보는 맛이 더 있어요.

영상을 제일 많이 본 선수는 누구예요?

제 영상을 제일 많이 봐요. 다른 선수들은 비슷하게 골고루 보고 요. 잘 타는 선수들은 저마다 뭔가가 있거든요. 조금씩 포인트가 다르기도 하고. 제가 아직 보는 눈이 좋진 않아서 대충 볼 때는 잘 캐치를 못하는데, 계속 보다 보면 포인트가 보여요.

기록을 다투는 종목 특성상 이미 전력을 다해서 신기록 을 세우더라도 그다음은 또다시 알을 깨고 나가야 하는 과정의 연속 이잖아요. 가령 그림을 그리거나 글을 쓰거나 한다면 여러 면으로 평가를 받을 수 있는데 '기록'은 오로지 기록이니까. 신기록을 목표 로 삼으면 굉장히 지칠 수도 있을 것 같은데 어떻게 관리해요?

제 기록을 깨는 데 몇 년이 걸릴 수도 있죠. 제가 깬 기록도 곧바 로 누군가가 또 깰 수 있고요. 그래도 그 한 번의 도전을 바라보 면서 참을 수 있지 않나 싶어요. 올림픽도 사실 4년 준비한다고 해도 올림픽에 나가기 위해서 대표팀에도 들어가야 하고 실제로 는 그때까지 평생을 준비하는 거니까. 계속 준비만 하는 거 같네

이나현

요. (웃음) 그러다 한 번씩 터지는 거죠. 그래도 준비가 돼 있어야 터지기 때문에 준비를 계속하게 되죠.

시간을 한 번 되돌릴 수 있다면 가고 싶은 순간이 있나요?

없어요. 전력을 쏟고 살았나 봐요. 매사에 후회를 딱히 안 해요.

모든 엘리트 선수의 꿈이 올림픽이잖아요. 나현 선수는 어때요?

당연히 항상 출전이 목표였죠. 일단 출전은 꼭 한다는 마음으로 운동하고요. 그런데 시즌 지나다 보면 또 금방 올림픽 메달이 목표가 될 것 같아요.

올 시즌 목표는 뭔가요?

일단은 아시안게임 메달이요. 올림픽이 가장 큰 종합 대회지만 아시안게임도 굉장히 큰 대회거든요. 또 올림픽 예행연습이라고 생각하는 것 같아요. 바로 다음 해에 올림픽이 열리기도 하고요. 큰 대회를 한번 경험해 볼 수 있잖아요, 다른 종목 선수들도 나오니 느낌은 비슷할 것 같아요.

스피드스케이팅 선수

잘 탔을 때의 나,
못 탔을 때의 나도 다 나예요.

다 잊어버리고 매번 '지금 여기'에서
어떻게 탈지만 생각해야 해요.

나아름

사이클 코치

아름다운 이별 〰〰〰〰〰〰〰

Profile

2018년 자카르타-팔렘방 아시안게임에서 한국 사이클 역사상 처음으로 아시안게임 4관왕(개인도로, 도로독주, 매디슨, 단체추발)에 올랐다. 이듬해인 2019년에는 한국 사이클 선수로는 최초로 유럽 프로팀(이탈리아 알레-치폴리니)와 계약해 1년간 뛰었다. 2009년부터 국가대표로 뛴 나아름은 2023년 11월 투르 드 오키나와에서 우승한 뒤 선수 은퇴를 선언했다. 올해 1월부터는 대구시청 코치로 지도자 생활을 시작했다. 나아름은 이제는 지도자로 국가대표 훈련 시설인 진천 선수촌에 입촌하는 꿈을 꾸고 있다.

Intro

"덕분에 저도 4개월 만에 자전거 처음 타봐요."

책에 실릴 사진 촬영을 위해 사이클에서 한참 땀을 흘리고 내려온 나아름은 수줍게 웃으며 말했다. 선수가 아니라 사이클 동호인만 되더라도 그렇게 중독된다는 사이클인데, 평생 사이클을 탔던 사람이 어떻게 4개월이나 사이클 없이 버틴 걸까.

나아름은 두려웠다고 했다. 예전처럼 사이클을 잘 타지 못할 스스로의 모습을 마주할 자신이 없었다. 주변에 "나 은퇴해. 코치하게 됐어"라고 알리고 한참이 지나도, 새 직장에 코치로 부임하고 나서도 '코치 나아름'은 이제는 이 세상에서 사라진 '선수 나아름'을 놓아주지 못했다.

나아름은 2018 자카르타 아시안게임에서 한국 사이클 선수 최초로 △도로독주(한 명씩 출발해 기록을 겨룸) △개인도로(선수 여러 명이 출발해 142km를 달리는 사이클 마라톤) △매디슨(두 명이 교대로 레이스) △단체추발(꼬리잡기 승부)까지 4관왕에 오르며 선수로 절정을 맞았다. 이듬해에는 이탈리아 여자프로사이클팀 '알레-치폴리니'에 입단해 한국 선수 최초로 유럽 리그에 진출한 역사도 남겼다.

파리 올림픽이 열리는 2024년의 시작. 나아름은 굵직했던 21년 선수 생활에 이별을 고한 뒤 많이 울었다. 코치 생활을 1년 가까이 한 지금도 아무렇지 않지가 않다. 은퇴를 결정하기까지 지나온 날들을 돌이키며 이야기할 때도 나아름의 눈가에는 눈물이 여러 번 맺혔다 마르기를 반복했다. 코치 생활을 시작하면 모든 게 바뀔 줄 알았지만 사이클과 울고 웃었던, 징했던 세월은 그렇게 무처럼 싹둑 썰어낼 수 있는 게 아니었다.

나아름은 아직도 '선수 나아름'과 이별하는 중이다. 선수 시절 '한 번만 더', '조금만 더' 하며 독하게 버티던 버릇은 여전하다. 아직도 30분만 뛰려다 '조금만 더' 하며 1시간을 뛰고 나서는 '선수도 아닌데 왜 이러고 있나' 헛웃음을 짓는다. 대체 언제 선수와 완전히 이별할 수 있을지는 지금도, 앞으로도 잘 모르겠다고 했다.

가슴 저미는 이별도 사실 그만큼 절절한 사랑을 해본 사람에게만 허락된 일이다. 애초에 뜨뜻미지근한 만남으로는 그런 이별은 겪을 수도 없다. 그래서 나아름에게 지금의 열병은 훈장과도 같다.

은퇴한 뒤로 사이클은 아예 안 탔어요?

초반에 와트바이크(페달링 훈련용 실내 자전거)만 좀 탔어요. 선수 때는 9, 10시면 잤는데 지금은 다음 날 운동을 안 해도 되니까 선수들 훈련시키고 저녁에 남는 시간에 혼자 실내 자전거를 탔어요. 그러다 힘들면 '내가 왜 하고 있지?' 하는 생각이 들더라고요. 훈련할 필요가 없는데, 나 선수 아닌데, 왜 놓지를 못하고 나를 힘들게 하나 생각이 들었어요. 미련이 남았었나 봐요. 작년 11월 마지막 시합 이후에 오늘(3월) 처음 탔어요.

취미로 사이클 타는 사람도 많은데 은퇴했다고 굳이 안 탄 이유가 있어요?

두려웠어요. 훈련이 안 된 몸으로 제대로 못 탈 걸 아니까. 잠깐 타는 것도 잘하고 싶은 마음에 그랬나 봐요.

박수 칠 때 떠나는 건 많은 선수가 원하지만 뜻대로 되지 않는 일이에요. 생각은 그렇게 해도 시간이 지날수록 현역으로 오래 뛰고 싶어 하기 마련인데요. 여전히 국내 최강자였고 파리 올

림픽도 앞뒀는데 어떻게 은퇴를 결심했어요?

2년 전부터 무릎이랑 이곳저곳 부상이 많았어요. 얼마 전까지도 '난 부상 때문에, 나이가 많아서, 은퇴할 시기가 돼서 은퇴한 거야'라고 생각했어요.

그런데 두려웠던 것 같아요. '벌써 몇 번째 올림픽인데', '이번에는 정말 잘해야 해' 하는 마음에. 인정하고 싶지 않았는데 그런 마음이 분명 있었더라고요. 결국 육체적인 고통보단 정신적인 고통을 견디지 못해 은퇴한 것 같아요. 마침 그때 대구시청에 코치 자리도 났고요.

그런데 내가 정신적으로 견디지 못해서 은퇴를 했다는 걸 인정하니까 스스로한테 고맙더라고요. '내가 나를 인정하게 됐구나' 싶어서요. 그러지 못했다면 평생 정말로 왜 은퇴했는지 몰랐을 수도 있잖아요.

운동선수는 두 번 죽는다는 말이 있어요. 선수 은퇴를 하면 아예 다른 삶이 시작된다는 의미이기도 해요. 이제 사이클 선수 나아름은 이 세상에서 사라졌잖아요. 은퇴 후 오랜 시간 울면서 보냈다고 했는데, 선수 나아름의 '본인상喪'은 잘 치렀나요?

아직도 이별하는 중이에요. 대구시청에 코치로 오게 된 게 올 1월 2일이었거든요. 전 그러면 모든 게 바뀔 줄 알았어요. 그런데 저도 언제 선수와 완전히 이별하게 될지 모르겠어요. 그 끝을 모르고 두 번째 죽음을 맞이하지 않을까요?

코치가 되고 첫 시합에 나가서 선수들을 보는데 자전거가 너무 타고 싶은 거예요. 그전에도 "자전거 타고 싶을 텐데", "다시 자전거 타야지" 이런 말들을 주변에서 정말 많이 듣긴 했거든요? 그 럴 때마다 "아니에요, 괜찮아요" 이렇게 답했어요. 거짓말도 아니 었고요. 그런데 제 안에 미련이라는 게 바로 사라지진 않더라고 요. 너무 타고 싶으니까 화도 나고 슬프고. 첫 시합을 다녀오니 개인 운동을 열심히 하게 되더라고요.

선수들이랑 같이요?

물론 선수들이 있는 데서 할 수는 없으니 몰래요. 그러다 훈련 때 선수들이랑 몇 번 훈련을 같이 했어요. 저는 제가 운동을 열심히 하면 선수들에게도 좋은 영향을 끼치지 않을까 했거든요. 그런 데 생각해 보니 제가 코치라는 이름으로 주장 역할을 하려고 했 더라고요. 선수들 지켜보면서 뒤처지는 선수들 챙기는 게 제 일 인데…. 지금도 매일 새로운 걸 느끼고 배우고 있어요.

지금은 그럼 운동은 어느 정도 하세요?

뭘 하든 '1시간 정도는 해야 운동이지' 하는 마음이 있어요. 선수 때도 스무 개 해야 하면 스물한 개, 다음 날은 하나 더, 그렇게 해 왔거든요. 선수 그만두고 나서도 '1분만 더', '한 개만 더' 이러고 있어요. 러닝도 30분만 뛰면 편하고 좋은데 사실 오늘도 1시간 뛰었어요. 선수 생활 하면서 스스로 '잘한다'고 생각한 적은 없는 데 늘 '한 번 더', '조금 더' 했던 게 멋진 모습이었구나 싶어요. 그 게 저를 성장시켰으니까.

지난해 오키나와 대회가 선수로서 치른 마지막 경기가

됐잖아요. 이 경기가 마지막이라는 걸 본인은 알고 나간 거예요?

갈 때까지만 해도 '무슨 은퇴야' 이 마음이었어요. 전국체전에서 기대 이상의 성적(4관왕)이 나왔거든요. 죽을 만큼 힘들어도 좋은 게 하나 찾아오면 힘든 게 다 사라져요. 그래서 선수를 더 해야겠다는 생각을 굳혔어요. 다만 숙소 생활은 끝내고 이제 좀 자유롭게 선수 생활을 하려고 했어요.

항저우 아시안게임 마치고 2023 투르 드 프랑스 싱가포르 크리테리움 대회를 직접 볼 기회가 있었거든요. 그때 '아, 사이클이 이렇게 멋진 종목이었지' 싶더라고요. 저는 운동을 늘 고통스럽게만 생각했는데 거기 선수들이 준비하고 시합하는 거 보니까 달랐어요.

저도 더 멋있게, 자유롭게 자전거 타야겠다는 마음이 들었어요. 유럽 선수들은 캠프가 있지, 저희처럼 합숙 훈련하면서 운동하지는 않거든요. 가족들이랑 생활하다 시합 나가고요. 그런 프로 생활을 꿈꿨죠. 오키나와 대회도 그래서 간 거였고요.

오키나와에서 심경의 변화가 생긴 건가요?

대회 날 비가 엄청 내렸어요. 또 섬은 도로가 엄청 미끄럽고요. 중학교 때 처음 자전거 탔을 때보다 더 두려움에 떨면서 내리막을 탔어요. 사실 선수들도 내리막 탈 때 무섭거든요. 하지만 타야되니까, 다들 하는 거니까 뒤는 생각하지 않고 타요. 그런데 그날은 비 내리는 그 내리막이 정말 두려웠어요. 4관왕 하고서 선수 더 해야겠다고 마음먹고 갔는데 하늘이 뭘 아셨는지, 저에게 그렇게 기쁜 일과 슬픈 일을 연달아 주시더라고요.

412

쉰 살까지 선수를 할 수는 없으니 미래에 대한 생각은 종종 하긴 했어요. '내가 운동 그만두면 뭘 할 수 있을까?' 싶더라고요. 나이라도 어리면 실수로 봐주지만, 마흔 다 돼서 운동 그만두고 아무것도 못 하면 과연 실수일까, 싶더라고요. 선수 이후의 삶을 생각하면 너무 늦은 거 아닌가, 그렇게 자꾸 합리화를 했던 것 같아요.

마지막 시합이라는 걸 알고 탔다면 뭐가 달랐을까요? 아쉬운 게 있다면요.

후회가 왜 안 되겠어요. 선수 시절에 '내려놓는다'는 개념을 이해 못 한 게 후회돼요. 현역 때는 '운동선수가 당연히 열심히 하고 성적 내야 하는데, 내려놓고 하는 게 어떻게 선수야?' 이렇게 생각했는데, 내려놔도 선수 맞더라고요.

선수 시절에는 무조건 스스로를 몰아붙이는 편이었어요?

전 해야 하는 게 있으면 무조건 '지금 당장', '될 때까지', '막' 했어요. 저 (MBTI) 완전 '파워 J' 거든요. 복근 운동을 300회씩 한다던가, 이런 걸 정해놓고 정말 못 할 상황이 와도 꼭 다 하고 잤어요. 제 목표를 위한 과정들이라고 생각했기 때문에.

한국 사이클 선수 중 처음으로 유럽 프로리그에 진출도 했잖아요. (2019년 이탈리아 여자프로사이클팀 '알레-치폴리니'에 입단했다.) 그땐 국내 팀 소속은 유지하면서 잠깐 나갔다 들어오는 식이었어요. 많이 아쉽게 끝났어요. 국내 팀과 병행이 쉽지 않았어요. 물론 핑계죠. 다만 유럽이 너무 멀었고 따로 거처가 있었던 것도 아니고. 그런 환경이 좀 힘들었어요.

떠날 때도 알레-치폴리니에서는 언제든 다시 오라고 했거든요. 그런데 국내 팀에서 다시 나가는 건 안 된다고 했어요. 제가 조금 더 어린 나이에 그런 세상을 알았다면 아예 (외국으로) 나가버렸을 거예요. 그런데 나이가 어느 정도 있으니 꿈보다는 안정적인 내 생활을 먼저 택하게 되더라고요.

그런 상황에서 돌아왔으면 이전 같은 열정을 갖긴 힘들지 않나요?

선수 생활을 하면서 늘 저를 불타오르게 했던 건 외부 요인보다는 저 자신이었어요. 선수 때는 제가 뭘 넘치게 했다는 생각은 한 번도 안 했어요. 늘 부족함을 채우려고 했거든요. 스스로 인정할 때까지 해야 하니까 슬럼프 없이 지나갔던 것 같아요. 늘 잘하고 싶었고, 나를 넘어서고 싶어서 나를 인정하지 않았어요. 내가 인정하지 않으니까 인정할 수 있을 때까지 해야 되는 거였고요.

한국, 아시아 최강 타이틀을 가지고 뛰다 차원이 다른 사이클 본고장 이탈리아에 가서 경쟁한 경험은 어땠어요?

한국에서 늘 1등이었잖아요. 그런데 이탈리아에 가보니 나아름 정도 되는 선수가 한 백 명 있고 나아름보다 잘 타는 선수가 한 스무 명 돼요. 처음엔 '잘 타는 애가 이렇게 많다고?' 하고 벽을 느꼈어요. 그런데 제 꿈이었잖아요. 행복하니까 괜찮더라고요. '나도 여기서 사이클 탈 수 있구나' 그 자체가 자랑스러웠어요. 아무튼 요약하자면 나아름이 백 명 있었다. (웃음)

경기 중 따라잡히는 경험도 국내에서 뛸 때는 많지 않았을 텐데 이탈리아에서는 일상이 되니 당황스럽진 않았나요?

저는 동생들이 경기 중에 물 못 마시고 보급(식량) 못 먹었다고 하면 "꼭 먹어야 돼, 그래야 체력이 유지돼서 탈 수 있어" 이렇게 얘기했는데 제가 그런 경험을 했어요. (웃음) 숨이 그렇게 차는데 어떻게 뭘 씹어 삼켜요. 그때 동생들한테 너무 미안했어요. 경기 중에 물 못 마신다는 걸 이해 못 했는데 제가 그러고 있더라고요. (물통에) 물 담고 싶은 마음도 없었어요. 이 500밀리리터 때문에 무거워서 더 못 타는 거 아닌가 싶고.

'아, 이렇게 힘들 수도 있구나' 싶었어요. 늘 다른 선수의 흐름에 맞춰서 레이스를 해야 했어요.

코치할 때는 그런 경험이 도움이 될 것 같아요.

네, 못 한다고 열심히 안 하는 게 아니에요. 물론 어떤 걸 봐도 제가 기준이 되니까 힘들기는 해요.

슈퍼스타는 좋은 지도자가 되기 어렵다고 하잖아요.

중요한 게 공감이라고 생각해요. 잘 탔던 사람은 모든 기준이 자기가 되잖아요. 그래서 메모해 둔 게 "절대 기준을 나로 두지 말자"였어요. 물론 쉽지 않죠. 그래도 인지하고, 계속 노력하는 거죠.

'선수 나아름'의 은퇴 소식은 누구한테 가장 먼저 알렸어요? 선수 나아름 장례식의 상주랄까요.

언니요. 그다음이 엄마였고요. 사실 부모님은 제가 잘하는 모습

나
아
름

만 보셨지, 자세한 건 모르시잖아요. 제가 힘들어할 때도 "그래, 괜찮아"라고 말은 하시지만 제가 성적 내고 잘할 때 정말 좋아하셨던 걸 알기 때문에 그런 말이 진심이 아니라는 걸 저도 알았어요. 그런데 언니는 제가 정말 힘들 때 늘 "너 그만해도 돼. 잘 못해도 되니까 이렇게 참고 하지 마" 이렇게 말해주던 사람이었어요. 같이 운동을 하기도 했고 제가 의지를 많이 했거든요.

자매가 사이가 너무 좋더라고요.

전 (자매 사이가) 다 좋은 줄 알았어요. 언니는 사이클이라는 운동이 얼마나 힘든 운동인지 잘 아는 사람이고, 가족이자 같은 선수이자 또 선배였고요. 사실 언니가 사이클을 아주 잘 타진 않았거든요. 그런데 꼭 성적이 잘 나와야 본받을 만한 선수인 건 아니에요. 정말 끈기 있는 선수였어요. 언니는 연약한 편인데도 운동할 때 나오는 특유의 눈빛이 있어요.

저는 언니한테 힘들다 어떻다 표현을 많이 했지만 언니는 저한테 표현을 거의 안 했거든요. 그런데 어느 날 엄마 (농사일) 도와준다고 밭에서 고구마 캐고 있는데 언니가 그만하고 싶다는 거예요. 그때 언니가 실업팀 생활 9년 차였거든요. 제가 "그래도 10년은 채워봐. 1년만 더 하면 10년 채우는데"라고 했더니 언니가 펑펑 우는 거예요. 그제야 선수 생활 하면서 힘들었던 얘기를 터놓는데, 제 속이 막 부글부글 끓었어요.

같은 팀에서도 뛰었는데도 사정을 잘 몰랐나요?

팀에서는 언니가 절 피해 다녔어요. 저는 하고 싶은 게 있으면 그

것만 보고 주변을 안 보는데, 언니는 자매가 한 팀에 있다는 시선들 때문에 많이 힘들었나 봐요. 또 그런 것 때문에 제가 운동할 때 영향이 있을까 봐 같이 있으려고도 안 했고요.

그래서 결국 언니가 다른 팀으로 갔어요. 그런데 전 언니가 너무 좋아서 눈치 없이 그 팀까지 따라갔죠. 언니가 정작 본인이 힘들었던 말을 안 해서 몰랐어요. 어렸을 때부터 엄마, 아빠는 늘 일하러 가시고 언니가 거의 저를 케어했어요. 그래서 저한테 더욱 힘들다고 말을 못 한 것 같아요.

사실 키 163센티미터, 몸무게 55킬로그램. 지극히 평범한 한국 여자 피지컬로 이런 커리어를 이뤘다는 게 새삼 놀랍더라고요. 이 정도면 일반인 사이에서도 왜소한 축이잖아요. 사람들은 아름 코치의 체력에 주목했지만 스스로는 정신력에 더 큰 자부심이 있는 것 같아요.

네. 운동선수가 타고난 피지컬이 있다 한들 결국 스스로가 참아내지 않으면 안 되거든요.

전 잘 참았던 거 같아요. 힘든 것도 사실 어느 정도 힘들어야 힘들다고 하는 건지, 그 기준을 잘 몰랐어요. 그래서 지금은 힘든 거 참기 싫어해요. 너무 많이 참았거든요.

총량 불변의 법칙인가요?

총량은 진짜 정해져 있는 것 같아요. 선수로 산 21년 동안 제가 쓸 수 있는 인내를 다 썼어요. 어제도 혼자 웨이트하는데 힘든 게 너무 싫은 거예요. 그래서 처음으로 중간에 그만뒀어요. 이런 것

늘 저를 불타오르게 했던 건
외부 요인보다는 저 자신이었어요.

도 점점 익숙해지지 않을까요? 미련이라는 게 혹 떼듯 한 번에 딱 뗄 수 있는 것도 아니고. 점점 작아지는 게 맞지 않을까 싶어요. 어쨌든 저는 선수가 아니니까.

늘 자신의 신체적 한계 그 이상을 끌어낼 수 있을 거라는 믿음을 가지고 막판에 승부를 거는, 극한으로 밀어붙이는 레이스를 했던 것 같아요. 정신력은 근육량처럼 측정되지 않는 순전히 '감'과 '느낌'의 영역인데, 뭘 믿고 그렇게 승부를 걸 수 있어요?
훈련을 할 때도 그만하고 싶을 때가 있어요. 근데 늘 그걸 무시했거든요. 그게 어쩌면 내가 나를 넘어섰던 순간들이 아니었을까 싶어요. 정말 포기하고 싶은 순간에 포기하지 않고 한 번 더 했던 게 쌓여서 나를 자주 넘어섰던 것 같아요.
언제나 확신에 차서 시합을 하진 않았어요. 다만 대회 나가면 '여기 있는 사람 중에 내가 가장 힘들게 타고 내릴 거야' 하는 각오는 있었어요. 힘들 때 다른 사람보다 더 많이 참아낼 마음가짐은 됐다고 주문처럼 외우면서 시합을 했어요.
그런데 점점 연차가 쌓이니 그것도 흐릿해지더라고요. 초심 잃지 않는 게 정말 힘든 거잖아요. 잊혀질 만하면 늘 떠올렸던 것 같아요. '누구보다 힘들게 탈 자신은 있다' 했던 마음이요.

멘털이라는 게, 처음부터 강한 게 아니라 이전에 이미 수없이 부딪히고 깨져서 단단해지는 거라는 말이 있어요.
제 경우에는 그 깨지는 과정이 부상이었어요. 뼈가 부러지면 사실 운동하고 싶어도 못 하잖아요. 처음에는 몰랐는데, 골절이 반복되니까 다시 원래의 컨디션으로 돌아가려면 얼마나 힘든 과정을 이겨내야 하는지를 알게 돼요. 반복된 부상 속에서 원래대로 돌아가기 위한 그 시간들이 저를 단련시키는 과정이었던 것 같아요. 정신도, 몸도 힘들었지만 무시했어요. 그래야 다음 단계로 성장할 수 있었고요.

은퇴하고 나서는 나를 잘 돌보기로 했나요?

나를 지키는 방법은 여러 가지가 있잖아요. 선수 시절에는 '이게 나를 돌보는 일이다'라고 합리화를 한 것 같아요. 선수 때 잠을 푹 잔 적이 없어요. 뭔가를 이루고 나서는 '이만큼은 해야 이걸 해낼 수 있다' 이런 걸 다 알게 되잖아요. 그런 데서 오는 압박감을 늘 무시하고 억눌렀어요.

이제 더 이상 이겨내고 싶지 않았던 것 같아요. 사실 육체적인 힘듦, 부상보다 더 힘들었던 게 그런 상황 속에서도 늘 단단하게 부여잡아야 하는 제 마음이었거든요.

특히 어떤 부분이 가장 힘들었어요?

선수 생활 마지막 2년이 특히 힘들었어요. 제가 항상 국가대표팀에서 (여자) 혼자였는데 팀 동생이 같이 대표팀이 된 거예요. 둘이 대표팀 생활을 하니까 의지할 곳이 있어 너무 행복했어요. 늘 개인 훈련 하다가 같이 하니까 너무 좋았죠. 그러다 그 친구가 대표팀에서 잘렸어요. 계속 혼자 했으면 또 모르겠는데 함께 해보는 걸 경험하고 나니 혼자 하는 시간이 너무 지옥 같았어요. 어쩌면 몸이 아니라 마음에서부터 신호가 왔던 것 같아요. 그 후에 무릎

나 아 름

부상이 잦아졌고, 그렇게 2022, 2023년을 버텼어요.

그 와중에 2022년 열렸어야 할 항저우 아시안게임이 코로나19로 1년 연기됐잖아요.
진천 선수촌에서 일주일 내내 울었던 것 같아요. 늘 있었던 곳이었는데 거기가 그렇게 싫어지더라고요. 그래도 그 일주일 울고 나서는 안 울었어요. '내가 언제까지 여기서 울고만 있냐' 하는 생각이 들었거든요.

지나고 보면 그렇게 힘들었던 이유가 다 있었던 거 아닐까요? 지금도 제가 초보 코치라 적응도 못하는 것 같은데, 3~4년 지나보면 또 그렇게 생각할 것 같아요.

슬플 때도, 넘어져서 무릎에 피가 날 때도 있지만 그럴 때마다 저 자신에게 기대를 해요. 제가 넘어져서 울고만 있는 사람은 아니라는 걸 스스로 잘 아니까. 난 일어날 거라는 믿음이 있어요.

본인을 지금의 나로 만들어준 가장 큰 상처는 뭐였어요?
저도 사람인지라 가장 최근 게 생각나요. 마지막 아시안게임이요. 그 전에 무릎이 정말 말도 안 되게 아팠거든요. 좋다는 거 다 해보고 마지막으로 일반 스테로이드제랑 달리 염증을 일부러 더 일으켜서 스스로 재생할 수 있게 도와준다는 주사까지 맞아봤어요. 재활할 시간이 많이 남았을 때 맞는 건데 당장 아프니까 대회 직전에 맞았는데 몸이 너무 이상해진 거예요. 그래서 운동을 못한 날도 많았어요. '난 출전할 자격이 없다'라는 생각이 들 정도로요.

그런데 그런 상황에서 저를 붙들어 줬던 게 어쩌면 그 부상이었을지도 모른다는 생각이 들더라고요. 부상이 없었다면 그만 한 정신력이 나오지도 않았을 거고. 마지막 순간 '죽어도 해야 돼' 하면서 그간 기준에 미치지 못했던 훈련량을 채우려고 정신력을 더 썼던 것 같아요.

블로그에 글을 연재하고 있죠. 읽어보면 이렇게나 솔직할 수 있나 싶은 내용이 많더라고요.

블로그는 제 일기 같아요. 운동 시작한 뒤로 일기를 안 쓴 날이 없거든요. 일기를 쓰면서 생각 정리를 했어요. 힘든 것들을 적으면서 답을 찾게 되더라고요. 일기장이 제 친구였어요.

처음에는 훈련 일지 적는 걸로 시작했어요. 그러다 그냥 제 마음을 적고 싶었어요. 처음에 일기 쓸 때는 솔직한 마음을 안 적고 거짓말로 쓰더라고요, 좋은 말만. 그래서 '이건 나만 보는 거야' 생각하면서 솔직하게 쓰는 방법을 터득했어요. 온갖 부끄러운 말들도 다 썼어요.

블로그는 모두가 다 볼 수 있는 곳인데도 그렇게 계속 쓰고 게시잖아요. 덕분에 저도 봤고요. 원래 이 인터뷰집이 현역 선수만 대상으로 하려고 했는데, 글이 너무 좋아서 유일하게 은퇴했지만 섭외하기로 했어요.

제가 블로그를 시작한 시기가 선수를 그만둬도 되겠다 싶을 때쯤이었어요. 누구나 볼 수 있다면 어쩌면 정말 사이클을 막 시작하는 꿈나무가 볼 수도 있잖아요. 그런 분들이 힘을 얻었으면 하

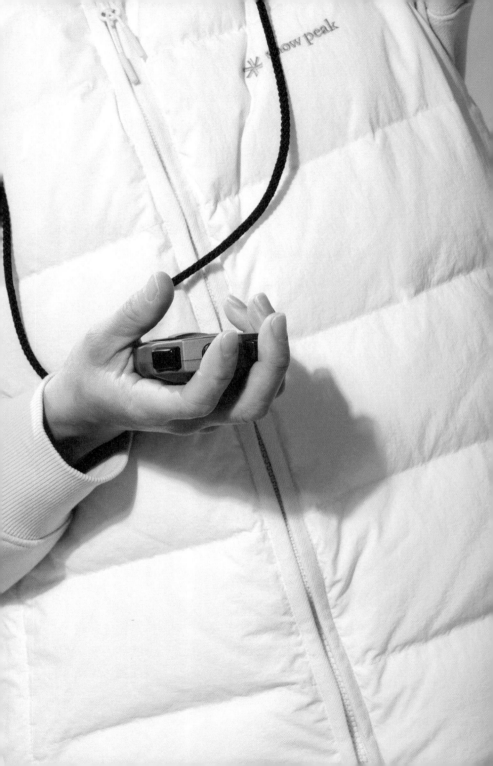

는 마음에 제 운동이나 심리 상태에 대해 더 솔직하게 적게 되더라고요. 사실 선수로서는 경쟁자니까 제 모든 걸 다 알려주면 안 되잖아요. 그런데 블로그를 시작할 쯤에는 다 알려주고 싶었어요. 저의 (선수로서) 임종이 머지 않았다는 걸 알았던 거죠.

블로그에는 어린 시절 집안의 가난 같은, 불특정 다수에게 오픈하기 어려운 내용도 많아요. 어느 순간부터 이런 게 부끄러워할 일이 아니라는 태도를 갖게 됐어요? 철없던 시절에는 풍족하지 않은 환경이 원망스럽기도 했을 것 같은데요.
운동하고부터요. 어렸을 때 부모님이 회사원인 친구들이 가장 부러웠어요. 한 달에 한 번 월급 타시면 아이들 용돈을 주시잖아요. 저희는 농사를 지으니까 모든 수익이 겨울에만 나요. 티를 내진 않았지만 학교에서 부모님 직업 적는 게 싫었어요.
그런데 자전거를 21년 탈 수 있었던 것도 어쩌면 부유하지 못했던 집안 사정 때문이기도 해요. 부모님이 힘들게 일하시는 게 너무 싫었거든요.
돈을 벌려고 자전거를 시작한 건 아니었지만, 중학교 때 자전거를 타니까 장학금을 주는 거예요. 중학생이 어떻게 돈을 벌겠어요. 열심히 하고 나면 상금도 들어오고, 또 부모님께서 좋아하시는 모습을 보면서 힘이 나서 한 것 같아요.

블로그에 쓴 솔직한 얘기들, 어머니도 보셨나요?
보시고 우셨어요. 엄마도 평소에는 내색을 잘 안 하시거든요. 저보다 더 잘 참는 게 엄마예요. 흙을 만지면서 일하시니까 막 손톱

이 다 들리는데도 괜찮다고 하시는데. 우리 먹여 살려야 하니까 다 참으신 거잖아요.

엄마는 맨날 제 사진, 영상 이런 것만 보시는데, 저는 선수 시절에 부모님이 대회장에 오시는 게 싫었어요. 그런데 연차가 많이 차고 나니까 부모님께 남은 낙이 나라는 생각이 들더라고요. 그 후로는 다 오시라고 했어요. 기사가 나면 무조건 보내드리고요.

20대 중반 넘어서 늦게 사춘기가 왔을 때 반항심에 (사이클) 그만둘 거라고 많이 말했거든요. 그런데 어느 정도 나이가 들고부터도 똑같이 그만할 거라고 계속 말했어요. 그때는 반항심이 아니라 엄마 아빠도 마음의 준비 하시라고요. 제가 하루아침에 그만두면 슬퍼하실 것 같아서요.

제가 진짜 그만둔다고 하니까 그때 엄마가 우시면서 "그래, 진짜 그만해. 너 다칠까 봐 마음 졸이는 거 안 해도 돼서 좋다" 하시더라고요. 늘 저 때문에 아침마다 기도하시고, 특히 시합 나갈 땐 잠도 못 주무셨어요.

어머니는 반대로 어려운 형편 때문에 운동시킬 수밖에 없어서 미안하다고 하셨다고요.

처음에 엄마는 제가 운동하는 걸 반대하셨어요. 위험하게 무슨 운동이냐고. 그런데 시골에서 운동하니까 지원이 굉장히 좋았어요. 옷도 주고 잘하면 장학금도 주니까 이후에는 그만하라고 말씀을 못 하셨던 거예요.

그런데 제가 고3 때 운동 시작하고 처음으로 그만하겠다고 말씀드린 적이 있거든요. 그 말을 하면서 엄청 울었는데 엄마가 그러시더라고요. "내가 너 운동한다고 했을 때 뜯어 말렸어야 했는데 미안하다"고요. 엄마도 그런 마음을 표현을 잘 안 하던 성격이어서.

고3 때 운동을 그만할 생각까지 하게 될 특별한 사건이 있었던 거예요?

그때 지도자분께서 운동을 엄청 혹독하게 시키셨어요. 너무 힘들어서 울면서 그만하겠다고 말씀드렸어요. 사실 아예 관둘 생각이었다기보단 투정이었죠. 그런데 엄청 화를 내시면서 '너네 부모가 어쩌고저쩌고' 그러시는 거예요. 이건 정말 아니다라는 생각에 마음을 접어버리게 됐어요.

울면서 엄마한테 전화하니까 엄마가 하지 말라고 저 끌고 나오셨어요. 당시에 전주에서 전지훈련 중이어서 아빠랑 엄마가 같이 데리러 오셨거든요. 아직도 기억나요, 그때 날씨까지.

집에 와서 정말로 운동은 안 했어요?

여섯 살 어린 여동생 데리고 계속 자전거를 탔어요. 밤에 가로등 밑에서 맨몸 스쿼트, 팔굽혀펴기도 하고요. 전국체전이 가까워지니까 대회 전에 다시 연락이 오더라고요. '내가 더 잘해서 아무 말도 못 하게 해주겠다'는 독한 마음이 생겼던 것 같아요.

부모님이나 다른 누구도 아닌 진정 나를 위해 자전거를 타게 된 건 언제였어요?

마지막으로 나갔던 오키나와 대회요. 그 시합 준비하면서는 정말 나를 위해서, 내가 하고 싶은 거 하면서 자전거 타야겠다고 생각했어요. 부모님, 경기력, 이런 거 다 생각하지 않고, 내가 처음 사이클을 시작했을 때 너무 좋았던 그 마음으로 타고 싶었거든요. 그런데 그걸 못 했어요. 그게 정말 후회가 돼요.

보통의 직장인들은 커리어 최고의 성과를 내면 그걸 발판 삼아 더 큰 성과를 낼 수 있어요. 하지만 '신체 능력'이 기본적으로 뒷받침돼야 하는 운동선수들은 커리어하이를 찍으면 그 이후 에이징커브(나이가 들면서 운동 능력이 감퇴하는 현상)**에 대한 두려움이 늘 있을 것 같아요. 2018년 자카르타 아시안게임 4관왕 이후 정말 많은 기대와 부담을 느꼈을 텐데요. 불안감은 없었어요?**

늘 목표가 있었거든요. 1년, 한 달, 2주, 오늘의 목표까지요. 당장 오늘 내가 하고 싶은 게 있으니 그런 불안감은 자연스럽게 다 지나갔어요. 물론 큰 대회 마치고 느끼는 공허함은 있었지만 큰 꿈 안에 작은 목표가 너무 많아서 아무렇지 않게 잘 넘긴 것 같아요.

계속 더 잘해야 하는 것에 대한 스트레스는요.

10년 차 넘어가면 늘상 하는 운동이 반복되니 지겹거든요. 그래서 방법을 자주 바꿨어요. 걷는 운동을 했다면 그다음엔 뛰거나 수영을 하는 식으로요. 다른 재미들을 계속 찾았던 것 같아요.
저 원래 완전 FM이었거든요. 무조건 하나만 하는 게 좋았어요. 같은 기준으로 제가 얼마나 발전했나 쉽게 평가할 수 있으니까요. 틀에 끼워 맞추는 게 (제 성향에) 맞았어요. 군대 체질이라고 느낄 정도로.

그런데 그게 결국 저를 힘들게 하더라고요. 아침에 양말 신는 시간까지 루틴이 있었어요. 누워 있을 때도 스트레칭하고 폼롤러하고. 처음엔 그대로 안 지키면 힘들었는데 나중에는 '폼롤러 지금 안 해도 안 죽어'라고 생각하니 숨 쉴 구멍이 생기더라고요.

코치 제안이 왔을 때는 자신이 있었어요?

잘할 자신은 없었어요. 준비되지 않은 상태에서 새로운 일을 해야 했으니까요. 다만 '그렇게 힘든 운동도 했는데 뭘 못해' 이런 마음도 있더라고요. '이보다 더 힘든 게 뭐가 있겠어' 하는.

코치보다 선수가 힘들다는 건가요?

하루 종일 운동하던 사람이 일단 운동을 안 하잖아요. (웃음) 선수 때 운동 너무 많이 하면 열이 많이 나서 밤에 잠이 안 오는 날도 있어요. 저는 지금 아프면 내일 병원 가면 되지만 선수들은 내일 더 아플까 봐 두려워서 오늘 더 아파요. 그래서 선수들이 너무 안 쓰러워요. 처음에는 애들 보는데 눈물이 나는 거예요. 지도자는 선수들 힘든 거 때로는 무시하고 훈련시켜야 하는데…. 그래서 감독님한테 "제가 어떤 말을 해도 헛소리라고 생각하시고 밀고 가세요" 했어요. 제가 독해지기 전까지는 저 무시하시라고요.

나중에 은퇴하면 '영어 공부 좀 열심히 하겠다'고 하셨었는데, 그건 어떻게 되고 있어요?

늘 생각은 하는데 아직도 안 하고 있어요. 선수 때만큼 의지가 활활 타오르는 정도는 아니에요. 요즘에는 컴퓨터를 좀 잘해야겠

나아름

다 싶어서 학원 다니고 있어요.

컴퓨터는 왜요?

제가 컴퓨터를 잘 만져야 업무 처리 같은 것도 잘할 수 있고, 선수들 데이터를 봐주는 부분도 잘할 수 있겠더라고요.

선수로 화려한 커리어를 썼지만 그 출발점에는 2010년 광저우 아시안게임 노메달이 있었어요. 그때의 상처는 선수 생활에 어떤 자양분이 됐어요? 정말 비싼 세금을 일찌감치 냈잖아요. [나아름은 광저우 아시안게임 20km(80바퀴) 포인트 레이스에서 2위로 달리다 앞 선수와 부딪쳐 기절해 경기를 완주하지 못했다. 그 여파로 나아름은 주 종목 도로독주에는 아예 출전도 못했다. 이어 100km 개인도로에서도 상대 선수들의 막판 견제를 뚫지 못해 스퍼트에 실패하며 6위에 그쳤다.]

너무 부끄러웠어요. 눈 떠보니 바닥에 있더라고요. 그때 기억은 진짜 안 나요. 나중에 사진 보고 기억을 끼워 맞췄어요. '아, 이렇게 넘어져서 이렇게 됐구나' 하고요. 그때 사실 엄청 자신 있었거든요. 그런데 다 때가 있나 봐요. 만약 그때가 저의 때였다면 제가 서른 넘어서까지 자전거를 탈 수 있었을까요?

그 사고를 당하고 제가 원래 나가기로 했던 주 종목인 도로독주에 못 나갔어요. 국제 대회는 대회 하루 전에 선수 교체를 할 수 있어서 감독님께서 대표팀 선배 언니로 출전 선수를 바꾸셨어요. 그러고 나니 어린 마음에 약간 나태해졌어요. 그런데 사실 흐름이라는 게 있어서, 감독님이 잘 판단하신 거예요. 감독님이 보셨던 것 같아요. 저의 때가 아니라 그 언니의 때를. (그 경기에서)

사
이
클
코
치

그 언니가 금메달을 땄거든요. 광저우 때 그 어렸던, 부끄러웠던 제가 없었다면 지금의 저도 없어요.

그런데 그때 인터뷰는 엄청 당당하게 했더라고요.

숨기고 싶었던 거죠. 넘어지고 나서 운동도 제대로 안 했다고 솔직하게 말할 자신이 없었던 것 같아요. 가짜 인터뷰였습니다. (웃음)

이후 2012년 런던 올림픽 개인도로 경기 중에는 세 번이나 넘어졌고 체인도 벗겨졌는데 13위로 레이스를 마쳤어요.

어린 나이에 출전을 해서 그렇게 넘어지고도 그만큼 할 수 있었던 것 같아요. 지금은 넘어지면 '아 어떡하지' 하는데 그때는 '무조건 가야 돼' 하고 자전거 고쳐서 막 갔어요. 무식함이 아니었으면 못 했을 거예요. 저는 지금도 무식해요. 그냥 다 해보고 틀렸다고 하면 "죄송합니다" 하고.

투르 드 프랑스 같은 사이클 메이저대회를 봐도 넘어지는 선수들이 엄청 나오더라고요. 자전거를 정말 잘 타는 사람들이 이렇게 많이 넘어져서 놀랐고, 또 유니폼이 찢어질 정도로 살이 다 까졌는데도 곧바로 일어나서 다시 잘 달려서 놀랐어요.

자전거 타다 넘어지는 거는 차 사고 같은 거예요. 운전하는 사람이 조심한다고 사고가 안 나는 게 아니잖아요. 외부적인 요인들이 많아요. 사실 사이클 경기에도 사람이 죽는 사고가 있기도 해요. 심하게 다치고 나서도 아무렇지 않게 다시 타요. '별 거 아니야, 아무렇지 않아' 이런 생각으로 하는 것 같아요. 막 넘어졌을 때는

나아름

안 아파요. 시간이 지나야 아파요. 저도 평가전 때 넘어져서 엄청 큰 상처가 났었거든요. 당장은 시합을 해야 되니까 그냥 탔단 말이에요. 그런데 저녁에 씻고 상처를 치료하는데 오한이 오더라고요. 그런 시간들이 반복되면서 단련되는 게 아닐까 싶어요.

사이클은 세계 무대와 격차가 큰 종목이잖아요. 아무리 해도 안 될 때, 좌절감 같은 걸 느꼈을 텐데 그럼에도 불구하고 다시 일어설 수 있었던 힘은 어디에 있었어요?

저도 어렸을 때 꿈은 올림픽 금메달이었어요. 막상 나가보니 딸 수 없다는 것도 알게 됐죠. 다만 올림픽은 출전하는 것만으로도 정말 남다른 벅찬 마음이 있어요. 물론 사람들은 올림픽 나가면 무조건 메달을 따야 한다고 생각하지만요. 그래도 계속 도전한 건 '그럼 누가 해' 이런 마음이었어요. '어차피 내 일'이었으니까요.

커리어에서 목표로 삼고 나서 유일하게 이루지 못한 게 올림픽 메달일 것 같아요.

맞아요. 제가 2016년 리우 올림픽 준비하면서도 정말 몸이 안 올라왔어요. 두 번째 올림픽까지 치르고 나서 확실히 체감했어요. 메달이 나와 너무 멀다는 걸. 그런데 유럽에 가보니 '올림피언' 자체를 영광이라고 생각하더라고요. 그래서 오륜기 문신을 했어요. '내가 이 대단한 걸 벌써 두 번이나 했는데' 하고요. 제가 좀 옛날 마인드라 문신은 안 된다고 생각했었는데, 사이클을 늙어 죽도록 탈 수 있는 건 아니잖아요. 그런 마음이 들면서 남기고 싶더라고요.

선수 생활하면서 사이클을 제외한 다른 부분은 쪼그라들 대로 쪼그라든 인생을 살았을 텐데요. 이제 사이클을 빼면 가장 부풀리고 싶은 부분은 어떤 거예요?

원래 사이클 그만두면 관련된 건 아무것도 안 하려고 했어요. 직장 못 찾으면 '편의점 알바 못할 게 뭐 있어' 하는 생각도 있었고요. 그런데 막상 코치를 맡으니 '잘하고 싶다'는 마음이 커요. 얼마 전에 진천 선수촌에 다녀올 일이 있었는데 '내가 여기 (지도자로) 다시 들어온다' 이 생각이 들더라고요. 저한테는 너무 당연했던 곳인데 이제 갈 수 없잖아요.

나
아
름

그 어렸던, 부끄러웠던 제가 없었다면
지금의 저도 없어요.

우리의 그라운드

Epilogue

열두 명의 선수가 안내해 준 길을 실컷 헤매다 오셨길 바란다. 그리고 축하드린다. 이 페이지를 펼쳤다는 건 이미 책 한 권 완독이라는 쉽지 않은 일을 해냈다는 뜻이니. 맨 끝장을 구경도 하지 못한 책이 얼마나 많은가. 혹여나 그저 책을 좀 뒤적이다 이 페이지를 만나셨더라도 역시 축하드린다. 마지막 장에 도달하는 과정은 이렇게나 다양하다. 인생은 결국 자신의 속도와 방식을 찾아가는 여정이다. 무엇이 나은 길인지는 논외의 문제다.

열두 명의 선수처럼 우리 모두는 저마다 다른 길을 걸어왔고 또 걸어갈 것이다. 그 와중에 누군가에게는 약간의 행운이, 누군가에게는 약간의 불행이 따랐을 것이고, 또 따를 것이다. 하지만 어디까지나 약간이다. 인생이라는 이 길을 걸어갈 때 가장 중요한건 결국, '지속할 수 있는가'다. 하루 이틀 걸어 끝나는 길이 아니니까. 그렇다면 그 안에서 후회를 가장 적게 남길 수 있는 선택은 뭘까? 나는 대체로, 있는 힘껏 걷기라고 믿는다.

지방 출장을 가던 KTX 열차 안에서 '출간 제안 드립니다'라는 제목의 메일을 받은 게 2023년 10월 20일이었다. 1쇄 발행이 2024년 10월 30일이니 '여자 선수들의 이야기를 모아 인터뷰집을 내보자'던 편집자의 아이디어가 세상에 책으로 나오기까지 대략 1년이 걸렸다. 월급 받고 하는 본업이 있기에 쉴 시간을 쪼갠다고 쪼갰는데도 많은 시간을 할애하지는 못했다. 고백하건대 내 생애 로망 중 하나였던 '책 쓰기'를 이렇게 갑작스레 해버릴 줄은 몰랐다. 하지만 이렇게 '해버리지' 않으면 영영 못 하는 일도 있다. 이것 또한 나의 '있는 힘껏 걷기'가 아닐까.

이 책의 마지막 장을 덮을 일만 남은 여러분도, 부디 있는 힘껏 걸어나갈 수 있기를 응원한다.

에디터의 말

인터뷰와 촬영 후 집에 돌아오는 길이면 저는 어김없이 생각에 잠겼습니다. 자기 종목을 거리낌 없이 사랑한다고 말하는 진심을, 의연한 얼굴 뒤로 보이는 치열한 과정을 목격하게 되는 날들이었거든요. 나는 내 일을 너무 소홀히 대했던 건 아닌가, 더 할 수 있는데 쉽게 만족했던 건 아닌가 하면서, 본 것과 들은 것들을 곱씹었습니다. 모든 일이 그렇듯 가끔은 애정이 식기도, 힘에 부치는 순간이 찾아오기도 하잖아요. 이제는 그럴 때마다 이 책의 얼굴들을 떠올리며 '한 번 더!'를 외쳐볼 수 있을 것 같아요. 어떤 목표를 향해 달려가시는 여러분도 종종 다시 이 책을 펼쳐보시길. 분명 여러분 안의 꺼져가는 무언가에도 불이 붙을 테니까요.

자기만의 그라운드

1판 1쇄 인쇄 2024년 10월 11일
1판 1쇄 발행 2024년 10월 30일

지은이 임보미 **사진** 52스튜디오

발행인 양원석 **편집장** 차선화 **책임편집** 이슬기
디자인 신자용, 김미선 **영업마케팅** 윤송, 김지현, 유민경

펴낸 곳 ㈜알에이치코리아
주소 서울시 금천구 가산디지털2로 53, 20층 (가산동, 한라시그마밸리)
편집문의 02-6443-8916   **도서문의** 02-6443-8800
홈페이지 http://rhk.co.kr
등록 2004년 1월 15일 제2-3726호

ISBN 978-89-255-7438-7 (03810)